KB267757

김대산 新무협 판타지 소설
Fantastic Oriental Heroes

心劍誌
심 검 지

심검지 5

김대산 新무협 판타지 소설

초판 1쇄 찍은 날 § 2013년 4월 2일
초판 1쇄 펴낸 날 § 2013년 4월 9일

지은이 § 김대산
펴낸이 § 서경석

편집부장 § 권태완
편집책임 § 박우진
디자인 § 이혜정

펴낸곳 § 도서출판 청어람
등록번호 § 제1081-1-89호
등록일자 § 1999. 5. 31
어람번호 § 제2-2325호

주소 § 경기도 부천시 원미구 심곡2동 163-2 서경B/D 3F (우) 420—822
전화 § 032-656-4452 팩스 § 032-656-4453
http://www.chungeoram.com
E-mail § chungeorambook@daum.net

ⓒ 김대산, 2012

ISBN 978-89-251-3242-6 04810
ISBN 978-89-251-2999-0 (세트)

心劍誌

심 검 지

5 정해(情海)

김대산 新무협 판타지 소설

Fantastic Oriental Heroes

도서출판 청람

目次

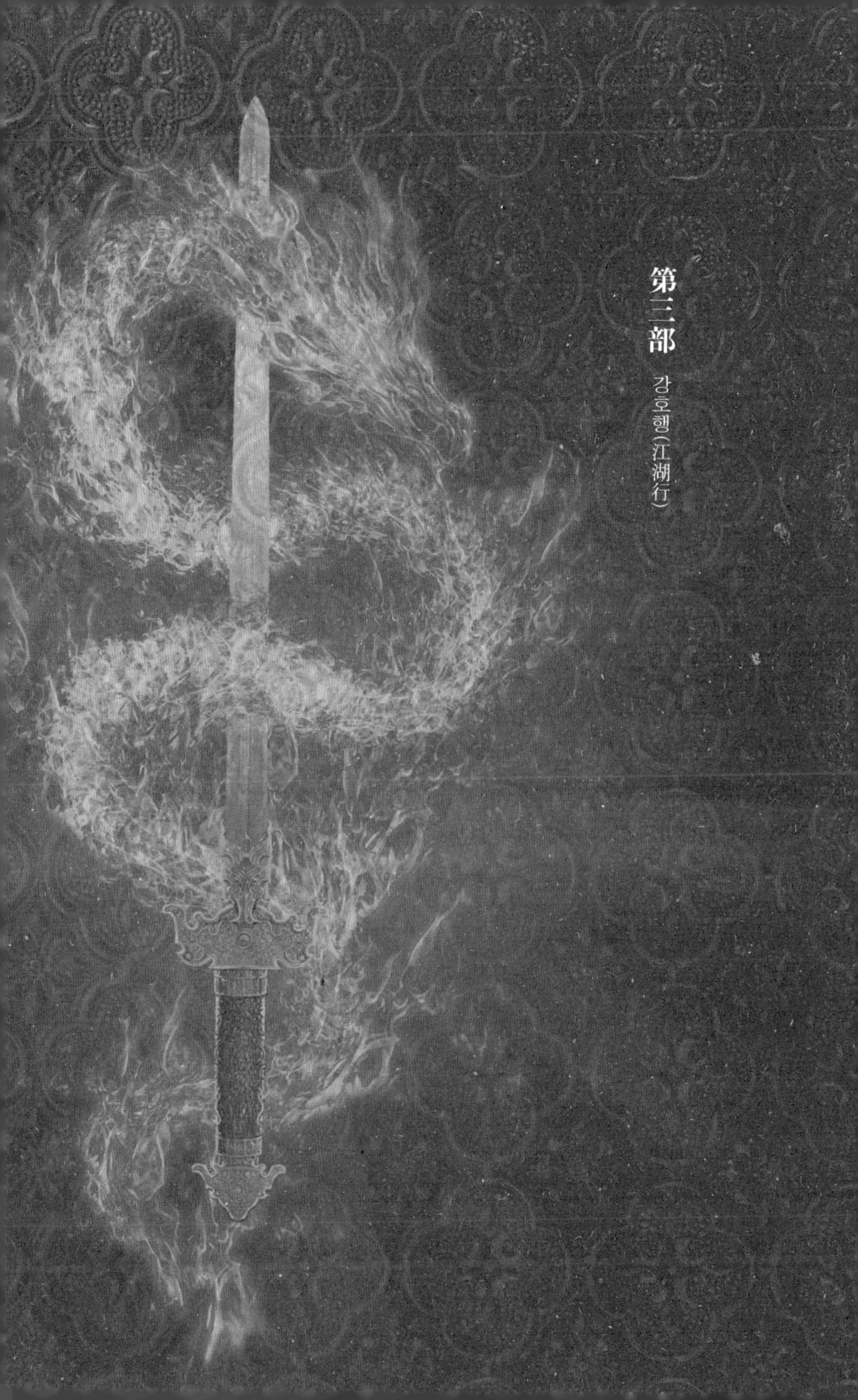

第三部 강호행(江湖行)

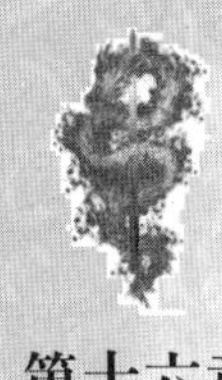

第十六章
흑전사(黑戰社)

1

광주를 벗어나는 넓은 관도. 웃고 떠들고 하며 시끌벅적하게 이동하는 한 무리가 있었다.

바로 단후를 위시한 용병들이었는데, 장삼과 필괴도 그들과 함께였다.

"갈 데가 정해지지 않았으면 우리와 함께 가자! 우리도 아직 갈 곳을 정하지는 않았으니, 일단 함께 움직이다가 어느 쪽이라도 먼저 목적지가 생기면 그때 갈라져도 되지 않겠나?"

광주 땅을 벗어나면서 간단히 술 한잔을 나누다가, 단후가 장삼에게 한 말이었다.

그랬다. 필괴도, 장삼도 지금 당장은 갈 데가 정해지지 않았다. 비록 위험하지만, 그들은 오히려 스스로를 노출시켜 놓고 기다려야 하는 처지였다. 누군가 찾아올 때까지.

그 누군가가 우선은 풍뢰문이리라 예상을 해보는 것이지만, 혹은 미처 예상하지 못한 다른 쪽일 수도 있었다.

어쨌든 단후의 호의에는 미안한 일이지만, 필괴와 장삼 두 사람만으로 움직이는 것보다는, 용병들과 함께하는 것이 여러모로 유리하리라는 계산이었다.

2

용병들과 함께 한 지 벌써 사흘째였다.

일단 강호로 나오자 그들의 생활은 결코 풍치가 있거나 낭만적이지는 않았다.

제각기 은자를 두둑이 지니고 있다고는 해도 강호낭인으로서 몸에 배인 습성은 쉽게 바뀌는 것이 아니었으니, 거친 사내들이 집단으로 이동하며 영위하는 일상은 지독히 거칠고도 건조하였다. 길 위에서 먹고, 길 위에서 지친 몸을 잠시 쉬고, 다시 이동하고, 그러다 밤이 되면 그곳이 길 위든, 숲 속이든 그대로 차가운 대지를 베고 시린 별빛을 헤며 잠들고, 다시 일어나 먹고 이동하고, 쉬고, 노숙하고…….

장삼과 필괴로서는 유주성에서 태정문으로 갈 때의 여정

이 새삼 그리워질 뿐이었다.

그러나 거칠고 건조한 일상 중에도 재밋거리가 아주 없는 건 아니었다.

모두가 힘든 중에 장삼과 필괴, 두 사람만 풍족과 안락을 즐긴다는 것은 아니지만, 그래도 대접이 달랐다.

그런데는 아마도 지난번 풍뢰속문과의 전투에서 필괴가 보여준 무위 덕분이 크지 싶었다.

즉, 강호가 원래 적자생존의 철칙으로 움직이는 곳이지만, 그중에서도 용병들이야말로 강자존의 철칙을 철저히 신봉하고 숭배하기까지 하는 무리라고 할 수 있을 것인데, 그때 필괴가 보여준 무위와, 더욱이 끝까지 적을 도륙내던 그 잔혹한 면모야말로, 용병들이 충분히 존중해 줄 만한 강자의 면모였을 것이니 말이다.

그리고 거기에는 장삼도 한몫을 보탰다.

즉, 강자로서의 면모야 필괴보다는 강렬하다고 못하겠지만, 대신 그는 확실한 인맥을 구축해 두고 있었으니, 바로 단후와의 관계였다. 장삼이 단후와 사사건건 티격태격해대는 모습은 용병들에게, 두 사람이 마치 동격이라도 되는 듯이 보이게 하는 데가 있었던 것이다.

하여간에 그런 저런 덕분으로 두 사람은 다른 용병들에 비해 상대적으로 우대받는 측면이 분명히 있었다.

용병들은 일상의 활동에서 제각기 맡은 임무들이 있었는

데, 이를테면 식사와 잠자리의 준비와 뒷정리, 이동 중일 때의 위치와 역할, 그리고 기타 잡다한, 그러나 누군가는 하지 않으면 안 될 그런 임무들이었다.

그런 제반의 임무들에 대해 용병들은 모두가 비슷하게 부담을 나누었으니, 사뭇 공평했다.

그러나 열외가 있었으니 단후와, 그리고 바로 필괴와 장삼이었던 것이다.

그들 세 사람에게는, 밥때가 되면 거친 밥에 소찬이라도 정갈하게 밥상을 차려졌고, 밤이 되면 노숙일망정 정성껏 잠자리가 마련되었다.

다만 그런 각별한 존중과 대접에 대해 필괴는 며칠이 지나도록 쉽게 적응하지 못하여 내내 불편해했다. 그가 언제 누구에게 그런 융숭한 대접을 받아보았을까. 참으로 송구스럽기까지 한 일이었다.

그러나 장삼은 필괴에게 아예 그런 내색조차 하지 못하게 하였다. 상대가 대접을 해준다면 자연스럽게 받아주어야, 대접을 하는 사람 쪽에서도 마음이 편하고 보람이 있을 것이라는 논리였다.

3

광주를 떠난 이래로 닷새째의 밤을 역시나 차가운 대지 위에서 노숙을 하고 맞은 또 하루의 이른 아침. 용병들은 이제쯤 지친 기색들이 확연해지고 있었다.

아무리 거친 생활에 이골이 난 그들이라도 이제쯤에는 체력과 정신력이 고갈되어 갈 법하였다.

그러나 다른 사람은 몰라도 필괴는 이런 생활도 제법 괜찮다는 생각이었다. 지난 세월 동안 그가 감내해 내며 몸에 배다시피 한 생활 자체가 그런 것이었다.

아침에 눈뜨고 저녁에 다시 눈 감을 때까지 항상 바쁘게 움직여야 하는, 고달프고 각박한 그런 일상. 오히려 그런 단조로운 고달픔이야말로 여러 가지 복잡하고 심란한 생각들로부터 그를 자유롭게 하는 데가 있었다. 아무 생각도 하지 않고, 그저 무리가 움직이는 대로 따라서 움직이는 단조로움. 그런 단조로움이 주는 단순하고 정직한 자유였다.

지금 이곳이 어디쯤인지, 얼마나 더 가야 하는지 따위에 대해 필괴야 벌써부터 관심을 놓아버린 뒤였지만, 그렇더라도 용병들이 움직이는 일정은 늘 빡빡하기만 했다. 아침 일찍부터 식사시간과 약간의 휴식시간을 제외하면 어두워지기 전까지 늘 바쁘게 이동을 했고, 마을이나 성을 피하여 길에서 먹고 노숙을 하였다.

"정해진 목적지도 없다면서, 왜 이런 강행군을 계속하는 것이오?"

한 번은 장삼이 단후에게 그런 물음을 던졌더니, 단후가 빙그레 웃으며 대답했다.

"그게 용병들의 삶이니까……."

단후는 이제 장삼에 대해 자연스럽게 말을 놓고 있었다.

장삼이 애매한 표정을 짓자 흑전단주가 천천히 이었다.

"늘 긴장을 유지하기 위해서야! 용병은 거친 자들이지! 한 번 긴장이 풀리기 시작하면 그대로 막장까지 가버리고 말아! 최소한의 긴장 상태를 유지하지 않으면 그야말로 오합지졸에 불과하고, 그래서는 혈사갱을 상대해 볼 꿈같은 건 아예 꿔보지도 못하게 되는 거지!"

"음! 혈사갱……?"

"후훗! 자네 그 얼굴은… 우리 처지로는 혈사갱을 상대할 꿈조차도 꾸어서는 안 된다는 듯한 얼굴인데?"

"아, 그런 건 아니지만……. 혹시 그들과 무슨 원한이라도 있는 것이오?"

"원한은 무슨, 그들이나 우리나 같은 용병 신세니 강호에 무수한 원한을 뿌리고 다니는 처지지만, 서로에게야 딱히 원한을 맺을 일이 뭐가 있다고……!"

"……?"

"다만 그들이 현 강호 최강의 용병조직이기 때문이지!"

"그럼… 설마 그들과 경쟁을 해보겠다는 것이오?"

"왜? 그러면 무슨 큰일이라도 나나? 흐흐흐! 강호는 어차피 약육강식의 법칙이 지배하는 곳이고, 용병의 세계는 더욱이 그렇지 않겠는가? 물론 지금의 내 처지로야 감히 혈사갱을 목표로 삼는다는 게 턱없다는 것은 분명하지만, 내가 용병으로 계속 생존하기 위해서는 어차피 한 번은 붙어야 하는 상대인 것 또한 분명하지! 난 곧 죽어도 누구에게 머리를 숙이지는 못하는 성질이니까 말이야!"

그 대목에서 단후는 언뜻 진지해지는 것처럼 보였다.

"그래서 용병으로서 스스로를 끊임없이 담금질해 나가려는 것이지! 언젠가 그들과 마주쳐서 잡아먹히기 전에 조금이라도 더 강해지기 위해서! 살아남을 가능성을 조금이라도 더 키우기 위해서 말이야!"

그리고 단후는 다시금 빙그레 웃는 얼굴로 돌아갔다.

"혹시 아나? 지금은 비록 이 모양 이 꼴로 초라하기 짝이 없는 신세지만, 언젠가는 천하 용병의 제왕이 되어 있을지? 그것이 절대로 이루어질 수 없는 그야말로 한낱 개꿈에 상상에 불과하다고 해도, 그래도 사내가 되어 하다못해 개꿈이라도 꾸어는 보아야 하는 것 아닌가? 하하하하!""

단후는 오랜만의 달변과, 또 스스로의 기개에 대해 자못 만족스럽다는 듯이 대소를 터뜨렸다.

그런 데 대해 장삼이 뭐라고 할 말이 없을 뿐더러 차라리 멀뚱해지고 마는데, 마침 앞서 내보낸 정찰이 돌아와 보고를 했다.

"앞쪽에 백여 호쯤 되는 마을이 하나 있습니다!"

"그래?"

단후가 이마를 찡긋하고는, 용병들을 돌아보며 외쳤다.

"앞쪽의 마을에 들러서 부족한 물품들을 보충한다!"

그러자 용병들 사이에서 아연 활기가 돌며, 발걸음들이 힘차졌다.

4

마을에는 마침 장이 서는 날인 모양이라, 용병들은 곧장 장터로 향했다.

아직 장이 열리기에는 이른 시각 같았지만, 용병들이 들이닥치자 장터는 급하게 활기를 찾았다.

용병들은 부지런히 물건들을 사고, 마차로 옮겨 실었다.

주로는 부식거리와 일상용품이었지만, 용병들의 어깨를 절로 들썩이게 만드는 것은 따로 있었다.

바로 술이었다. 열 개가 넘는 술통이 한 군데에 모였는데, 아마도 마을의 술이란 술은 모조리 동을 내버린 것 같았다.

그런 와중에 용병 둘이 황소 한 마리가 끄는 달구지 한 대를 끌고 오는 것을 보고서 장삼이 심히 궁금하여 단후에게 물었다.

"갑자기 소와 달구지는 또 무엇이오?"

기분이 좋은지 싱글거리며 단후가 받았다.

“술통도 실어야 하고, 무엇보다 안주거리를 푸짐하게 장만 해야 맘껏 술을 마실 것 아닌가?”

“허! 기껏 술이나 마시자고, 이렇게 성가신 일을 벌인단 말 이오?”

“어허! 무슨 소리! 한동안 못 마셨으니, 저 정도는 되어야 제대로 한번 회포를 풀어볼 것이 아닌가?”

그에 장삼이 더는 따지지 않았다.

일행이 이윽고 소달구지를 앞세우고 마을을 떠나는데, 땅 바닥이 질지 않은데도 달구지의 바퀴자국이 선명하게 패였 다.

그러나 용병들의 발걸음은 가볍기만 했다.

“이랴!”

“이랴~!”

저마다 돌아가며 황소를 재촉하는 소리들에서는 벌써부터 잔뜩 흥이 묻어났다.

5

지형 정찰 차 앞서 나갔던 척후들이 돌아오자, 단후는 몰아 치듯이 행군을 재촉했다.

주변의 지형이 점점 험해지고 있었다.

산중으로 들어가고 있는 것이었다.

　더 이상 달구지를 몰고 갈 수 없어졌을 때, 그들은 달구지에서 소를 풀었다.

　그리고 술통들과 짐을 배분하여 지고, 소를 끌며 그들은 본격적으로 산중으로 들어섰다.

　해거름 무렵. 그들이 도착한 곳은 어느 험준한 협곡의 입구였다.

　단후는 저녁 준비를 하는 소수의 인원을 제외한 모두에게 근처로 나가 나무를 베어 오도록 했다. 협곡 입구에 목책을 칠 요량이었다.

　반 시진여 만에 협곡입구에는 베어 온 나무들이 잔뜩 쌓였고, 이어서는 협곡 안쪽의 물가로 몰려들 가서 소를 잡는다고 또 한바탕 왁자하니 난리가 벌어졌다.

　잡은 소고기를 생으로 육회를 쳐서도 먹고, 구워서도 먹으며 오랜만의 포식을 하자니 술 생각이 절로 나는데, 그러나 단후가 내일 새벽에 해야 할 중요한 일이 있으니 술은 마시지 말라고 엄명을 내렸으니, 바로 옆에다 술통을 잔뜩 놓고도 그림의 떡을 보듯이 침만 꿀떡꿀떡 삼켜대야 하는 용병들의 불만이 작을 수는 없을 일이었다. 그러나 용병 중에 그런 불만을 감히 밖으로 내비치는 자는 없었다.

　어쨌거나 모두가 배를 양껏 채운 후, 단후는 이윽고 해야 할 일에 대해 자세한 말을 했다.

　바로 사냥이었다.

사냥은 내일 이른 아침, 날이 밝는 대로 시작될 것인데, 우선 조를 나누어 할 일들이 분배되었다.

베어다 놓은 나무들을 다듬어 협곡의 입구에 목책을 치는 조에 열 명. 협곡의 양쪽 산등성이를 타고 올라가 협곡의 양쪽을 지키며 아래쪽으로 사냥감을 몰고 내려올 능선조가 스무 명. 그리고 협곡의 가장 위쪽으로 올라가 역시 아래쪽으로 몰이를 할 정상조에 열 명.

제법 그럴 듯했다. 그리고 설렁설렁하던 단후의 평소 모습답지 않았다.

장삼은 그제야 단후의 의도를 짐작해 볼 수 있었다. 이를테면, 용병들의 조직력 강화를 위한 일종의 훈련인 셈일 터였다.

그렇더라도 그가 실없이 웃어넘길 수만은 없는 마음으로 되는 것은, 오늘 아침에 자신의 '개꿈'에 대해 역설하던 단후의 모습이 떠올랐기 때문이었다.

한밤중. 능선조와 정상조 서른 명이 달빛에 의지해 협곡의 양쪽 능선을 타고 올랐다. 아주 조용히.

아래쪽에 남은 목책조는 협곡의 양쪽 끝에서부터 안쪽을 향해 점차 간격을 좁히며 목책을 단단히 박았다. 협곡 위로부터 쫓아 나올 사냥감들을 좁은 통로 안으로 몰려는 의도였다.

단후가 세세하게 일을 지시했고, 그러는 동안에 필괴와 장삼은 일이 되어가는 상황을 구경만 하고 있으면 되었다.

아침이 막 밝아오는 새벽.

둥~ 둥!

두둥~ 둥!

징~!

지~ 잉!

돌연 요란한 북소리와 징 소리가 울리며, 미처 물러가지 못한 협곡의 어둠을 요란스럽게 깨웠다.

웬만한 일에는 쉽게 흥미를 느끼지 못하는 장삼이었지만, 이 순간만큼은 그 역시도 잔뜩 기대를 감추지 못하고서 앞쪽의 협곡을 주시하고 있었다.

협곡의 양쪽 능선과 정상에 매복해 있던 조들이 일제히 북과 징을 울리며 협곡을 훑고 내려오니, 만약 그 안에 사냥감이 있다면 혼비백산 협곡의 입구로 달음박질 쳐 내려오지 않을 수 없을 것이었다.

협곡 입구에는 목책에 의지한 채로 벌써부터 화살을 시위에 먹이고 있는 목책조의 모습이 보였다.

"지세가 꽤 험한 편이긴 한데, 뭐가 좀 있기는 할라나? 기껏 토깽이 몇 마리 정도라면 이 많은 사람이 밤새 고생한 것이 괜히 우습게 될 판인데…… 못해도 노루나 멧돼지 한두 마리쯤은 걸려줘야 그나마 안주거리가 좀 되지! 쩝! 소고기는 금방 질려 버려서 말이야! 안 그래?”

　장삼에게 말을 하는 중에도 시선을 내내 협곡 위쪽에다 박아두고 있는 모습에서 단후는 사뭇 기대가 큰 눈치였다. 그 때,

　“와아～!”

　“와아아～!”

　거창한 함성과 고함이 온 협곡을 가득 채웠다.

　장삼은 사뭇 감탄하는 마음이 되지 않을 수 없었다. 그 광경은 사냥이 아니라, 마치 가상의 적들을 기습하여 일거에 몰아치는 형세라고 해도 괜찮을 듯했다.

　잠시 후. 협곡의 바위와 잡목들 사이로 뭔가가 빠르게 뛰쳐나오고 있었다.

　작은 몸집으로 보아 아마도 산토끼인 모양인데, 그 수가 언뜻 세기에도 근 십여 마리에 이르렀다.

　그런데 그때였다.

　“노루다～!”

　외치는 소리가 있더니 다시,

　“멧돼지다～!”

　하는 고함이 일었다.

　기대 이상이었다. 산토끼에 이어 노루 두 마리와 멧돼지 한 마리가 이리 뛰고 저리 뛰며 협곡 아래로 쫓겨 내려오고

있었다.

이제 능선조와 정상조는 사뭇 촘촘하게 범위를 좁혀 협곡의 중간 어림을 훑고 내려오는 중이었다. 그런데 한순간,

크룽~!

크르룽~!

협곡을 떨어 울리는 포효가 일었고, 순간 협곡 전체가 일시 얼어붙고 만 듯이 정적에 잠겼다. 그러나 사방은 곧장 다시 화들짝 깨어나며 급박한 흥분으로 치달았다.

"호랑이다~!"

"호랑이가 있다~!"

"몰아라~!"

"간격을 좁혀 아래쪽으로 몰아라~!"

산중지왕(山中之王)인 호랑이의 위엄은 대단했다. 용병 대다수가 막상은 호랑이의 모습을 보지도 못한 채 지레 당황하고 흥분하여 다급한 소리들을 질러댔다.

그때였다.

"갈~!"

단후의 우렁찬 호통이 있었다.

당장에 다른 외침들이 쑥 들어갔다.

"다른 사냥감은 두고 호랑이만 잡는다!"

능선조와 정상조를 향해 우렁차게 외친 단후가 다시 가까이의 목책조에게 차분하게 일렀다.

“강궁을 준비해라~!”

목책조가 급하게 활을 바꿔 잡는 동안, 능선조와 정상조는 더욱 크게 악을 쓰듯이 고함을 지르며 협곡을 훑어 내려왔다.

“와아~!”

“와아아~!”

그런 중에 몰이꾼들은 잔뜩 긴장한 기색들이 역력했고, 내딛는 발걸음과 휘젓는 손짓들은 사뭇 조심스러웠다. 그도 그럴 것이 모습을 드러내지 않고 있는 호랑이가 언제 어디에서 불쑥 달려나와 덮칠지 모르니 말이다.

그런데 그때였다.

협곡이 좁아지기 시작하는 지점에 누런 그림자 하나가 번뜩하고 나타났다.

“나타났다~!”

“호랑이가 나왔다~!”

“크다~!”

“엄청난 놈이다~!”

저마다 놀라 외치는 중에 모두의 시야에 정말로 호랑이 한 마리의 모습이 확연히 들어왔다.

누런 몸통에 검은 줄무늬. 그 덩치가 웬만한 암소만큼이나 되었는데, 대낮인데도 눈에서 철철 불길을 토해내고 있는 모습이, 보는 사람의 오금을 저리게 만드는 놈이었다.

“모두 침착해라! 화살을 매겨라~!”

단후의 외침에도 어쩔 수 없이 흥분이 실렸다.

그런데 목책조들이 일제히 강궁의 시위를 힘껏 당길 때였다.

"엇?"

누군가 놀람의 소리를 토해냈고, 곧바로 단후의 당황한 외침이 이어졌다.

"멈춰~! 쏘지 마라~!"

7

필괴는 호랑이를 보는 순간 자기도 모르게 앞으로 뛰쳐 나갔다.

그것은 그 스스로의 의지라기보다는, 그의 내부에서 순간적으로 솟구친 어떤 강력한 충동 때문인 것 같았다.

크와앙~!

몰이꾼들에게 포위를 당해 궁지로 몰리던 중에 마침 정면에서 마주 달려오는 인간을 보았으니, 호랑이는 그대로 흉성이 폭발하고 만 듯이 곧장 도약하며 그야말로 비호처럼 필괴를 향해 덮쳐들었다.

그 순간 필괴 또한 폭발했다. 지금 그의 내부를 가득 채우고 있는 것 또한 호랑이가 보이는 흉성과 비슷했다. 야성이었고, 포악함이었다.

사실은 바로 혈룡이었다.

지금 그는 혈룡의 폭급(爆急)함과 포악함에 취해 버린 것 같았다. 아니, 혈룡 자체에게로 온전히 매몰되고 만 것만 같았다.

그러나 찰나지간, 자신이 처한 그런 상태에 대해 결코 마땅하지 않다는 생각이 빛처럼 스쳤고, 순간 그는 혈룡에게 매몰되었던 스스로의 의지를 다시 일으킬 수 있었다.

그러자 그의 내부에서는 혈룡 외에 다시 하나의 밝은 존재가 문득 그 모습을 드러냈다.

심검이었다.

그리고 순간 필괴는 점 하나를 보았다.

그 순간에는 오로지 그 한 점만 보았다.

아니, 느껴졌다.

태정문의 노문주 종염위가 그의 미간을 겨누고 보검을 찔러 들 때와 같은 느낌이었다.

천지를 떨어 울리는 포효도, 집채만 한 호랑이의 위압감도 오로지 한 점이었다.

그가 꿰뚫어야 할 목표는 오로지 그 한 점이었다.

8

"저런~!"

“무모하다~!”

사방에서 놀란 소리들이 터져 나왔다.

필괴가 단신으로 앞으로 나섰을 때 용병들은 차라리 기대했었다. 필괴가 무언인가를 보여줄 것이라고. 그리고 화려한 도약과 번개 같은 검초가 작렬하는 한판의 긴박한 어울림을.

그러나 필괴는 검을 뽑지도 않은 채 육탄으로 호랑이를 향해 돌진해 갔다.

그러나 한순간. 사람들은 보았다, 필괴가 검을 뽑는 광경을.

필괴의 그 발검은 그다지 빨라 보이지 않았다.

더욱이 그는 검을 휘두르지도 않았다.

그는 그냥 앞으로 검을 뻗었을 뿐이고, 마침 그 순간에 호랑이가 그를 덮쳐들었을 뿐이었다.

결과는 곧바로 나타났고, 아주 명료하게.

다만 모두가 예상한 대로는 되지 않았다.

필괴는 튕겨 나지도 않고 그대로 멈춰 서 있었다. 여전히 검을 앞으로 내뻗은 채로.

그리고 그의 검끝은 정확히 호랑이의 두 눈 한가운데에 박혀 있었다.

모두로 하여금 잠시간 숨을 멈추고 있게 할 만큼 이상한 점은, 호랑이가 조금도 움직이지 않고 있다는 것이었다.

필괴는 천천히 검을 뽑아 갈무리했다.

그리고 그제야 모두는 일제히 소리를 내질렀다.

"와~!"

"와아아~!"

용병들의 환호가 온 협곡을 쩌렁하니 울려댔다.

9

머릿속에서 기억의 단편들이 분분히 날리고 있었다. 마치 잔뜩 흐린 하늘 가득히 함박눈이 흩날리는 것처럼.

그런 중에 사무치도록 그리운 목소리가 있었다.

"아버지! 내일부터는 진짜 사냥에 데려가 주십시오!"

"진짜 사냥에 데려가 달라고? 하하하! 녀석! 기껏 덫에 걸린 산토끼 몇 마리 수확했다가 대번에 호랑이 사냥이라도 따라 나설 기세로구나!"

"호랑이 사냥이요? 예! 정말로 호랑이 사냥을 나가실 것 같으면 꼭 저도 함께 데려가 주십시오! 아버지께서 호랑이를 잡는 모습을 꼭 보고 싶습니다."

"하하하! 좋다. 언젠가는 우리 두 부자가 함께 호랑이 사냥을 나갈 날이 있을 것이다. 그러나 아직은 아니다. 아직은 네가 더, 많이 더 건강해져야만 할 것이니 말이다. 해서 하는 말이다만, 난 내일부터 다시 오래 묵은 하수오를 캐러 다녀볼 셈이다. 네가 이만큼이나 건강해지고 또 밝아진 것은 역시,

지난번에 그 백년 묵은 적하수오를 고아 먹은 덕분일 것이니
말이다. 이번에 만약 그때 그것보다 더 오래 묵은 놈 몇 뿌리
만 캘 수 있다면, 그리고 그것을 고아 먹고 네가 이런 산길쯤
가볍게 뛰어서 오르내릴 수 있게 된다면, 그때 우리는 정말로
호랑이사냥에 대해서 자세하게 계획을 짜볼 수 있을 것이다!
하하하!"

10

　호랑이는 십여 명이 달라붙어서야 겨우 옮길 수 있었다. 그
러나 그 육중한 무거움에도 그들은 개선장군이기나 한 것처
럼 잔뜩 신들을 냈다. 마치 자신들이 직접 잡기라도 한 듯이.
　그리고 축제가 시작되었다.
　모닥불에서는 가죽을 벗겨내고 토막을 낸 호랑이 살점들
이 노린내와 구수한 냄새를 풍기며 익어가고 있었다.
　사내들은 부어라 마셔라 하는 중이었고, 한쪽에서는 벌써
부터 취한 듯이 노랫가락이 흘러나왔다.
　필괴는 무리에게서 조금 떨어진 곳에 자리를 잡고 있었다.
그의 곁에는 장삼이 새삼 신기하다는 듯이 그의 얼굴과 또 그
의 검을 번갈아가며 보고 있는 중이었다.
　단후가 여기저기의 술판들을 돌아다니더니, 술병을 챙겨
든 채로 장삼과 필괴의 곁으로 자리를 옮겨왔다.

사실 어떻게 보면 필괴는 단후가 이번 사냥에서 얻고자 한 바를 망쳐 놓은 것이라 할 수도 있는데도, 단후에게서는 전혀 그런 내색을 찾아볼 수 없었다.

그런 점에서라도 장삼은 단후에 대해 새삼 다시 보게 되었다. 생각해 보면, 이번 사냥에서 그가 분명한 목적을 지니고 있었듯이, 그동안의 강행군 또한 처음부터 그의 계획하에 있었던 것이기 쉬웠다.

그러고 보면 단후라는 인물은 새롭게 평가되어야만 했다. 단순무식하고 거친 듯하면서도 은연중의 치밀함이 있고, 누구와도 서슴없이 어울리는 중에도 필요할 때는 권위를 세울 줄 알며, 그런가 하면 또 대범한 포용까지 갖춘, 그런 점에서 그는 스스로 말했던 '개꿈'을 정말로 한번 꾸어볼 만한 인물인지도 몰랐다.

모닥불의 불길은 어느덧 스러져 가고 있었지만, 용병들의 흥은 더욱더 무르익어 가고 있었다.

축제였다.

11

"우리가 기왕에 단후 대장을 따르기로 했으니, 우리도 이제는 정식으로 용병대를 하나 만드는 것이 어떻겠소?"

감고가 일어서서 크게 외쳤고,

“좋소!”

“그렇게 합시다!”

주위에서는 호응하는 소리들과 박수가 잇달았다.

“이 감고가 지난 며칠 동안에 우선 이름 하나를 생각해 보았는데, 바로 흑전사(黑戰社)요! 우리들 각각은 흑전사(黑戰士)가 되는 것이고, 그런 흑전사들이 모인 곳이란 뜻이오!”

이의가 있거나 토의에 붙일 것도 없었다. 당장에 호응하는 소리 일색이었다.

“멋지다!”

“흑전사 만세!”

크게 고무된 감고가 단후에게 일어서줄 것을 청한 다음에 깊숙이 허리를 숙였다.

“감고가 사주(社主)를 뵈오!”

단후가 멋쩍다는 듯이 웃고 마는데, 사방의 용병들의 일제히 일어나 허리를 숙이며 외쳤다.

“사주를 뵈오!”

“사주를 뵈오!”

그러자 주흥에 무르익었던 사방의 분위기가 갑자기 엄숙해졌고, 단후는 비로소 웃음기를 거두고 허리를 바로 세웠다.

그리고 분위기가 그렇게 되자, 장삼과 필괴 또한 몸을 일으켜 세우지 않을 수는 없었다.

“좋다! 모두의 뜻을 받들어 이 시점부터 우리는 흑전사가 되었다!"

단후가 우렁차게 선언했고, 곧바로 환호성들이 터져 나왔다.

"와아~!"

"와아아~!"

단후가 손을 들어 환호를 잠재우며, 우렁찬 소리로 말을 이어갔다.

"사실 세상은 부(富)가 모든 것을 지배하는 곳이다! 부만 있으면 무력도 권력도, 세상의 그 무엇도, 아니, 세상에 존재하지 않는 것까지도 얻을 수 있다! 그리고 부를 쌓는 데는 용병만 한 일도 없다! 우리 흑전사는 지금부터 한 걸음씩 나아가 언젠가는 천하제일의 용병조직이 되고, 천하제일의 갑부가 되고, 까짓것 기왕에 그리된다면 한번 천하의 주인도 되어보자!"

"와아~!"

"와아아~!"

용병들의 환호성은 그야말로 절정으로 치달았다.

12

호랑이 고기의 인기는 단연 최고였다.

며칠째 한 자리에 머무는 동안 고기가 동이 나자, 나중에는 뼈까지 국물을 우려먹었다.

발톱과 이빨은 부적으로 삼는다며 뽑자마자 사라져 버렸고, 심지어 나중에는 국물을 내고 난 다음에 진액이 다 빠져 버린 뼈까지도 누군가 챙겨 가버렸다.

그래도 가죽은 필괴에게 주어졌다. 용병 중에 그런 쪽으로 솜씨 좋은 자 하나가 정성껏 가죽을 벗겨냈는데, 바람이 잘 통하는 응달에서 적당히 말린 다음에 펼치자 마치 금방이라도 호랑이로 되살아날 듯한 생동감이 느껴졌다.

그렇더라도 필괴는 사실 가죽에 대해 별 욕심이 없을 뿐더러 조금은 찜찜한 마음까지 생기는 것이었으나, 보고 있던 장삼이 냉큼 챙겨서는 봇짐 안으로 우겨넣었다.

"호랑이를 잡은 기념도 되겠고, 가죽 벗긴다고 고생한 사람의 정성을 몰라라 하는 것도 도리가 아니지!"

第十七章
혈사갱(血死坑)

1

날씨가 오랜만에 쾌청한데, 파랗게 깊은 하늘 가운데에 점처럼 보이는 새 한 마리가 크게 원을 그리며 선회하고 있었다.

삐~ 익!

지상 어디선가 날카로운 호각 소리가 길게 울리자, 새는 곧장 한 곳을 향해 내려꽂히듯이 수직하강을 했다.

흑의무복 사내가 내민 나무막대 위에 내려선 것은 매서운 눈과 날카로운 부리를 지닌 한 마리의 매였다.

흑의무복 사내는 매의 가느다란 발목에 매달려 있는 작은 통을 떼내어서 곁에 섰던 갈의중년인에게 공손히 건넸다.

통에서 얇게 말린 전서(傳書)를 빼서 읽은 갈의중년인은 잠시의 생각 끝에 문득 전서를 가늘게 찢어서는 허공에다 흩뿌렸다. 마침 불어 온 바람이 종이 조각들을 사방으로 날려 보냈다.

"추단(萩檀)! 전서응(傳書鷹)을 처리해라!"

갈의중년인의 나직한 지시에, 흑의무복 사내 추단은 언뜻 당황한 기색으로 되었다.

"이 전서는 내게 당도하지 못했다!"

갈의중년인이 다시 차갑게 말했고, 추단은 감히 소홀하지 못하여 황급히 고개를 숙였다.

"옛!"

이어 추단은 재빨리 매의 목을 움켜잡았고, 다시 간단히 비틀어 버렸다.

갈의중년인은 혈사갱을 구성하는 혈조(血組), 호단(虎團), 낭대(狼隊) 중에서 호단의 다섯 단주 중 하나인 목이춘(睦二春)이었다.

오늘날 강호최강이라 불리는 용병조직인 혈사갱은 원래 적혈조(赤血組)라는 살수조직이 그 시작이었고, 이후 강호의 변방을 횡행하던 몇 개의 마적단과, 다시 다수의 낭인조직을 병합하여 지금과 같은 조직의 형태를 갖추게 된 것이었다. 즉, 적혈조가 혈조, 다섯 개의 마적단을 합친 것이 호단, 그리고 열여섯 개의 낭인조직을 합친 것이 낭대로 된 셈이었다.

또한 그런 바탕에서 예전에 일백 명 규모의 마적단을 거느리고 있었던 목이춘은, 자신의 조직을 그대로 끌고 들어와 호단의 제사단주(第四團主)가 된 것이다.

혈사갱의 용병 활동에서 표면에 나서는 것은 호단과 낭대였지만, 사실은 언제나 혈조가 먼저 출동하여 목표물의 지휘부와 고수급들에 대해 선제타격을 가한 뒤였다.

다만 혈조의 움직임은 치밀하고도 은밀하기 이를 데 없었으니, 강호에서 그들의 활약상을 아는 이는 지극히 드물었다.

어쨌든 그런 까닭으로 혈사갱 내부의 분배에 있어서는, 수입의 칠 할 이상이 혈조로 배분되었다.

호단과 낭대로서는 불만이 없을 수 없는 일이었다. 혈조가 혈사갱의 핵심역량인 것은 부인할 수 없다고 하더라도, 가장 많은 피를 흘리는 것은 어쨌든 호단과 낭대였으니 말이다.

더욱이 혈사갱의 창설시점에서는 혈조호단낭대가 상호 동등한 연합 내지는 동맹의 형태로 결성이 되었으나, 시간이 지나면서부터는 분명한 상하관계로 굳어져 버린 데 대한 불만도 컸다. 물론 지금에 와서는 감히 불만을 내비칠 수조차 없게 되어버렸지만.

목이춘은 며칠 전 광주에서 벌어진 풍뢰속문과 태정문 간의 싸움에 관해 소식을 들은 바가 있었다. 그리고 그 싸움에 일단의 용병이 개입되었다는 점에 대해서 당연히 관심을 가지게 되었다.

호단과 낭대의 평상시 임무 중에는 강호에 혈사갱 외에 군소의 용병무리가 활동하는지를 감시하는 것과, 나아가 독자적으로 처리가 가능하다면 그 싹이 자라기 전에 궤멸시켜 버리는 일도 포함되어 있었다. 강호에는 수시로 크고 작은 낭인무리가 생겨나고, 혈사갱이 그랬듯이 그들 또한 언제든지 이합집산하며 새로운 용병조직을 이룰 수 있으니, 사전에 경쟁자를 없앤다는 측면에서 그때그때 눈에 띄는 대로 제거하는 것이었다. 특히 그런 과정에서 금품을 갈취하는 재미는 꽤나 쏠쏠했다.

목이춘이 수하들을 이끌고 광주로 갔을 때 태정문의 싸움은 벌써 종료된 상황이었고, 싸움에 참가한 용병무리는 두둑이 은자를 챙긴 후 이미 그 지역을 빠져나간 뒤였다.

그리하여 그는 지금 사십여 명의 규모라는 그 용병무리의 뒤를 추격하고 있는 중이었다.

광주 태정문과 풍뢰속문의 싸움에 관여한 용병들의 행적을 추적할 것! 목표를 발견하는 대로 즉시 보고하고 다음 지침을 받을 것! 독자적 행동은 불허함!

호단 수석단주 명의의 전서에는 그렇게 쓰어 있었다.

2

"뒤를 따르는 자들이 있답니다!"

후방으로 나갔던 척후의 보고를 가지고 온 감고는 잔뜩 긴장한 기색이 역력했다.

그동안 그들은 전방으로만 척후를 내보내다가, 오늘 아침부터 후방으로도 척후를 내보내기로 했는데, 반나절도 되지 않아 긴급한 보고가 올라온 것이었다.

"풍뢰문에서 기어이 따라붙은 것인가?"

단후가 중얼거렸다. 그러나 그는 그다지 긴장한 기색이 아닐 뿐더러, 오히려 가벼운 웃음기까지 떠올리고 있었다.

장삼은 가만히 고개를 저었다. 단후의 그런 모습에 대해 지난 며칠 동안 그의 새로운 면모 몇 가지를 보지 않았다면, 역시나 단순하고 무식한 배짱이라고만 여겼을 것이다. 그러나 이제는, 단후의 그런 무식한 배짱의 뒤에 수하용병들의 동요를 막으려는 계산이 다분히 깔려 있으리라는 짐작을 해보는 것이었다.

"모두 최고속도로 이동한다!"

단후의 외침은 나직한 중에도 힘이 있었다.

3

너른 벌판을 가로지르던 길이 문득 하나의 계곡과 만나며 그 안쪽으로 이어지고 있었다.

장삼은 눈을 가늘게 뜨고 계곡의 대체적인 지형을 살폈다. 입구에서부터 제법 넓은 폭을 이루며 완만하게 휘어지는 형태를 보이던 계곡은, 어느 정도 안쪽으로 진입한 지점에서 갑자기 좁아지며 협곡을 빚어내고 있었다.

"호로협(葫蘆峽)이라고 하는 곳이지!"

옆에서 단후가 슬쩍 말을 건넸다.

"호로협……?"

장삼이 가볍게 받자, 단후는 싱긋이 웃으며 말을 보탰다.

"말 그대로 호리병처럼 가운데가 갑자기 좁아지는데, 좁은 지역을 지나면 다시 넓어지는 지형이지!"

그러고 보니 단후는 이 계곡에 대해 이미 알고 있었던 것 같았다.

계곡이 가장 좁아지는 곳의 폭은 마차 두 대가 나란히 지나기에도 힘들 정도로 좁았다.

가장 좁은 병목지점에 이르자 단후는 곧바로 흑전사들에게 주변의 돌과 나무 등을 모아 그 지점을 차단하는 벽을 쌓도록 했다.

흑전사들이 분주하게 움직이는 중에 장삼이 단후를 보고 조금은 조심스럽게 말을 던졌다.

"만약에 적이 계곡의 앞쪽까지 선점하고서 앞뒤로 협공을 해온다면 지금의 이 자리는 그대로 사지(死地)가 되고 말 것인데……. 우리는 이 계곡을 곧장 빠져나가는 편이 낫지 않겠소?"

그러자 단후는 짐짓 느긋한 투로 받았다.

"그렇게 말하니 자네는 마치 제법 노련한 병법가인 것처럼 보이는군!"

가만히 응시하는 듯한 눈빛과, 또 그 말의 내용에 장삼이 언뜻 당황하는 기색으로 되다가는 짐짓 쓴웃음을 짓고 말았다.

"이런 와중에도 농을 칠 여유가 있으니, 참으로 배짱 하나는 편한 양반이오!"

단후가 눈썹을 찡긋해 보이고는 툭 뱉었다.

"걱정 말게! 이 길의 앞쪽은 계속 산중을 관통하는 외길이라 다른 길로 돌아서 다시 그 외길을 되짚어 오는 데는 족히 한나절 이상이 걸릴걸? 설마 적들이 일부러 그런 수고를 할 정도로 우리를 대단하게 평가할 거라고 생각하는 건 아니겠지?"

그런데는 장삼이 고소를 지을 수밖에 없었지만, 어쨌거나 단후의 속내를 대강은 짐작할 수 있을 것 같았다.

그들을 추격하는 적이 풍뢰문이라면, 그들의 무력이야 혹 전사가 감히 상대할 수 있는 것이 아니니 도망치는 것이 최선일 것이다. 그러나 기왕에 따라 잡히고 말았다면 무리하게 도망치다가 무기력하게 당하느니, 이곳 협곡같은 지형의 이점에 기대어 저항을 해보는 것이 낫다는 계산이리라.

또한 단후의 그런 계산에서는 필괴와 장삼 자신의 존재도 필시 들어가 있을 것이었다. 즉, 지형의 이점에 적절히 기댄다면 소수의 고수들만으로도 싸움의 주도권을 잡을 수 있을 것인데, 그때에 특히 필괴를 적극적으로 활용할 수 있으리라는 계산 말이다.

사실은 그런 계산이야말로 흑전사의 사주로서 단후가 취할 수 있는 최선의 선택이기도 할 것이었다.

그새 흑전사들은 부산하게 움직이고 있었다. 돌과 나무 등으로 쌓은 방어벽이 어느 정도 모양을 갖추었고, 그러자 제각기 활을 꺼내 시위를 먹여도 보고, 또 작은 크기의 방패며 도끼며 장창 등의 무구(武具)를 꺼내 점검하는 등, 부산한 중에도 제법 차분하게 적을 맞을 준비를 하고 있는 중이었다.

아마도 그들의 그런 모습이야말로, 오랜 기간의 낭인 생활에서 저절로 터득된 생존법일 것이었다.

4

삑!

계곡의 입구 쪽에서 짧게 끊어지는 호각 소리가 일었다.

"적이다!"

누군가 나직하게 외쳤고, 흑전사들은 대번에 긴장하며 급하게 방어벽 뒤로 물러섰다.

단후는 오히려 방어벽을 넘어 그 앞쪽에 우뚝 버텨서며 전방을 노려보았고, 그런 때문에라도 장삼과 필괴가 또한 방어벽 뒤로 피신할 염두를 굴리지는 못하였다.

완만히 휘어진 지형으로 인해 계곡의 입구 쪽이 보이지 않는 중에 문득 앞쪽에서 두 사람의 모습이 나타났다. 사력을 다해 달려오고 있는 그들은 바로 흑전사의 척후들이었다.

그런데 그 두 명의 척후가 방어벽으로부터 대략 오십 보쯤 되는 지점까지 도달했을 때였다.

쒜~ 액!

문득 날아온 화살 두 대가 곧장 그들의 등으로 꽂혀 들었다.

순간 척후들은 그대로 나동그라졌고, 그런 채로 두 팔을 버둥거렸다. 조금이라도 더 아군들 쪽으로 다가가려는 절박한 몸짓들이었다. 그러나 그들의 등에 깊숙이 박혀 버린 화살은 멀리서 보기에도 치명적이었고, 그들은 다만 안타까이 버둥거릴 뿐이었다.

바로 눈앞에서 벌어진 그런 광경에 참지 못한 흑전사 몇몇이 방어벽을 타고 넘으려 했다. 동료들을 구하러 달려가려는 것이리라.

그러나 그때였다.

"모두 제자리를 지켜라!"

단후가 고함을 쳤다. 차라리 차갑기까지 한 그의 외침에 막 방어벽을 넘었던 흑전사 몇몇이 멈칫하고 섰다. 그리고는 감히 사주의 명령을 거역하지는 못하겠던지 힘겹게 몸을 돌렸다. 그러나 쓰러진 채로 아직도 버둥거리고 있는 동료들에게서 차마 고개를 돌리지는 못하였는데, 그런 그들의 두 눈은 시뻘겋게 충혈이 되어가고 있었다.

그때 전방에는 기마를 포함한 일단의 무리가 모습을 드러내고 있었다.

무리는 이내 일백여에 달하는 숫자로 불어났는데, 한순간 무리 중에서 깃발 하나가 솟아올랐다.

깃발은 흰 바탕에 섬뜩한 붉은 글씨 하나가 새겨져 있었다.

사(死).

그것을 보고 흑전사 중의 누군가가 숨넘어가는 소리로 외쳤다.

"혈사갱(血死坑)!"

경악이 고스란히 담긴 외침이었다.

장삼이 또한 크게 놀라며 반사적이다시피 옆을 돌아보니, 그때 단후 역시도 잔뜩 얼굴을 굳히며 어쩔 수 없는 당황과 경악을 뱉고 있는 중이었다.

"우라질! 혈사갱이라니……!"

그러나 단후는 이내 악 다문 잇소리를 냈다.

"좋다! 기왕에 이렇게 되었다면, 죽기 살기로 한번 부딪쳐 볼 밖에!"

이어 단후가 흑전사들을 돌아보며 고함쳤다.

"우리는 흑전사다! 저들이 혈사갱이든 나발이든 간에, 우리 흑전사가 어차피 한번은 맞부딪쳐야 했을 상대일 뿐! 오늘 기왕에 마주쳤으니, 한번 제대로 붙어주자! 자~! 흑전사들이여! 모두 준비가 되었나?"

단후의 목소리가 우렁찼다.

그러나 흑전사 중에서는 선뜻 대답이 나오지 않았는데, 그때 단후가 가슴을 쭉 펴더니 돌연 고함을 내질렀다.

"우아~ 아~ 아!"

괴성 같은 그의 고함 소리가 우렁우렁 계곡 전체에 울려 퍼졌다. 그리고 다음 순간,

"우와아아~!"

흑전사들이 일제히 고함을 지르기 시작했다. 목이 터져라 질러내는 그 고함들은 아마도 그들을 짓누르고 있는 경악과 두려움을 떨치기 위해 사력을 다해 악을 쓰는 것이리라.

5

목이춘은 느긋하게 전방을 굽어보았다.

　나무와 돌을 엉성하게 쌓아 만든 방어벽 뒤에 숨은 그 사십여 명은, 한눈에 보기에도 오합지졸의 수준을 벗어나지 못했다. 용병이라고 할 것도 없었고, 그저 강호를 떠돌아다니는 낭인 패거리들이었다.

　게다가 놈들은 아직까지도 제대로 상황 파악을 못하고 있는 듯하니, 우선은 제 놈들이 마주하고 있는 상대가 어떤 존재인지부터 가르쳐 주어야 할 일이었다.

　"너희는 용병 노릇을 함에 있어 감히 우리 혈사갱의 허락을 받지 않았다. 하여 이제 너희에게는 단 두 가지의 선택만이 있는 바, 용병 노릇을 하여 받은 은자를 우리에게 바친 다음에 너희같이 무도한 자들이 다시금 생기지 않도록 경종을 울리는 뜻에서 모두 귀 한 짝씩을 남기고 살아서 떠나는 것이 그 첫 번째요, 두 번째는… 이 자리에서 목을 베여 구천을 떠도는 고혼(孤魂)이 되는 것이다. 자! 어느 쪽을 선택하겠느냐?"

　그리고 목이춘은 잠시 기다리기로 했다. 놈들이 혼비백산하고 전전긍긍할 것을 짐작하면서.

　그런데 그때였다.

　"별 시러배 아들 놈을 다 보겠네? 뭐? 허락을 받지 않았다고? 그래서 또 뭐가 어째? 귀를 남기고 목을 베겠다고? 이런… 콱!"

　처음부터 방어벽 앞에 나와 섰던 세 명 중, 시커멓게 생긴 거구의 장한이 거칠게 뱉어내는 소리였다. 그러더니 그자는 흘깃 뒤쪽을 돌아보며 묻는 식으로 다시 외쳤다.

"어이! 혈사갱이 도대체 어느 동네에서 빌어먹는 물건인지 아는 사람 있나?"

순간 방어벽 뒤쪽에서 탄식인지, 웃음소린지 애매한 몇 마디 소리가 새어 나왔다.

"허! 이놈들이?"

목이춘이 차라리 어이가 없어지고 마는데, 그 거구의 장한이 당장에 말꼬리를 잡으며 거칠게 되받았다.

"이놈들? 근데 이 개 호로자식이……? 진짜로 뒈지고 싶어서 환장을 했냐?"

단후였다.

단후가 다시금 뒤쪽을 돌아보며 외쳤다.

"어이! 우리가 어떤 분들인지 저 호로자식에게 말 좀 해줘라!"

그러자 곧장 흑전사들 중의 하나가 큰소리로 외쳤다.

"우리는 흑전사다!"

감고였다. 그가 이어 단후를 가리키며 목청을 높였다.

"저분이야말로 흑전사의 사주(社主)이신 거도패왕(巨刀覇王)이시니, 네놈들은 강호를 떨어 올리는 그 대명을 아직껏 들어보지도 못했단 말이냐? 하하하! 이놈들! 너희 놈들 따위는 우리 사주께서 거도를 한번 휘두르기만 하면 추풍낙엽으로 목이 떨어질 것이니, 너희 놈들이야말로 졸지에 원혼이 되어 구천을 떠도는 신세가 되기 전에 지금이라도 꼬리를 말고 물러감이 어떻겠느냐?"

감고가 걸진 입담을 풀어 재끼면서 절로 기가 사는지 그 목소리가 사뭇 우렁차고도 호기로웠다.

그러나 다음 순간 그는 화들짝 기겁하며 방어벽 아래로 머리를 처박았다.

피～ 핏!

피피～ 핏!

흑전사들을 향해 수십 발의 화살이 날아들고 있었다.

그런데는 단후와 장삼, 필괴도 버티지 못하고 얼른 뒤로 물러나며 방어벽을 넘어 몸을 피했다.

그때였다.

혈사갱의 무리가 일제히 돌격을 감행해 오고 있었다.

함성이나 외침은 없었다. 그러나 도검을 치켜들고 일제히 전진해 오는 그 기세는 맹렬하였다.

당장에 흑전사들이 크게 동요할 때였다.

"별것 아니다! 모두 제자리를 지켜라!"

크게 외친 단후가 그대로 방어벽을 뛰어넘었다. 그리고는 거도를 치켜들고 곧장 앞으로 달려나갔다.

6

혈사갱의 무리가 일제히 돌격해 오는 광경을 보며 필괴는 급격하게 흥분이 고조되었다.

그것은 강한 적대감과 분노, 혹은 격정과도 같은 감정들이었다.

그런데 그 같은 즉각적인 흥분의 고조에 대해서는 그 스스로가 느끼기에도 조금은 낯설다 싶을 정도로 급박하고 민감한 것이어서, 한편으로 언뜻 당황스럽기도 했다.

아마도 지금 그의 내부에서 사뭇 거칠게 꿈틀거리기 시작한 혈룡 때문인 것 같았다.

혈룡의 힘은 확연히 느껴질 정도로 그새 다시 강해져 있었다.

그는 문득 약간의 두려움 같은 것을 느끼고 말았다.

뭐랄까? 혈룡이 커지고 강해지면서, 비례하여 더욱 거칠고 포악해지고 있는 느낌이랄까? 그럼으로써 앞으로 혈룡이 더욱 크게 자라남에 따라, 그 거칠고 포악함은 또 얼마나 더해질까 하는 상상에 대한 다소간의 막연한 두려움이었다.

그러나 그는 곧 그러한 두려움에서 벗어났다. 대신 그의 내부에서 급속하게 충만해지고 있는 강력한 힘의 뿌듯함에 젖어들었다.

그리고 그때 그는 보았다. 단신으로 달려나간 단후가 적진의 선두를 맞아 맹렬히 거도를 휘두르고, 대번에 두세 명을 베어 넘기면서 주위로 시뻘건 피가 흩뿌려지는 것을.

그 순간 그의 내부에서는 마침내 어떤 무엇이 폭발하고 말았고, 그는 그대로 방어벽을 뛰어넘으며 곧장 앞으로 달려나갔다.

뒤에서 장삼이 뭐라고 외쳤다. 그러나 그는 도저히 스스로를 억제할 수가 없었다.

정면에서 적들이 마주 달려오고 있었다.

그는 검을 치켜들었다. 그리고 가차없이 베어버렸다.

"으~ 악!"

"크악!"

혹한 비명이 일며 피가 튀었다.

그때 그의 뒤에서도 단발마의 비명이 터져 나왔다.

"악!"

언제 쫓아왔는지 장삼이 적의 목에 검을 꽂아 넣고 있었다.

그러나 필괴는 돌아보지 않았다.

그는 이미 치열한 흥분에 매몰되어 있었고, 그의 눈은 오로지 적들을 향해 있었다. 이제는 그 어떤 것도 그를 멈추게 할 수는 없었다.

7

뒤쪽에 처져 느긋하게 전황을 지켜보고 있던 목이춘은 이내 격한 분노를 참을 수 없게 되었다.

선봉이 맥없이 무너지고 있는 중이었다. 그것도 단 세 명에 의해서. 그 세 명은 그의 수하들은 마치 수수깡 베듯이 연신 베어 넘기고 있는 중이었다.

"저 세 놈부터 죽여라!"

목이춘의 명령이 떨어지자 혈사갱의 백여 명은 일제히 단후와 필괴, 그리고 장삼을 향해 집중하기 시작했다.

단후는 맹렬하게 거도를 휘둘러 적을 베었지만 떼로 몰려드는 적들에게는 역부족이라 점차로 밀려나던 중에 이윽고 방어벽을 바로 등 뒤에다 두게 되었다. 그러나 그는 방어벽을 넘어가는 대신에 우뚝 버텨 서며 거칠게 포효했다.

"와라~!"

그때였다. 단후의 뒤쪽에서 우렁찬 고함들이 터져 나왔다.

"와라~!"

"우와아아~!"

흑전사들이었다. 그들은 목이 터져라 악을 써대며 방어벽을 타 넘고 있었다.

8

차차~ 창!
차차차~ 창!

　두 무리, 일백사십여 명이 한데 엉켜 치열하게 격돌을 벌이고 있었다.

　단후의 거도가 맹렬히 춤을 추며 적을 베어 넘겼고, 필괴와 장삼이 또한 거침없이 적을 쓰러뜨렸다. 죽고 죽이는 처절한 혈전이었다.

　흑전사들은 자연히 단후와 필괴, 장삼 세 사람을 중심으로 뭉친 채 필사의 저항을 하는 중이었고, 그런 때문으로 적들은 배가 넘는 숫자의 우위로도 당장에는 뚜렷한 승기를 잡지 못하고 있었다.

9

　포위를 당한 중에도 적들의 저항은 제법 드세었다.

　그로 인해 적들을 무너뜨리는 데는 아무래도 애초의 예상보다는 좀 더 시간이 걸릴 듯하였다.

　그런 데 대해 목이춘은 문득 답답함을 느꼈고, 이윽고는 자신이 직접 전면에 나서기로 마음을 정했다.

　그런 다음에야 우선 적장(敵將)의 목부터 베어야 할 것은 당연한 수순이었다.

　당연히 그는 자신이 있었다. 비록 적장이 되는 자가 제법 용맹을 발휘하고는 있지만, 그래 봐야 그저 완력을 좀 쓰는 정도였다. 그가 이미 단정했던 바대로 오합지졸에 불과할 뿐인 것이다.

그런데 그가 적장을 향하여 곧장 달려갈 때였다.

마침 길목에 섰던 자 하나가 그를 향해 검을 겨누며 다가왔는데, 바로 적의 중심이 되는 세 명 중의 하나였다. 하여 그가 일단은 부딪쳐 오는 자의 목부터 베리라 작정하고 마주 검을 곧추세울 때였다.

"기다려! 그 호로자식은 내 차지야!"

버럭 외치면서 한 자루 커다란 도를 높이 치켜들고 달려오는 자는, 바로 적장이었다. 우두머리끼리 상대하자는 것이리라. 목이춘은 잠깐 실소를 머금지 않을 수 없었다.

'감히 오합지졸 따위가……!'

10

캉~!

카~ 캉!

단후와 목이춘의 교합에서는 도검이 부딪치는 소리에 격렬함에 더해 깊은 울림이 묻어났다.

목이춘이 검에 실어 펼치는 내공 때문이었다.

그러나 목이춘이 그저 완력 정도에 불과하다고 여겼던 단후의 용맹은, 목이춘의 내공 실린 검초와 정면으로 격돌하면서도 여전히 맹렬하였다.

단후의 솜씨는 새삼 대단하였다. 그의 거도는 마치 가벼운 검처럼, 혹은 몸의 일부라도 되는 듯이 빠르고도 익숙하게 허공을 누비고 다녔다. 더불어 시간이 흐를수록 점점 더 강렬해져 갔고, 또한 거침이 없어져 갔다.

교합은 그리 오래가지 않았다.

"크~ 악!"

처절한 비명과 함께 하나의 목이 둥실 허공으로 떠올랐다. 연이어 거도가 그 목을 따라가서는 꼬치 꿰듯이 칼끝에 꽂았다.

목이춘의 목이 꽂힌 거도를 높이 치켜든 단후가 천둥같이 일갈했다.

"모두 멈춰라! 싸움은 이미 끝났다!"

11

묘한 결과였다. 숫자 면에서는 여전히 혈사갱 측이 훨씬 많았다. 그러나 그들의 기세는 완전히 꺾였다.

"가거라! 가서 흑전사에게 당했음을 알려라!"

당당하게 외친 단후가 거도를 힘차게 뿌렸다.

그러자 칼끝에 꽂혀 있던 수급이 계곡 입구 쪽으로 멀리 날아갔다.

혈사갱의 무리 중에서 하나가 재빨리 달려갔다. 목이춘의

심복 추단이었다. 그리고 목이춘의 수급을 갈무리한 추단은
곧장 계곡 밖을 향해 내달렸다.

보고 있던 혈사갱의 무리들이 주춤주춤 동요하는 중에 몇
몇이 그대로 몸을 날려 달아나기 시작했고, 그러자 이윽고는
나머지 무리들이 일제히 그 뒤를 따라 달아났다.

단후가 흑전사들을 향해 섰다.

"우리는 천하제일의 용병 흑전사다! 그렇지 않은가?"

쩌렁한 그 고함의 대답은 거창한 환호로 돌아왔다.

"와아아~!"

"흑전사! 만세~!"

12

"저기 말이야! 혹시 정식으로 흑전사에 들어올 마음 없나?
내가 가만히 생각해 보니까… 우리가 힘을 합친다면 정말로
꽤나 그럴 듯한 그림이 될 것 같아서 말이야!"

단후가 슬쩍 운을 떼더니, 장삼과 필괴가 뭐라고 하기 전에
얼른 다시 덧붙였다.

"아아~! 그렇다고 꼭 내 밑으로 들어오라는 건 아니
고……. 들어올 생각만 있다면, 필 방주 하고 나하고 둘이서
공동으로 사주 노릇을 할 수도 있는 것이고……!"

그제야 장삼이 차라리 가볍게 실소를 띠고 말았는데, 그러

자 단후는 문득 필괴를 향하며 정색이 되었다.

"그동안 겪어봐서 대충은 알겠지만… 내가 본래 죽어도 남 밑에 있는 성질은 못 되는데, 만약에 필 방주가 굳이 사주를 해야겠다는 입장이라면… 그럴 정도의 용의까지도 있다는 거지!"

필괴가 이윽고는 곤혹스러운 얼굴이 되고 마는데, 장삼이 빙그레 웃으며 대신 말을 받았다.

"우리 방주는 이미 일방의 주인 신분이니, 다시 흑전사의 사주가 될 수는 없는 일이오! 그리고 우리가 굳이 흑전사에 소속되지 않더라도, 지금과 같은 식의 관계를 유지하는 것도 괜찮지 않겠소?"

"쩝! 그것참……!"

단후가 입맛까지 다셔가며 아쉽다는 얼굴이 되더니, 이내 다시 고개를 주억거렸다.

"하긴… 뭐!"

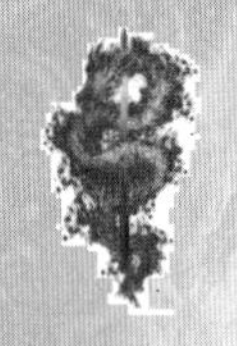

第十八章
청룡건(靑龍巾)

1

사망 일곱.

중상 열하나.

그럼으로써 이제 흑전사 중 전투가 가능한 인원이래야 기껏 스물이 조금 넘는 정도에 불과했는데, 풍뢰문에다 이제 혈사갱까지 당장의 적으로 돌려놓았으니 앞으로의 상황이 참으로 난감할 지경이었다.

"병력을 나눈다!"

단후가 앞뒤 설명도 없이 뱉은 말이었다.

"어떻게 나눌 겁니까?"

누군가의 묻는 목소리가 침울하기만 했다.

그러나 대답은 이미 정해져 있는 것이나 마찬가지였다. 광주 태정문에서 한 차례 겪었던 것과 같은 상황이라고 할 것이니 말이다.

"부상을 입은 사람과, 또 원하는 사람은 여기에서 빠진다! 그리고 한데 어울리든, 각자 흩어지든, 어쨌든 재주껏 도망을 치라는 거다!"

단후의 대답도 차라리 담담했다.

그리고 감고가 곧바로 흑전사들의 의사 파악에 들어갔다. 그러나 그가 파악하고 말고 할 것도 없었다. 중상자로 이미 분류된 자들 외엔 누구도 빠지기를 원하지 않았으니까. 그리고 중상자들마저 나중에 언제가 되더라도 반드시 흑전사로 복귀할 것이라고 의지를 불태우는 판이었으니까.

그렇게 하여 계곡을 벗어나는 즉시로 중상자 열한 명은 일행과 분리가 되었고, 나머지 이십여 명은 곧장 산중으로 방향을 정했다.

2

일행은 하루밤낮을 꼬박 세우며 산 몇 개를 잇달아 넘는 강행군을 한 끝에 마침내 다시 평원지대로 나올 수 있었다.

관도로 진입하기 전에 일행은 작은 냇가를 찾아 우선 솥부터 걸었다.

이제는 어느 정도 적들의 추격을 따돌렸다는 안도가 생겼고, 무엇보다 지난 이틀 동안 흔적을 남기지 않기 위해 생쌀과 육포만 씹으며 견뎌왔기 때문이었다.

그런데 모두가 오랜만의 포식을 즐기고 나서 꿀맛 같은 휴식을 취하고 있을 때였다.

두두두!

두두두!

난데없이 일단의 소리가 울리기 시작했는데, 제법 멀리서 들리는 듯한 그 소리는 땅을 울리는 듯이 미세한 진동을 동반하고 있었다.

그리고 그 소리는 점차로 커지더니 이윽고는 지축을 울리는 듯한 요란한 소리로 번져 갔다.

두두두두~!

두두두두~!

"말이다!"

흑전사 중의 누군가가 나직이 외쳤다.

그랬다. 말발굽 소리였다. 그것도 한두 마리가 아닌 제법 대단한 숫자로 여겨지는.

그때 문득 멀리서 거대한 구름 같은 것이 일어나는 것이 보이더니, 다시 그 사이로 여러 개의 검은 형체가 모습을 드러내기 시작했고, 이어 빠르게 확대가 되었다.

기마대였다. 수십, 아니, 일백 기는 족히 되어 보이는 기마

대가 거대한 먼지구름을 일으키며 달려오고 있는 광경이었
다.

　“제기랄! 저것들은 뭐지?”

　단후가 긴장을 감추려는 듯이 짐짓 투덜거리며 뱉을 때였
다.

　“저건… 철사문장(鐵獅紋章)? 설마 패왕철기대(覇王鐵騎隊)
란 말인가?”

　기마대의 앞 열에서 펄럭이고 있는 커다란 깃발을 본 감고
가 대번에 경악하며 외쳤다.

　단후가 덩달아 놀라며 중얼거렸다.

　“패왕가(覇王家)라고?”

　이어 단후는 곧장 장삼을 향했다. 그리고 나직이 외치듯이
물었다.

　“혹시 패왕가와도 무슨 문제가 있나?”

　그러나 장삼이 빠르게 염두를 돌리는 기색으로 대답을 해
줄 여유가 없어 보이는지라, 단후는 다시 필괴 쪽으로 흘깃
시선을 주었다.

　하지만 그때 필괴가 또한 차갑게 얼굴을 굳히고 있는 중이
었으니, 단후는 모래를 씹은 듯한 표정으로 되며 투덜거렸다.

　“제기랄! 뭐 이런 지랄 같은 경우가 다 있나그래? 늑대 떼
로부터 겨우 벗어났나 했더니, 다시 호랑이 떼를 만난 격이
아닌가 말이야?”

그런 중에 단후의 표정에서는 언뜻 체념과도 같은 것이 묻어나는 듯이 보이기도 했다. 그도 그럴 것이 패왕가는 자그마치 강호 십대문파에 드는, 풍뢰문과는 또 확연히 차원이 다른 그야말로 거대문파인 것이다.

그리고 총 일백 기의 철갑기마로 이루어진 패왕철기대는 패왕가를 상징하는 전위전투조직으로, 그들의 독자적인 전력만으로도 웬만한 문파 하나쯤은 간단히 강호도상에서 지워 버릴 수 있는 막강한 존재였다.

그런데 이제 기껏 이십여 명만 남은 흑전사로서야……! 더욱이 그들은 연이은 전투와 강행군으로 몹시 지쳐 있는 상태였다.

그러나 단후는 다시 입가에다 씩 웃음을 달았다. 그리고 습관처럼 투덜거리는 투로 뱉었다.

"제기랄! 이번에는 아무래도 죽으란 운수인가 보다! 그러나 아무리 죽을 팔자라고 하더라도 곱게 죽을 수는 없지! 다들 안 그래?"

흑전사들은 다만 굳은 표정들이었다. 그러나 단후가 이어,

"모두 뒤쪽의 돌무더기지대 안으로 피한다! 그리고 무엇이든 주워서 주위에다 방어벽을 쌓는다! 자! 다들 움직여!"

하고 명령을 내리자 흑전사들은 그 즉시 재빠르게 움직이기 시작했다.

3

흑전사들을 그대로 짓밟아 버릴 듯이 질주해 오던 일백여 기의 패왕철기대는, 흑전사들이 돌무더기지대를 의지하여 급하게 쌓은 방어벽으로부터 오십여 보쯤 거리를 남겨둔 지점에 이르러서 돌연히 정지했다.

그러나 미처 멈추지 못한 먼지구름이 그대로 밀려들며 순식간에 흑전사들을 덮쳤다.

두득!

두득!

패왕철기대에서 열 기의 기마가 천천히 앞으로 나선 것은, 자욱한 흙먼지가 어느 정도 지나쳐 갔을 즈음이었다.

그런데 그 열 기의 기마 중에서도 가운데쯤에 위치한 기마 하나가 특히 눈에 띄었다.

다른 기마는 모두 철갑으로 무장을 하고 있는데 비해 그 한 마리만은 철갑을 걸치지 않은 채 검은 빛의 윤기 흐르는 갈기와 늘씬한 체형을 그대로 드러내고 있었기 때문이었다.

또한 다른 말들의 안장에는 거무튀튀한 장창 한 자루씩이 걸려 있는데, 그 흑마의 안장에는 한 자루의 언월도가 걸려 있었다.

비록 길고 무거워 보여 과연 실전에서 쓰일 수 있을까 하는 생각이 언뜻 드는 것이었지만, 그러나 그 한 자루 언월도의 은빛 감도는 커다란 칼날은 최소한 흑마의 기수인 백의청년의 위엄을 드높이기에는 충분해 보였다.

그럼으로써 그 백의청년은 기상과 위엄이 넘쳐 몹시도 당당해 보이는 모습이었다.

열 기의 기마가 일렬로 멈춰 선 뒤에도, 백의청년은 흑마를 조금 더 전진시켜서 홀로 섰다.

"너희 중에 상자강을 죽였다는 자가 있느냐?"

묻는 백의청년의 목소리가 맑고 힘찼다.

그런데 장삼이 백의청년을 새삼 유심히 살필 때였다. 갑자기 필괴가 앞으로 걸어 나가고 있었다.

순간 장삼은 움찔 놀랐지만, 필괴를 제지하지는 않았다. 그때 딱딱하게 굳은 듯한 필괴의 뒷모습에서, 문득 지독히도 시린 냉기 같은 것을 느낄 수 있었기 때문이다.

필괴는 빠르지도 느리지도 않게 이십여 보를 나아가고 있는 중이었다.

그러자 백의청년의 뒤쪽에 멈춰 서 있던 아홉 기의 기마가 천천히 움직여 백의청년과의 거리를 좁혀 들었는데, 그때였다.

"거 어디서 굴러먹던 기생오래비인지는 모르겠지만, 보아하니 저 혼자서는 똥 누고 뒤도 못 닦을 놈 같은데, 조무래기들이나 잔뜩 달고 다니면서 그 위세를 믿고 거들먹거리는 꼴이라니……. 니미랄! 어디 눈꼴이 셔서 눈뜨고 봐주겠냐?"

흑전사들 쪽에서 돌연 걸걸한 목소리 하나가 크게 외쳤다.

단후였다. 그리고 단후였기에 장삼과 흑전사들은 차라리 인정을 하는 심정으로 될 수밖에 없었다. 아직 상대의 의중도 제대로 파악하기 전에 무작정 도발부터 하고 보는 그 돌발성과 선부름에 대해.

사십 보의 거리를 두고 있었지만, 단후를 노려보는 백의청년의 눈빛은 날카로웠다.

그러나 잠시 후, 백의청년 문득 뒤를 돌아보며 손짓을 했다.

그러자 바로 뒤쪽까지 다가서 있던, 투구 꼭대기에 붉은 수실을 동여맨 기수가 완곡히 만류를 하는 모양새였다.

그러나 백의청년은 사뭇 단호한 기색이었고, 그의 뜻을 감히 꺾치는 못하는 듯이 붉은 수실의 기수는 천천히 뒤로 물러섰다. 그리고 그를 따라서 나머지 여덟 기의 기마가 또한 뒤로 물러섰다.

그런데 아홉 기의 기마가 본래 서 있던 곳까지 물러났는데도, 백의청년은 다시 손짓을 했고, 이윽고 기마들이 전체 대열이 있는 지점까지 물러난 다음에야 백의청년은 손짓을 멈추었다.

4

"네가 풍뢰문의 상자강을 죽인 자냐?"

백의청년이 물은 데 대해, 필괴는 천천히 고개를 끄덕였다.

"그렇다. 내가. 그를. 죽였다!"

필괴가 너무도 간단히 시인을 한 때문인지, 혹은 그의 특이한 말투 때문인지 백의청년은 언뜻 이채를 띠었다.

"상자강과는 어떤 원한이 있었던 것이냐?"

백의청년의 이어진 물음에 대해 필괴는 이번에 묵묵부답으로 받았고, 그에 대해 백의청년은 곧바로 노갈을 터뜨렸다.

"이놈! 상자강과 나는 의로써 맺어진 형제의 사이이니, 나는 네놈의 목을 베어 그의 혼백을 위로해 줄 것이다!"

그때 필괴가 나지막이 뱉었다.

"흑룡건!"

그러나 필괴의 말은 마치 그 입속에서만 웅얼거리는 듯했기에 백의청년이 와락 이마를 찡그리며 다그쳤다.

"지금 무어라 했느냐?"

필괴가 조금 더 분명하게 다시 말했다.

"흑룡건!"

순간 백의청년은 흠칫 놀라는 기색이 되고 말았다.

필괴가 차갑게 눈빛을 빛내며 다시금 또박또박 말했다.

"황룡건! 자룡건! 청룡건! 백룡건!"

백의청년의 두 눈이 이윽고는 부릅떠졌다.

"네가 어떻게……?"

"그 넷 중. 너는. 무엇이냐?"

여전히 나직하였지만 필괴의 목소리에는 지독히도 차가운 냉기가 서려 있었다.

그 냉혹한 기운에 대한 반발이기라도 하듯이 백의청년이 크게 격노하며 호통을 터뜨려 냈다.

"이놈! 네놈의 정체가 무엇이냐?"

내력이 실린 쩌렁한 외침이었다.

그러나 필괴는 묵묵히 백의청년을 쏘아보고만 있었는데, 그의 눈빛은 이제 차라리 담담한 빛이 되어 있었다.

5

"어이, 필 방주! 뒤에 우리 혹전사가 버티고 있으니까 쫄지 말고 한판 붙어보라고!"

단후가 외쳤다. 백의청년이 잇따라 호통을 질러대는 것을 보고, 딴에는 필괴의 기를 살린다고 한 짓이리라.

그런데 순간, 그것이 기폭제라도 된 듯이 백의청년은 돌연 흑마를 몰아 앞으로 달려나왔다.

그러나 말이 곧장 가속을 붙여 짓쳐 오는데도 필괴는 우뚝 버티고만 서 있는 것이 마치 온몸으로 흑마와 부딪치려는 듯 보이는 것이었다.

"하~!"

백의청년은 흑마에 더욱 박차를 가했다.

그런데 이윽고 흑마가 필괴의 바로 지척까지 다가와 그대로 짓뭉개고 지나가려 할 때였다.

"와~ 앗!"

필괴가 돌연 짧게 부르짖었고, 순간 흑마는 크게 놀란 듯이 돌연히 앞발을 높이 치켜들며 급급히 옆으로 방향을 틀어버리는 것이었다.

그리고 그 바람에 흑마가 금방이라도 고꾸라질 듯이 위태롭게 비틀거릴 때였다.

백의청년이 가볍게 말 등에서 공중으로 도약해 오른 데 이어 날렵하게 바닥으로 내려섰다. 뛰어난 신법으로 다급한 순간을 사뭇 여유있게 벗어난 것이었다. 또한 그 와중에도 어느 틈에 챙겼는지 그는 안장에 걸려 있던 언월도를 들고 있었다.

백의청년은 언월도를 길게 뻗어 필괴에게 겨누었다. 그런 그에게서는 당당한 자부와 충만한 자신감이 비쳤는데, 그 잠깐의 돌발상황에 대해 패왕철기대가 조금의 동요도 보이지 않았다는 데서도 그의 그러한 자부와 자신감이 근거없는 것은 아님을 엿볼 수 있을 듯했다.

6

위~ 잉!

백의공자의 손에서 중병인 언월도는 지극히 가볍게 다루
어졌다. 그러나 은빛을 뿌리며 허공을 가르는 그 커다란 칼날
의 기세는 실로 엄청난 것이었다.

그러나 필괴는 그 육중한 기세의 커다란 칼날을 향해 정면
으로 검을 내려쳤다.

캉!

언월도와 검이 부딪치며 '번쩍!' 하고 불똥이 사방으로 튀
었다.

단후는 두 눈을 부릅뜨고 말았다. 그 역시도 중병인 거도를
쓰는 입장에서 지금 필괴가 다만 한 자루 가벼운 검으로 무겁
기 이를 데 없는 언월도에 정면으로 부딪쳐 가는 광경은 참으
로 무모하게 생각되지 않을 수 없었다.

그러나 연이어 단후는 입마저 딱 벌리고 말았다. 필괴의 검
은 그 무모한 격돌에서 조금도 밀리지 않았을 뿐더러, 마치
그림자처럼 곧장 상대를 따라 붙고 있었다.

캉!

카~ 캉!

격렬한 부딪침이 계속되었고, 그런 중에 맹렬히 튀는 불꽃
은 마치 한낮의 불꽃놀이를 보는 듯했다.

단후는 한번 벌어진 입을 내내 다물지 못하고 있었다.

백의청년에게서 이제 처음의 자부심이나 자신감은 보이지

않았다. 오히려 그는 사뭇 당황스러운 기색으로 바뀌어 있었다.

공세의 주도권은 필괴에게 넘어와 있었다. 그의 공격에서 공수(攻守)의 조화 같은 것은 찾아볼 수 없었다. 몸을 사리지 않고 무작정으로 몰아치는, 오로지 공세뿐이었다.

필괴의 내부에서는 지금 한 마리 핏빛 용이 거칠게 포효하며 광란하듯이 날뛰고 있었다.

7

백의청년은 이윽고 언월도를 버릴 작정을 했다.

그가 길고 육중한 언월도의 이점을 십분 살리려면 상대를 가까이 접근하지 못하도록 해야 하는데, 그것이 용의치 않으니 오히려 변화에 둔감할 수밖에 없는 결점만 안게 되는 격이었다.

언월도를 버리더라도 그에게는 한 자루 검이 더 있었다.

그리고 비록 강호에서 장창과 언월도 같은 중병이 패왕가의 상징처럼 여겨지긴 하지만, 사실 그의 무공은 검에 보다 강점이 있는 것이었다.

패～ 앵!

그의 손을 떠난 언월도가 마치 거대한 회오리처럼 회전하며 상대에게로 날아갔다. 상대는 감히 그 폭풍 같은 기세를 맞받아칠 엄두를 내지는 못할 것이니, 그는 상대의 허실을 포착해 쾌검으로써 일시간에 반전을 도모해 볼 계산이었다.

그러나 그때였다.

타~ 앙!

벼락치는 듯한 폭음이 일었다.

놀랍게도 상대는 그가 전력으로 내던진 언월도를 정면으로 후려쳐서 허공으로 튕겨 내버린 것이었다. 단지 한 자루의 철검으로 말이다. 도저히 믿기 어려운 노릇이었다.

연이어 상대가 쭉 미끄러지듯이 그와의 거리를 단축시켜 오고 있었기에 그는 애써 당황을 추스르며 허리에 걸린 검의 손잡이를 잡아갔다.

그러나 그는 검을 다 뽑지도 못했다. 한순간 갑자기 상대의 모습이 흐릿해지는 것 같더니, 돌연 가슴에 불로 지지는 듯한 화끈한 고통이 피어오르는 것이었다. 바로 이어서 온몸의 힘이 한순간에 모조리 빠져나가는 것 같은 극심한 허탈감이 밀려들었다.

"이, 이게……?"

그는 중얼거리며 가슴을 내려다보았다. 한 자루의 검이 그의 오른 가슴을 깊숙이 찌르고 있었다.

"어, 어떻게……?"

그는 도무지 믿을 수가 없었다.

상대는 대답없이 묵묵히 그를 응시하고만 있었다. 그러나 그 눈빛은 활활 타오르는 불길처럼 지독히도 맹렬했다.

8

　촤아악!

　필괴가 간단히 검을 뽑아내자, 당장에 거센 핏줄기가 뿜어
져 나왔다.

　"커어~ 억!"

　백의청년은 가슴을 움켜잡으며 크게 휘청거린 뒤에 겨우
균형을 잡고는 힘겹게 버텨 섰다.

　그제야 사위에서는 뒤늦은 경악들이 화들짝 터져 나왔다.

　두두두두~!

　당장에 일백 기의 패왕철기대가 일제히 돌격해 왔다.

　"방어벽 뒤로 후퇴해!"

　장삼이 필괴에게 외치는 한편으로 재빨리 백의청년에게로
다가가 몇 군데 혈도를 찍었다. 그리고는 다시 필괴를 재촉하
는 한편으로 백의청년을 끌고 방어벽을 향해 내달렸다.

　그사이에 패왕철기대의 기마들은 이미 그들 가까이로 질
주해 왔는데, 그때였다.

　"쏴라! 말을 쏴!"

　단후의 고함과 함께 방어벽 뒤의 흑전사들이 일제히 화살
을 쐈다.

피~ 핏!

피피~ 핏!

수십 발의 화살이 패왕철기대를 향해 날아갔다. 그리고 비록 기마의 철갑을 쉽게 뚫지는 못하더라도 그들의 돌격속도를 늦추게는 만들었고, 그런 덕분으로 장삼과 필괴는 겨우 방어벽을 넘을 수가 있었다. 와중에도 끝까지 백의청년을 끌고 서였다.

그때 패왕철기대에서 일제히 창을 던지기 시작했다.

쉭~!

쉬쉬~ 쉭!

육중한 기세로 철창들이 바람을 가르며 날아들었고,

터~ 텅!

타타~ 탕!

방어벽과, 또 그 너머의 돌과 바위 등에 부딪치고 튕겨나며 격렬한 쇳소리를 토해냈다.

그런 이상에는 흑전사들이 감히 머리를 치켜들고 활을 쏠 수는 없게 되었는데, 그 틈을 타서 패왕철기대는 신속하게 방어벽으로 접근했다.

그리고 기마대의 전열이 거침없이 방어벽을 뛰어넘으려 할 때였다. 방어벽 뒤에서 두 사람이 불쑥 몸을 일으키더니, 그중의 하나가 크게 외쳤다.

"모두 물러나라!"

장삼이었다. 사자후로 외친 그는 한 손으로 백의청년을 잡고, 나머지 한 손으로는 청년의 목에 검을 들이대고 있는 중이었다.

그 행위의 효과는 즉각적이었다.

기마들이 급급히 멈춰 선 것이다.

그리고 그들이 일으킨 자욱한 먼지구름이 미처 멈추지 못하고 방어벽을 덮치는 중에 장삼이 다시 외쳤다.

"모두 삼십 보 뒤로 물러나라! 즉시 물러나지 않으면, 이자의 목을 베겠다!"

9

"말하라. 넌. 무엇이냐?"

필괴가 차갑게 물은 데 대해, 백의청년은 고통으로 잔뜩 얼굴을 일그러뜨리고 있는 중에도 언뜻 자부와 패기를 드러냈다.

"나는 대패왕가(大覇王家)의 구사철(邱司徹)이다!"

필괴는 차갑게 고개를 가로저었다.

그의 눈빛이 서서히 붉게 충혈되고 있었다.

"구사철!"

필괴가 나직이 부른 데 대해, 구사철은 저도 모르게 흠칫 몸을 떨고 말았다.

"난 이미 알고 있다. 네가 네 명의 용건 중. 하나라는 것을. 다만. 너는 향기도 아니고. 목소리도 아니다. 그러므로 넌. 청룡건과 자룡건. 둘 중 하나다. 어느 쪽이냐?"

순간 구사철은 문득 전율이 이는지 다시금 부르르 몸을 떨더니, 곧이어 이를 악물며 거칠게 내뱉었다.

"미친놈!"

필괴는 더 이상 묻지 않았다. 대신 천천히 손을 뻗어 구사철의 왼 손가락 하나를 잡았다.

우드~ 득!

"악!"

느닷없는 고통에 질겁하며 구사철이 비명을 질러냈다. 그러나 필괴는 무표정하게 다시 하나의 손가락을 잡아 꺾었다.

우드~ 득!

"으~ 악!"

구사철이 온몸으로 진저리를 쳐대는 중에 계속해서 손가락들이 부러져 나갔다.

우드~ 득!

"크~ 악!"

우드~ 득!

"크아~ 악!"

그 참혹한 광경에는 비위 좋은 단후마저도 잔뜩 이맛살을 찌푸리고 말았다.

참으로 잔인하고도 무지막지한 수법이었다.

그런데 그가 잠시 더 지켜보고 있자니, 필괴의 잔인함이 그저 무작정인 것은 또 아닌 듯했다.

묘하게도 필괴의 잔인은 마치 하나의 엄중한 의식과도 같은 데가 있었다.

그러나 어쨌든 그로서는 그들 사이에 얽힌 내막을 알지 못하다는 점에서, 그리고 지금 필괴가 지독히도 잔인한 수법을 행사하는 중에도 차라리 무심한 모습이라는 점에서, 끼어들 엄두 같은 것은 감히 내보지 못한 채 그저 지켜볼 뿐이었다.

그런 중에 다시 그는 문득 장삼 쪽을 보았는데, 순간 그는 괜스레 움찔하고 말았다.

그때 장삼은 차라리 담담하게 필괴의 잔인을 지켜보고 있는 중이었는데, 그런 장삼의 눈빛이 왠지 투명하게 빛나고 있는 듯한 느낌을 받고서였다.

그가 절로 고개를 흔들고 말았는데, 그런 중에 그는 언뜻 삼십 보 밖의 패왕철기대가 조심조심 다가서고 있는 광경을 보았다. 마구 질러대는 구사철의 비명을 듣고 있을 수만은 없었던 때문이리라.

그는 발아래에 놓여 있던 어린아이 몸통만 한 바위덩이 하나를 들어 올려서는 다시 머리 위로 번쩍 치켜들었다.

"어느 놈이든 한 걸음만 더 움직여 봐라! 그 즉시로 이 돌덩이가 여기 구사철이란 놈의 머리통을 박살 내버릴 테니까!"

역시 당장의 효과가 나타났다. 패왕철기대는 감히 더는 다가서지 못하였고, 이내 주춤주춤 말을 뒤로 물리는 모습들이었다.

그러는 사이 구사철은 두 눈이 퀭하니 파인 채로 축 늘어져 버린 모습이었다. 열 개의 손가락을 분지르는 시간은 사실 얼마 걸리지 않았지만, 당하는 입장에서는 그야말로 억겁의 시간과도 같았으리라.

11

"넌. 무엇이냐?"

필괴의 차가운 목소리에 구사철이 화들짝 진저리를 치며 반사적으로 뱉었다.

"난… 청룡!"

"나머지 셋의. 정체는?"

"아아! 그것은……."

구사철의 눈빛에서 순간 짙게 피어오르는 절망만으로도, 필괴는 확연히 알 수 있었다. 구사철이 더 이상은 알지 못하다는 것을.

“청룡건. 오른 다리!”

필괴의 그 나직한 중얼거림에 대해 구사철은 퍼뜩 알 수 없는 공포를 가졌다.

필괴가 천천히 이었다.

“그때 청룡건 너는. 내 아버지의 왼 다리를. 잘랐다!”

“아아! 그것은… 그때는…….”

공포의 까닭이 구체화되는 순간, 구사철은 차라리 먹먹해지고 말았다. 그러나 그때 필괴가 천천히 검을 들었고, 그는 무작정으로 애원하기 시작했다.

“ 아아……! 살려줘, 제발……! 무엇이든 다 말할 테니, 제발……!”

그러나 필괴의 무심함은 조금도 흐트러지지 않았고, 그런 데 대해서는 지켜보던 단후가 오히려 다급한 기색이 되고 말았다.

“필 방주! 정말로 죽일 셈이야? 정말로 그러면 곤란하지! 이자는 지금 우리의 유일한 동아줄인데, 아예 죽여 버리면 그 뒤는 어떻게 감당하려고?”

그러나 다음 순간 필괴는 추호의 멈칫거림도 없이 그대로 검을 내려쳤다.

“으아~ 악!”

참혹한 비명을 내지르며 구사철이 바닥을 뒹굴었다. 그런 그의 옆으로 주인 잃은 다리 한 짝이 시뻘건 핏줄기를 마구 뿜어내며 펄떡거리고 있었다.

"소가주를 구하라!"

패왕철기대 쪽에서 다급한 외침이 터져 나왔고, 그들은 곧장 전력으로 질주해 오기 시작했다.

두두두두~!

"제기랄!"

단후가 거칠게 뱉으며 필괴를 노려보았다. 그러나 그는 이내 거도를 꽉 움켜잡으며 패왕철기대 쪽으로 눈을 돌렸다.

구사철은 거의 혼절지경인 중에 무의식적이다시피 애원을 흘려내고 있었다.

"살려… 줘……! 제… 발……!"

필괴가 차갑게 내려다 보며 뱉었다.

"지금 알지 못해도. 상관없다. 어차피 누군가. 다시 찾아올 것이니까. 네가 스스로. 찾아온 것처럼!"

그리고 순간 필괴의 검이 다시 번뜩하고 빛을 토했다.

팟!

목 하나가 둥실 허공으로 떠올랐다. 거세게 뿜어지는 핏줄기를 끌고서.

12

"제기랄!"

주문처럼 뱉으며 단후는 방어벽을 뛰어넘었다.

마침 한 기의 기마가 그를 향해 짓쳐 들었기에, 단후가 피할 틈도 없이 곧장 거도를 들어 말의 대가리를 후려쳐 버렸다.

퍽!

순간 말은 튕기듯이 단후의 몸을 스쳐 지나가서는 그대로 고꾸라졌다.

황급히 말에서 뛰어내리는 기수를 단걸음에 뒤쫓아간 단후의 거도가 다시금 허공을 후렸다.

"으악!"

그것을 시작으로 단후의 거도는 미친 듯이 춤을 추기 시작했다. 역시 놀라운 괴력이었다. 그의 거도가 비록 말과 기수의 철갑을 간단히 베어내지는 못했지만, 그래도 일단 그의 거도에 타격을 당한 다음에는 철갑 안쪽에서 그대로 뼈를 부수고 살을 뭉개어 버렸으니, 말과 사람 가릴 것 없이 연이어 거꾸러지고 있었다.

그러나 단후가 혼자서 기마들을 상대하는 데는 한계가 있었으니, 패왕철기대는 속속 방어벽을 뛰어넘고 있는 중이었다.

그때 한순간,

"우와~ 앗!"

주변을 쩌렁하게 울리는 포효가 터져 나왔다. 필괴였다.

그런데 그 순간 방어벽 주변에 몰려 있던 철갑기마들이 돌연 우왕좌왕하기 시작했고, 특히나 필괴의 주변 가까이에 있던 기마들은 공포에 질린 듯이 마구 날뛰는 것이었다.

그런 덕분으로 흑전사들은 잠시나마 전열을 가다듬을 여유를 가질 수 있었다.

"말의 다리를 노려라!"

단후를 대신한 감고의 지휘 아래 흑전사들은 활과 창으로 철갑이 씌어져 있지 않은 말의 다리를 집중적으로 노렸다.

효과가 있었다. 금세 서너 기가 다리를 접으며 바닥으로 무너져 내렸다.

뒤이어 다시 대여섯 기가 돌연히 방향감각을 잃고 사방으로 날뛰었는데, 사실은 장삼이 돌조각을 으스러뜨려 말들의 눈을 노리고 뿌려댄 결과였다.

13

필괴는 닥치는 대로 검을 휘둘렀다. 무엇이든 앞을 가로막는 것이라면 가차없이 베어 넘겼다.

그는 지금 스스로를 주체하기 어려운 상태였다. 그의 내부에서 연신 포효하며 포악하게 날뛰고 있는 그 한 마리의 혈룡 때문이었다.

그는 지금 그 자신이기도 했고, 혈룡이기도 했다. 그럼으로

써 혈룡의 힘은 물론이고, 그 포악함까지도 그대로 그에게로
전이되고 있었다.

　혈룡은 이 순간 그 어느 때보다도 확연하게 성장을 이루어
가고 있는 중이었다. 그러고 보면 혈룡을 성장시키는 원동력
은 분노와 격정인 것 같았다. 지금까지 그가 외부의 어떤 위
협이나 위기를 맞아 분노와 적대감, 혹은 치열한 살기 등의
격동을 일으킬 때마다 혈룡은 그것에 맞서 대항하듯이 조금
씩 몸집을 키워 왔으니까.

　그리고 이제에 이르러서 혈룡은 그의 격동에 대해 더욱 민
감하게 자극을 받고, 또한 걷잡기 어려우리만큼 즉각적으로
포악해지는 성향을 보이고 있었다.

　물론 혈룡의 그런 포악성은 그와는 사뭇 맞지 않았다. 그러
나 그가 감히 거부할 수는 없었다. 포악함에 대해서는 거부감
이 있더라도, 혈룡의 힘에 대해서만큼은 거부할 수 없는 것이
다. 혈룡의 힘은 곧 그의 힘이니, 그 막강한 힘을 빌려야만 뼈
에 사무친 원한을 갚을 수 있는 것이다.

　그는 지금 전신에 피를 흠뻑 뒤집어쓰고 있었다. 아마도 잔
악한 혈귀(血鬼)의 모습이리라. 그러나 그가 피를 뿌리고 뒤
집어쓸수록 혈룡은 더욱 거칠게 포효하였다. 더욱 포악하게
날뛰었다. 그리고 더욱 강해졌다.

14

단후의 역투와, 감고를 위시한 흑전사들의 사투, 장삼의 눈에 띄지 않는 활약, 그리고 특히 필괴의 엄청난 맹위에 패왕철기대는 잠시간 만에 수십 기의 기마를 잃었다.

결국 그들은 겨우 구사철의 시신과 목을 수습하는 대로 즉시 말머리를 돌려 일제히 퇴각했다.

믿기지 않을 극적인 승리였다. 그러나 승리의 환희는 짧았다. 흑전사들이 치른 희생도 막대했으니, 전투가 끝난 후 성한 자는 겨우 대여섯에 불과했던 것이다.

침울한 분위기 속에서 감고 등이 동료들의 시신을 수습하고 중상자들에 대해 긴급한 조치를 취하는 등 분주히 움직이는 중에, 단후가 지친 모습으로 장삼과 필괴에게로 다가왔다.

"혈사갱과 풍뢰문은 태정문의 일 때문이라고 쳐도, 패왕가는 또 뭐래? 대체 무슨 영문이지?"

단후가 고개를 절레절레 저으며 말한 데 대해, 장삼의 얼굴은 언뜻 무거워졌다. 그는 정말로 미안했다. 흑전사가 치른 희생에 대해 그와 필괴의 이기적인 계산이 어느 정도는 개입되었다는 것을 부인할 수 없었기에.

굳이 캐묻자고 한 것은 아니었던지, 단후는 짐짓 가벼운 투로 이었다.

"뭐… 어차피 용병은 싸움으로 먹고 사는 업(業)! 처음부터 용병이 되려고 했을 때는, 죽고 다치는 것에 한 각오는 당연히 되어 있어야 하는 것이겠지!"

그리고 단후는 다시 가만히 한숨을 들이켰다.

"어쨌거나 이제 흑전사는 허울만 남은 셈이 되었으니, 나는 이제 멀리 북쪽의 변방으로나 가 볼까 하는데……. 소나기는 일단 피해가야 하는 법이니, 이럴 때는 아예 세상 바같으로 잠적해 버리는 게 상책이거든! 어때? 두 사람도 나와 함께 한동안 몸을 피해 있는 건?"

장삼이 슬쩍 필괴를 보았다. 그러나 필괴가 쓰게 웃으며 가만히 고개를 저었고, 그에 장삼이 또한 쓰게 웃으며 입을 열었다.

"그쪽에서 너무 진지하게 나오니까, 더 이상 속 보이는 짓은 못하겠군! 혈사갱은 모르겠으되, 풍뢰문과 패왕가의 목표는 우리가 분명하니, 더 이상 모진 놈 옆에 있다가 같이 벼락 맞는 꼴 당하지 말고, 이제부터는 각자의 길을 가도록 합시다!"

단후가 찡긋하고 미간을 찌푸려 보이더니, 다시 싱긋 웃어 보이며 설렁설렁 뱉었다.

"뭐, 함께 가기 싫다면 할 수 없는 일이지! 하긴… 나도 두 사람을 더 이상 거두기에는 좀 벅차다 싶던 참이긴 했어!"

단후가 이어 미련없다는 듯이 덧붙였다.

"바다처럼 넓으면서도, 또 손바닥만큼이나 좁은 곳이 강호 바닥이라고 하더군! 인연이 있다면 언젠가 또 보자고! 그리고

이번에 쌓은 정도 있고 하니까, 언젠가 나를 필요로 한다면
한 번 정도는 외상으로 일을 해줄 마음도 있어! 뭐, 하긴 그쪽
에서 나 정도를 필요로 할 일이야 아마도 없겠지만 말이야!
하하하!"

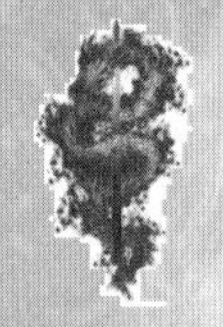

第十九章
사괴(射怪)

1

사방 어디를 보아도 끝이 보이지 않는 넓은 광야가 펼쳐지고 있었다.

단후 일행과 헤어진 장삼과 필괴는 두 사람만의 오붓한 여정을 이어가고 있는 중이었다.

사실은 언제 그들을 쫓는 자들과 맞닥뜨릴지 알 수 없는 긴박한 처지에서 두 사람이 막상 오붓할 수는 없는 노릇이었지만, 그렇더라도 두 사람은 굳이 도망치듯이 서둘지는 않았다. 오히려 그들은 기다리고 있는 중이었다. 세 번째의 용건(龍巾)을.

그 끝없는 황량함만으로도 광야의 풍경은 장관이라고 할

수 있었으나, 두 사람은 차라리 막막함을 느꼈다. 한 치 앞을 짐작할 수 없는 그들의 처지처럼.

시야가 닿는 멀리까지 한 가닥 길이 아른거리며 뻗어 나가고 있었다. 마치 봄날의 아지랑이처럼.

2

해가 저물고 있었다. 하늘과 맞닿은 광야의 서쪽 끝 지점이 붉게 타오르고 있었다. 장삼과 필괴는 잠시 걸음을 멈추고 눈앞에 펼쳐지는 장관에 넋을 놓았다.

그런데 그때였다. 장삼은 흠칫 표정을 굳히고 말았다.

살기였다. 후방 이십여 보쯤 되는 지점에서 스치듯 일어났다 사라지는 한 가닥의 살기를 퍼뜩 감지한 것이었다.

장삼이 필괴에게 눈짓하며 걸음을 서둘렀다. 그런데 그들이 두 걸음을 내디뎠을 때 이번에는 전방 십오 보쯤 되는 지점에서 다시금 살기가 뿜어졌다.

장삼이 멈칫하며 곧장 우측방으로 걸음의 방향을 틀자, 이번에는 다시 그쪽 방향에서 불쑥 살기가 일었다. 그뿐이 아니었다. 다음 순간 사방의 곳곳에서 동시에 살기들이 뿜어져 나오는 것이었다.

장삼이 어쩔 수 없이 제자리에 멈춰 서면서 거칠게 뱉었다.

"제기랄! 꼼짝도 하지 말라는 거야?"

그러자 그 말에 반응이라도 하듯이 사방의 살기가 일시에 사라졌다.

"어느 방면에서 온 친구들이오?"

장삼이 자못 노련한 테를 내며 외쳤다. 그러나 사방은 괴괴하기만 했다.

"굳이 경고를 한다는 것은… 대화의 여지가 조금은 있다는 뜻 아니오?"

장삼이 주변 사방을 돌아보며 다시 외쳤다. 그러나 여전히 돌아오는 대답은 없었다. 어떤 기척조차도.

장삼은 다시 조심스럽게 움직이기 시작했다. 조금이라도 유리한 지형으로 이동하려는 것이었다. 평원 한가운데서 딱히 몸을 엄폐할 수 있는 곳은 없었으나, 다만 가까운 곳에 어른 허리 높이로 솟은 바위 하나가 있기에 일단 그곳에라도 의지하고 볼 작정이었다.

두 사람이 움직이는 데 대해 당장의 어떤 위협은 없었고, 장삼과 필괴는 이윽고 그 바위가 있는 곳에 당도할 수 있었다.

그런데 그때였다.

장삼은 바위 위에 꽂힌 작은 깃발 하나를 보고는 흠칫 놀라고 말았다.

그 깃발이 언제부터 그곳에 꽂혀 있었는지도 섬뜩한 일이지만, 그보다,

사(死).

흰 바탕에 선명한 붉은색으로 새겨진 그 글자 때문이었다.

"혈사갱(血死坑)?"

중얼거린 장삼이 다시 나직이 뱉었다.

"그렇다면… 적혈조(赤血組)의 살수들인가?"

그러나 나중의 그 말은 장삼의 입속에서만 맴돌다시피 한 터라, 필괴에게는 분명하게 들리지 않았다. 혹은 들렸더라도 필괴로서는 알 수 없는 말이었을 테지만.

"그렇군! 어두워지기를 기다리겠다는 것이로군!"

이번에 장삼의 목소리는 사뭇 무거워져 있었다.

3

사방에 어둠이 내려앉고 있었다. 서서히, 거대한 괴물처럼 보이는 모든 것을 빠르게 집어삼켜 가고 있는 중이었다.

필괴는 바위에 등을 기대고 앉아 있었다. 바짝 긴장한 채로 주변의 기척에 신경을 집중하는 일은 장삼에게 일임해 두기라도 한 듯이, 그는 지금 한 가지 새삼스러운 생각을 하고 있는 중이었다. 혈룡이 잠잠하다는 데 대해서였다.

최근 혈룡이 주변상황에 대해 사뭇 민감하게 반응해 왔던 것에 비추어 본다면, 지금과 같은 촉박한 긴장상태에서는 진작에 깨어나 거칠게 꿈틀거리고 있어야만 하는 것이었다. 그런데 암중의 적들이 좀 전에 잠깐잠깐 살기를 드러냈을 때 잠시간의 반사적 반응을 보인 것을 제외하고, 이후로 혈룡은 내내 잠잠한 채였다.

그러고 보니 필괴는 문득 새삼스러워지는 것이 또 하나 있었다. 바로 심검에 대해서였다.

돌이켜 보니 지난번 혈사갱 무리들과 전투 때나, 패왕가의 철갑기마대와의 전투 때, 그는 심검의 존재에 대해 미처 느끼지 못하고 지나쳤던 것 같았다. 당시의 긴박한 상황들에서 그가 너무 혈룡에게만 의존해서였을까? 혹은 혈룡의 존재가 너무 강해진 때문에, 상대적으로 심검의 존재가 눌려 버린 것일까? 만약 그렇다면 그 둘은 서로 대치가 되는 존재들이라는 의미일까?

그런 생각들이 잇달아 떠오르는 중에 그가 이윽고는 약간의 혼란스러움을 느끼고 말 때였다. 문득 그는 희미한 무엇인가를 감지했다.

그것들의 느낌은 사뭇 모호하였다. 그것들은 그의 주변 사방 곳곳에 분포되어 있었는데, 고정적인 형태가 아니라 계속 변화하는 형태여서 돌연히 날카로워지고, 혹은 강해졌다가는, 또 혹은 돌연히 약해지고 흐려졌다.

이윽고 그는 그것들이 살기의 형태들이라고 판단하였다.

다만 그가 지금껏 경험해 왔던 살기들과는 사뭇 다른 느낌 혹은 형태였으니, 치밀하게 통제된 형태의 살기라고 할까?

그는 그 살기들에 대해 좀 더 차분하게 집중하기 시작했다. 그리고 점차로 몰입해 가면서 그 흐릿한 살기들의 실체를 보다 분명하게 파악해 갔다.

그런데 그런 중의 어느 순간, 그는 마치 다수의 적들과 일시에 검을 맞대는 듯한 첨예한 긴장과 흥분 속으로 빠져들고 말았다.

또한 동시에 그의 내부에서 돌연 혈룡이 꿈틀거리기 시작하였고, 이내 광포해지는 것이었다. 그리하여 그는 당장에라도 뛰쳐 나가 암중에 실체를 숨기고 있는 살기의 근원들을 때려 부수고 싶은 격동에 사로잡히고 말았다.

다만 그런 중에도 한편으로는, 그런 돌연한 광포함과 충동에 무작정 지배당하고 싶지는 않다는 반발의 의지가 언뜻 생기기도 하는 것이었다. 그리하여 그는 혈룡의 광포함을 잠시만, 아주 잠시만이라도 억제하고자 했다.

그러나 그의 그런 반발의지에 대해 혈룡은 즉시 폭발했고, 거칠게 포효하며 그의 내부를 온통 휘저어 놓았다.

그는 곧바로 두려워졌다. 혈룡에 순응하지 않으면, 그 광포함에 온전히 순응하지 않으면, 지금 그가 가지고 있는 모든 것을 한순간에 잃고 말지도 모른다는 근원적인 두려움이었다.

그런데 바로 그때였다. 그의 내부, 캄캄하여 보이지 않는 어느 구석진 곳에서 은은한 빛 한 가닥이 문득 일어나며 존재를 나타내는 것이었다.

한 자루의 작은 검, 바로 심검이었다.

심검은 여전한 크기여서, 그동안에 혈룡이 확연할 정도로 성정한 것과는 사뭇 대조적이었다. 그러나 지금 혈룡의 거칠 것 없는 광포함 속에서도 심검의 은은한 빛은 조금도 흐려지지 않고 있었다. 또한 그럼으로써 심검은 같은 공간 내에 있으면서도 혈룡과는 마치 별개로 존재하는 것처럼 초연한 느낌마저 드는 것이었다.

필괴는 비로소 안도했다. 까닭도 모르게.

그런데 바로 그 순간에, 그는 전혀 생각지 못한 기이한 현상을 경험하게 되었다.

그 한 자루 심검이 문득 그의 내부로부터 벗어나더니 외부로 나아가고 있었다.

다만 그렇더라도 심검은 여전히 그와 연결되어 있었다. 마치 아주 가느다란, 그러나 너무도 질겨서 그 무엇으로도 결코 끊을 수 없는 어떤 끈에 묶여 있는 것 같았다.

그리고 아아! 그는 문득 볼 수 있었다. 아니, 알 수 있었다. 사방 곳곳의 어둠 속에 교묘하게 은신하고 있는 수십 명의 살수를. 그들이야말로 바로, 지금까지 그를 위협해 온 살기의 근원들이었다.

4

흐릿한 빛으로나마 근근이 사위를 비추던 달이 슬그머니 구름 속으로 숨어버리는 순간, 살수들의 공격은 시작되었다.

쉭!

쉬~ 쉿!

피~ 핏!

피피~ 핏!

날카롭게 어둠을 가르는 소리들이 무수히 일었다.

"암기다!"

장삼이 짤막하게 경고했다. 그러나 칠흑 같은 어둠 속이었으니, 장삼이 무작정 사방으로 마구 장력을 쳐 내며 다시 급하게 외쳤다.

"뛰어!"

그리고 장삼 자신부터 좌측을 향하고 그대로 몸을 날렸는데, 순간 어둠의 일부인 듯한 희끄무레한 형체들이 곧장 그를 따라붙었다.

챙!

채~ 챙!

어둠 속에서 불꽃들이 명멸하는 중에, 필괴는 장삼과 반대로 우측을 향하여 달려나갔다.

곧바로 사방에서 날카로운 살기들이 덮쳐들었다. 적은 보이지 않았으나 그의 어떤 느낌이 절박한 위험을 경고하고 있었다. 필괴는 다만 그 느낌에 의지하여 검을 쳐 냈다.

"윽!"

나직한 신음 소리가 새어 나오며 살기 하나가 급격히 스러졌다. 그 찰나에 필괴는 옆구리 쪽에 상처 하나를 얻었지만 상처를 돌볼 틈은 없었다. 다시금 섬뜩하니 전해지는 살기에 반응하여 그는 급급히 좌측방으로 검을 찔렀다.

"큭!"

신음과 함께 또 하나의 살기가 스러졌고, 주변의 다른 살기들이 퍼뜩 물러나고 있었다. 그러나 다음 순간,

핏!

피~ 핏!

어둠 속에서 한 무더기의 암기가 날아들었다.

팅!

티~ 팅!

검을 마구 휘둘러 몇 개인가를 쳐 냈지만, 그의 어깨와 등에는 이미 몇 개인지 모를 암기들이 틀어박혔다.

그러나 필괴는 즉시 방향을 틀어 달렸다.

그는 차라리 두 눈을 질끈 감았다. 어둠 속에서 어차피 무용지물인 눈은 포기해 버리고, 오로지 느낌에만 의지할 작정이었다. 그리고 그는 절박하게 심검에 몰입해 들었다.

“윽!”

“큭!”

나직한 신음들이 잇달아 터져 나오는 중에, 그 소리 외에는 오직 어둠의 정적뿐인 조용한 살육이 계속되었다.

5

혈룡은 깨어 있었다.

그렇더라도 혈룡은 여전히 포효하거나 포악성을 드러내지는 않고 있었다. 다만 금방이라도 폭발할 듯이 극도의 민감함을 드러내고 있는 중이었다.

그런 중에 심검은 조용하고도 은은하게 작동하고 있었으니, 두 존재는 지금 이제까지는 없었던 새로운 형태의 대치를 이루고 있다고 할 수 있었다.

혹은 새로운 형태의 공존일지도 몰랐다.

6

“큭!”

“윽!”

“으~ 악!”

“크~ 악!”

비명 소리가 갑자기 폭발적으로 터져 나오고 있었다.

필괴는 천천히 검을 거두어들였다. 지금 폭풍처럼 살육을 감행하고 있는 주체는 그가 아니었다.

장삼도 아니었다.

어느 순간 느닷없이 등장한 그 새로운 존재는 마치 재앙이자, 저주 같았다. 아니, 살수들의 천적인 것만 같았다.

지금까지 보이지 않는 곳에 은잠(隱潛)하여 필괴와 장삼을 공격했던 살수들의 처지는, 지금 정반대로 바뀌어 있었다. 그 새로운 존재는 마치 유령처럼, 바람에 흐르는 안개처럼, 혹은 어둠 그 자체인 것처럼 표연하고도 은밀하였으니, 살수들은 제대로 대항도 해보지 못하고 속절없이 쓰러져 가고 있었다.

그렇게 어둠이 온통 짙은 피비린내로 물들어가던 어느 순간이었다.

삑!

짧고 날카로운 휘파람 소리가 울렸다.

순간 살수들의 기척이 일시에 사라지고 있었다.

그리고 저쪽 어둠 속에서 문득 횃불 하나가 환하게 밝혀지는 것을 보고서, 필괴는 갑자기 몰려드는 탈진감에 털썩 그 자리에 주저앉고 말았다.

횃불을 든 장삼이 이쪽을 향해 달려오고 있었다.

7

장삼은 우선 필괴의 몸부터 살폈다. 그리고 필괴의 몸 곳곳에 박힌 암기들과, 또 베이고 찔린 상처들을 보곤 잔뜩 얼굴을 찡그렸다.

그런데 급히 암기부터 제거하려던 장삼은 흠칫 긴장하고 말았다. 언제 나타났는지, 아니, 원래부터 그 자리에 있었다는 듯이, 필괴의 그림자 속에 다시 회색의 그림자 하나가 고요히 서 있었던 것이다. 마치 유령인 듯이.

그러나 장삼은 더 이상의 반응은 보이지 않기 위해 애를 썼다. 그 회색의 사내가 좀 전에 그들을 도운, 바로 그 신출귀몰한 존재란 것을 곧바로 짐작하였으니, 최소한 적은 아니라는 계산이 선 때문이었다.

회색의 사내는 필괴의 그림자 속에서 나올 생각이 조금도 없다는 듯이, 장삼과 눈을 마주치고 나서도 무심하게만 서 있었다.

장삼은 사뭇 당황스러웠다. 무엇보다도 그 사내에게서 이렇다 할 느낌을 좀처럼 찾아낼 수 없다는 점에서. 마치 그 자리에 뿌리를 박은 나무나 바위처럼, 그에게서는 어떤 생기조차도 찾아보기가 어려웠다.

그 사내의 그런 특이함은 바로 좀 전에 그가 사뭇 신비하게, 혹은 더할 수 없이 냉혹하게 살수들을 도살하던 광경과 대비하여 장삼으로 하여금 순간의 혼란을 일으키도록 만들기에 충분하였다.

그러나 장삼은 다시금 마음을 추스르고, 사내에 대해서 정의하는 일을 잠시 미루기로 했다. 그리고 필괴의 상처를 살피는 데 집중했다.

필괴의 몸에는 암기 외에 열 군데가 넘는 상처들이 있었지만, 다행히 근육을 크게 상할 만큼 깊거나 큰 상처는 없었다. 더불어 암기에 특별히 독물 처리가 되지 않았다는 것 또한 큰 다행이었다.

"좀 아플 거다!"

장삼이 우선 암기들을 뽑아 나가기 시작하자 필괴가 몸을 움찔거렸지만 신음 소리를 내거나 하지는 않았다.

그런데 장삼이 대강의 조치를 끝내고 나서 가만히 안도의 숨을 내쉴 때였다. 문득 또 하나의 시선이 느껴지기에 그가 언뜻 고개를 들어보았더니, 바로 그 회색의 사내였다. 아마 사내 역시도 필괴의 상처를 보고 있는 중이었던 모양이었다.

눈빛이 마주쳤을 때 약간의 당혹스러움 때문에라도 장삼이 싱겁게 웃음을 떠올렸는데, 회색의 사내는 곧바로 시선을 돌려 버리는 것이었다.

그 바람에 겸연쩍어지고 만 장삼이 쓴웃음을 지으며 필괴에게 말을 붙였다.

"운이 좋았다!"

필괴가 희미하게 웃었다.

그런데 그때 회색의 사내가 또한 희미하게 웃음기를 베어 무는 듯했기에, 장삼은 비로소 그에게 말을 붙여볼 여지를 얻었다.

"귀하는 누구요? 그리고 왜 우리를 도운 것이오?"

그러나 사내는 역시나 곧바로 무심한 표정으로 돌아가 버렸다.

하지만 이번에는 장삼과 더불어 필괴까지도 사내에게로 의혹에 가득한 시선을 주었는데, 그런 채로 잠시간이 지났을 때 사내는 문득 짤막한 대답을 토해냈다.

"의뢰!"

얼음처럼 차가운 목소리였다.

"의뢰를 받았다는 것이오? 하면… 도대체 누구에게 무슨 의뢰를 받았다는 것이오?"

장삼이 추궁하듯이 다시 물은 데 대해, 사내는 언뜻 차갑게 눈을 빛내더니 다시금 짧게 뱉었다.

"금기!"

그런데 사뭇 묘하게도 장삼은, 사내의 그런 태도와 말투에 대해 크게 거부감이 들거나 반발이 생기지는 않았는데, 특히 사내의 말투에서는 어딘지 모르게 필괴와 비슷한 점이 있는 것 같다는 느낌마저도 드는 것이었다.

"혹시… 당신은 사괴(射怪)가 아니오?"

그 말은 사내가 더 이상 말을 섞을 생각이 없다는 듯이 아예 시선을 돌려 먼 곳을 바라보고 있는 중에, 장삼이 불쑥 물은 것이었다.

순간 사내의 시선이 곧장 장삼에게로 와서 박히며 번쩍하고 날카로운 광망을 토했다.

그러나 장삼은 곧바로 흥분을 감추지 못하는 표정이 되었다.

"그렇군! 당신은 바로 사괴였군!"

장삼이 사뭇 들뜬 듯한 목소리로 중얼거렸기에, 필괴가 또한 새삼스럽게 사내를 살펴보았다.

그가 장삼에게서 그들, 이름이나 별호에 괴 자(怪字)를 쓰며 적어도 한 가지 분야에서는 강호를 통 털어서도 가장 특별하다는 사괴(射怪), 화괴(火怪), 비괴(非怪). 염괴(艶怪) 등의 네 사람에 대해 처음 들었을 당시에, 그 이름들은 그 얼마나 놀랍고도 경이로웠던가?

그런데 지금 이 순간 필괴는 오히려 조금 당황스러워지기까지 하는 것이었다. 장삼만큼의 흥분이나 들뜸이 생기지 않는다는 데서. 그리고 사내가 정말로 사괴라고 하더라도, 그렇게 놀랄 것까지는 없다는 기분으로 되는 데 대해서.

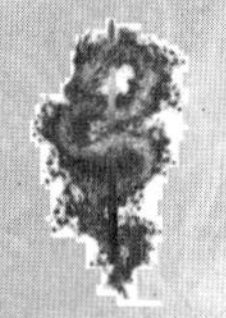

第二十章
방도(幫徒)

1

　그 회색의 사내는 자신이 사괴라는 데 대해 인정하지도, 그렇다고 부정하지도 않았다. 그러나 장삼은 그를 사괴라고 아주 단정하다시피 하였다. 사실은 사내가 계속 그들을 따라오지 않았다면, 장삼이 그렇게 사내의 정체에 대해 굳이 단정까지 하는 수고를 할 까닭도 없었을 것이지만.

　사실은 사내가 두 사람을 따라온다고는 하여도 일정거리를 유지한 채 뒤를 따를 뿐이어서 아주 일행이 되는 것을 바라지는 않는다는 듯한 모양새였지만, 어쨌거나 그럼으로써 그 회색의 사내는 틀림없는 사괴가 되었다. 적어도 장삼에게는. 그리고 장삼이 그렇다고 하니 필괴에게까지도.

"혹시 당신은 아직 용무가 끝나지 않은 것이오?"

장삼이 물어 보았지만, 사내는 대답은커녕 눈길조차 돌리지 않았다. 그렇듯이 두 사람에게 사내는 처음에 혹이 달린 듯 은근히 신경이 쓰이기도 했다. 그러나 사내가 워낙 무심하여 있는 듯 없는 듯하게 구니, 시간이 좀 지나자 그런 대로 무시를 할 만해지는 것이었다.

2

사방이 갑자기 어둑어둑해지기에 고개를 들어보니 하늘에는 어느 틈엔지 잔뜩 먹구름들이 몰려들고 있었다.

"이거 한바탕 쏟아질 분위긴데?"

장삼이 걱정스레 말했다. 하긴 그들은 지금 막막하게 펼쳐진 광야 한가운데에서 끝 간 데 없이 구불구불 뻗은 외길을 무작정 따라 걷고 있는 중이었으니, 만약 갑작스레 비라도 쏟아진다면 꼼짝없이 쫄딱 젖을 수밖에 없는 노릇이었다.

그때였다. 장삼이 멀리 앞쪽의 무언가를 가리키며 반갑다는 듯이 소리쳤다.

"엇? 저것… 마차 아냐? 빈 마차면 가는 길까지 좀 태워 달라고 해보자!"

장삼이 앞장서며 걸음을 서둘렀다.

그것은 마차라기보다는 말 두 마리가 끄는 그저 허름한 짐수레였다. 나무판자를 엉성하게 짜서 만든 수레 위에다 대강 덮개만 덜렁 씌워 놓은.

그런데 마차는 정말로 비어 있었다.

푸르륵!

말 두 마리만이 갑작스레 나타난 세 사람 때문에 놀란 듯이 투레질을 해댈 뿐, 주변사방을 멀리까지 둘러보아도 사람의 그림자라곤 보이지 않으니, 아마도 어떤 사정으로 주인을 잃고 광야를 무작정 헤매 다니고 있는 중인지도 몰랐다.

"어떻게 된 거지?"

짐짓 의혹을 표하긴 했지만, 장삼의 기색에서는 사뭇 의뭉스러운 데가 엿보였다.

그러다가 장삼은 다시,

"엇, 차가워라!

하고 호들갑을 떨며 하늘을 올려다보았다.

투~ 둑!

빗방울이 떨어지기 시작하고 있었다.

"일단은 비부터 피하고 보자!"

장삼이 얼른 마차로 올라타며 필괴와 사내, 이제쯤에는 아주 확실하게 사괴가 되어버린 이에게도 타라고 손짓으로 재촉을 했다.

그에 필괴가 조금은 애매하더라도 선뜻 마차에 올랐다.

그러나 사괴는 장삼의 재촉을 본 체도 하지 않고 그냥 우두

커니 서 있기만 했다.

후두~ 둑!

빗방울이 제법 굵어지고 있었다. 절기상으로는 입춘이 지났다고 하나, 아직은 차갑기 이를 데 없는 겨울 비였다.

"거, 참! 어지간하네!"

사괴가 비를 맞고 있는 모습을 잠시간 지켜보던 장삼이 혼잣말로 툭 뱉고는 다시 물었다.

"앞뒤 사정을 꿰어 건대 당신이 의뢰를 받은 것은, 아마도 우리를 보호하는 일인 듯한데……. 맞소?"

그러나 사괴는 여전히 묵묵부답이었고, 그에 장삼이 이윽고는 퉁명스레 투덜거렸다.

"제기랄! 거 무게 한번 더럽게 잡고 있네!"

순간 사괴의 두 눈에서 번뜩하고 차가운 광망이 일었고, 장삼은 그만 흠칫하는 기색이 되고 말았다.

그러나 장삼은 슬쩍 사괴의 시선을 외면하고는 필괴에게 하듯이 다시금 툴툴거렸다.

"우리도 한때는 경호무사 노릇을 해본 터지만, 본래 경호란 것은 보호 대상의 입장을 최대한 존중해 줘야 하는 법이거든! 계속 저렇게 뻣뻣하게 나온다면 우리 쪽에서 경호를 거부할 수도 있는 거지! 안 그래?"

그러는 데야 필괴가 쓴웃음이 나더라도 짐짓 고개를 끄덕여 주지 않을 수는 없었다.

"더는 권하지 않을 것이니, 우리와 함께 같이 가려거든 얼른 타시오! 안 그러면 이대로 마차를 달려 가버릴 테니까!"

장삼이 최후통첩이라도 하듯이 사뭇 단호하게 뱉었고, 사괴가 그제야 마지못한 듯이 천천한 몸짓으로 마차에 올라탔다.

장삼과 필괴가 조금씩 자리를 좁혀 자리를 만들어주자, 사괴는 힐끗 장삼을 쏘아보고는 필괴의 옆쪽으로 붙어 앉았다.

사괴의 이미 흠뻑 젖어버린 옷에서 줄줄 물이 흘러내렸지만, 필괴는 싫은 기색을 하지 않았다.

"이랴~!"

장삼이 말고삐를 잡지도 않은 채 짐짓 소리만 쳤는데도, 말들은 천천히 걸음을 떼기 시작했다.

3

끝없이 외길이 계속될 듯하더니 앞쪽에서 길은 문득 두 갈래로 갈라지고 있었다.

"어느 쪽으로 갈까?"

사실은 정해놓은 목적지가 따로 없었으니, 장삼이 그저 한 번 해보는 소리였다. 그런데 그때,

"오른쪽!"

나직하면서도 간결하게 던지는 목소리는 사괴 특유의 것

이었다.

"왜?"

장삼이 설핏 의아해하며 물은 데 대해 사괴가 다시,

"풍뢰문!"

하고 짧게 받았다.

"왼쪽 길로 가면 풍뢰문을 만날 것이다? 그걸 어떻게 알지?"

장삼이 움찔 놀라며 의문을 제기한 데 대해, 사괴는 더 이상 대답하지 않겠다는 듯이 입을 닫아버렸다.

"제기랄!"

장삼이 투덜대다가는, 퍼뜩 생각이 미치는 것이 있던지 급하게 물었다.

"그럼 혹시 이 마차도……?"

그러나 사괴는 두 눈마저 지긋하니 감아버리는 것이었다.

장삼이 잔뜩 인상을 찡그리고 말았으나, 더 이상은 묻지 않았다.

투두~ 둑!

투두두~ 둑!

마차 덮개 위로 떨어지는 빗소리가 점점 더 요란해져 가고 있었다.

4

마차는 계속 달리고 있는 중이었다. 그렇다고 장삼 등이 다급하게 도망을 치고 있는 것은 아니었다. 다만 무작정이다시피 가고 있을 뿐이었다.

그런 중에 사괴는 수시로 마차에서 사라졌다가 다시 나타나곤 했는데, 마차가 달리고 있는 중에도 그의 움직임은 실로 은밀하기가 이를 데 없어서 장삼과 필괴가 마차 밖으로 이어지는 풍광에 잠시 망연하니 시선을 놓아두고 있을 때는 그가 언제 사라졌다가, 다시 언제 돌아왔는지를 모를 때가 있을 정도였다.

그리고 사괴는 예의 그 짤막하고도 간결한 투로 갈림길을 만날 때마다 마차가 택할 방향과, 혹은 마차의 속도에 대한 가감(加減)을 주문하곤 했다.

그런 데 대해 장삼도 필괴도 이의를 제기하거나 다른 말을 하지는 않았다. 사괴가 주변의 동향을 직접 알아오는지, 혹은 그에게 다른 어떤 수단이 또 있는지 알 수는 없었지만, 어쨌든 아직까지는 풍뢰문이나 패왕각, 혹은 혈사갱 등의 직접적인 추격을 받고 있지 않다는 점은 분명하였으니 말이다.

5

필괴가 의도적으로 그러는 것은 아니지만, 아무래도 좁은

마차에서 함께 있는 시간이 길어지다 보니, 잠깐잠깐 사괴의
면면을 살펴보게 되었다.

사괴는 제법 잘생긴 얼굴이었다. 아니, 사실은 제법 잘생긴
정도가 아니라, 참으로 잘생긴 얼굴이었다.

그럼에도 사괴가 잘생겼다는 생각을 쉽게 들지 않게 하는
것은 역시, 그의 무표정함 때문인 것 같았다.

그런데 필괴도 어느 정도 익숙해진 지금에야 문득문득 느
끼는 바이지만, 사괴의 그런 무표정함에는 한편으로 상당히
이상한 점이 있는 것 같기도 했다.

즉, 사괴의 얼굴에 대해 미추(美醜)의 구분을 지어볼 생각
조차 들지 않게 할 뿐만 아니라, 묘하게도 그에게서 잠깐 눈
길을 뗐다가 다시 보면 문득 어딘가 조금은 낯설다는 느낌이
들곤 하는 것이었다.

지금도 필괴는 무심결이다시피 사괴의 얼굴에다 시선을
놓아두고 있는 중이었는데, 순간 사괴가 정면으로 응시해 왔
기에 그는 흠칫 당황하며 재빨리 시선을 다른 데로 돌렸다.

그러나 그때였다.

"죽고 싶나?"

사괴가 나직이 뱉었는데, 차갑게 파고드는 듯한 그 목소리
는 당장에 섬뜩한 느낌을 몰고 왔다. 그러한 느낌에 대해 필
괴는 이미 경험해 본 바가 있었다. 그날 밤 어둠 속의 냉혹한
살인자이자, 절대적 지배자로서의 바로 그 느낌이었다.

그런데 다시 그때였다. 필괴의 내부에서 무언가 꿈틀하고 깨어났다. 바로 혈룡이었다.

필괴는 이끌리듯이 다시 사괴와 시선을 마주했다. 그리고 가만히 응시했다.

사괴의 차가운 눈빛에 언뜻 이채가 떠올랐다. 그러나 그의 눈은 이내 기이하도록 투명한 냉기를 띠어 갔다. 바로 그때,

"이제 서로 얼굴도 익었고 하니… 계속 이렇게 어색하게 지낼 게 아니라, 좀 편하게 지내봅시다!"

슬쩍 끼어든 것은 장삼이었다.

사괴는 가만히 눈빛을 거두고는 묵묵히 시선을 마차 밖으로 돌렸고, 필괴 또한 설핏 어색한 빛이 되며 장삼을 보았다.

"뭐, 이미 알겠지만… 이쪽은 필괴고 난 장삼이오! 이름을 불러도 좋겠고… 필 형! 장 형! 해도 좋겠소! 그런데 우린 그쪽을 어떻게 부르면 좋겠소? 사괴? 사 형? 흠! 그건 아무래도 좀 이상한 것 같은데……?"

장삼이 짐짓 털털한 체 말을 걸어보았지만, 사괴는 묵묵부답인 채로 내내 마차 바깥으로만 시선을 던져 놓고 있었다.

그에 장삼이 '졌다!' 는 듯이 필괴를 향해 어깨를 으쓱해 보이고는, 사괴를 외면하며 입을 닫아버렸다.

마차 안에는 다시 긴 침묵이 이어졌다.

6

"사괴가 오대불세지연 중 한 가지의 주인이라고 하는 얘기… 혹시 들어봤어?"

계속되는 침묵을 더는 못 견디겠다는 듯이 불쑥 입을 연 것은 역시 장삼이었다.

물론 사괴가 아니라 필괴를 향해 묻는 것이었지만, 그렇더라도 순간 사괴에게서는 예외적이게도 짧은 당황이 퍼뜩 스쳐 지나가는 것 같았다. 비록 곧바로 본래의 무심한 얼굴로 돌아갔지만.

필괴가 대답을 하리라는 기대는 애초부터 하지도 않았다는 듯이 힐끔힐끔 사괴의 기색을 살피던 장삼이, 잠시간 틈을 둔 뒤에 사괴를 향하며 슬며시 말을 건넸다.

"그쪽이 우리 두 사람에 대해 의뢰받은 기간이 언제까지인지는 모르겠지만, 어쨌든 그 기간이 종료될 때까지는 싫더라도 함께 지내야만 하지 않겠소? 그러니 그때까지만이라도 우리 이렇게 하는 것이 어떻겠소?"

사괴가 여전히 묵묵부답인 것에 대해서, 장삼은 이제 차라리 당연하다는 듯이 말을 이어갔다.

"그쪽이 잠시간 우리 일로방에 들어오는 것이오! 아, 물론 그쪽의 용무가 끝날 때까지만이오!"

순간 사괴의 얼굴로 언뜻 한 가닥의 실소가 지나갔다. 그러나 그것이야말로 사괴가 최초로 지어 보인 표정다운 표정이었기에, 장삼이 재빠르게 다시 주워섬겼다.

"우리 일로방은 여기 필 방주와 총당 당주인 나, 이렇게 단 둘뿐이오! 그러니만큼 강호의 여느 방파와는 달리 모든 것이 아주 자유롭소! 즉, 방주와 방도 사이라고 해서 딱히 주종관계이거나 엄격한 상명하복의 관계는 아니라서 특별히 구속되는 바가 없으니, 그냥 서로간의 정과 의리로써 맺어져 있다고 할 수가 있는 것이오! 그쪽도 이제껏 보았겠지만, 나와 방주가 서로 격의없는 친구처럼 지내질 않소? 그러니 그쪽이 마음에 들지 않는다면 언제라도 없던 일로 할 수 있다는 것이오!"

사괴가 이미 원래의 무심한 표정으로 돌아가 있었지만, 장삼은 기왕에 말을 꺼낸 참에 약간의 억지를 부려서라도 밀어붙여 볼 작정인 듯했다.

"보아하니 그쪽도 별다른 이의는 없는 듯한데……. 흠… 그럼, 어디 보자! 사정이야 어쨌든 우리를 호위하는 임무를 맡고 있으니, 임시로 호법의 직위를 맡는 걸로 합시다!"

그러더니 장삼이 곧장 목소리를 굵게 깔고는 능청스레 불렀다.

"이보시오! 호법!"

그러자 사괴가 당장에 차갑게 쏘아보는 것을 장삼이 다시 슬쩍 시선을 피하며 필괴에게 하는 형식으로 말을 이었다.

"욕심 같아서는 이번을 계기로 해서 오대불세지연의 주인들을 죄다 우리 일로방으로 영입해 들였으면 좋겠다! 하하하!

그렇게만 된다면… 우리 일로방은 당장에 천하제패를 논해볼 수도 있게 될 터이니……. 아아! 생각만으로도 가슴이 다 벅차오르지 않느냐?"

그러나 장삼의 그런 거창한 감상이 덩달아서 공감을 표할 만한 것은 아니라서, 필괴로서는 그저 무덤덤한 얼굴을 하고 있을 수밖에는 없는 노릇이었는데, 그런 반응에 대해 장삼이 짐짓 떨떠름하다는 표정이다가는 다시금 사괴를 향하였다.

"어쨌거나… 우리가 이제 한 식구가 되었으니만큼, 서로에 대해 어느 정도는 알아야겠는데……. 호법은 나와 방주에 대해 궁금하거나 알고 싶은 게 있소?"

사괴가 다만 차갑게 쏘아볼 뿐인데, 장삼이 능청스레 다시 물었다.

"좋소! 그럼… 호법과 관련해서 내가 알고 있는 약간의 사실들을 방주에게 말해도 되겠소?"

사괴는 장삼을 외면해 버렸다. 그리고는 아예 지긋이 두 눈을 감았다.

7

오대불세지연 중의 불세지살(不世之殺)은 이른바 무형살(無形殺)이라고 하는 것인데, 살기가 궁극지경에 달해 살기 자체만으로도 능히 사람을 상하게 할 수 있는 경지를 이름이다.

그러나 그러한 경지는 결코 무공의 고강함만으로는 도달할 수 없는 것으로써, 전설의 무심결(無心訣)을 대성하여야만 가능하다고 한다.

무심결은 살수세계에서는 전설로 전해지는 심공(心功)이다. 그러나 막상 무심결이 어떤 것인지 정확히 안다는 자는 없고, 다만 무심결을 익히는 자의 특징에 관한 몇 가지 얘기들만 전해진다.

무심결을 익히는 자는 우선 표정의 변화와 감정의 기복이 없어진다고 하며, 그리하여 무심결의 성취가 높아질수록 무심무정(無心無情)의 화신으로 되어간다고 했다.

우선 그 점만 보더라도 사괴가 무심결을 익히고 있음에 틀림이 없는 것이라고 장삼은 새삼 단정하다시피 말했다. 그러나 그는 사괴의 무심결의 성취 정도와는 별개로, 사괴가 이미 당금 강호에서 살수의 신화로 군림하고 있다는 점을 다시 강조했다. 그리고 살수로서의 사괴의 최고 비기(秘技)가 바로 사괴의 사(射) 자에 담겨 있는데, 그러한 사실을 아는 사람은 강호를 통 털어서라도 많지 않다며 은근히 스스로를 추키기도 했다.

일사일사(一射一死)!

한 번 쏘아서 반드시 한 명을 죽인다는 말이니, 신궁(神弓) 소리를 듣는 사람에게나 어울릴 법한 말이었다. 그러나 그것은 사괴를 아는 극히 일부의 사람들이 사괴에게 붙여준 별호

였다. 곧, 그의 십이전광도(十二電光刀)를 염두에 둔 것이었
다.

십이전광도!

그 열두 자루의 단검을 제대로 본 사람조차 없었으니, 사괴
가 십이전광도를 어떻게 쓰는지에 대해서 아는 사람은 더더
욱 없다고 했다.

장삼의 말을 듣는 중에 필괴는 저도 모르게 사괴의 모습을
유심히 훑고 있었다. 그러나 열두 자루나 된다는 그 단검들이
그의 몸 어디쯤에 숨겨져 있는지는 짐작조차도 해볼 수가 없
었다. 그리하여 정말로 그에게 그런 게 있기나 한 건지 도무
지 믿기 어렵다는 심정으로 되는 것이었다.

사괴는 여전히 두 눈을 감고 있는 중이었다.

그럼으로써 필괴는 장삼의 애기 중 어디까지가 사실이고,
또한 어디까지가 꾸며낸 것인지 짐작해 보기가 어려웠다. 물
론 그런 짐작을 꼭 해보겠다는 마음도 사실은 없는 것이지만.

8

황량한 벌판이 지겨우리만치 계속되고 있었다.

게다가 사람들이 거의 다니지도 않는지 노면의 상태는 엉
망진창이어서 곳곳이 깊게 패인 웅덩이투성이고, 때로는 그
나마 이어지던 길이 돌연 아예 사라져 버리는 황당한 경우도

있었다.

그런 터라 말을 아주 천천히 걸리지 않으면 마차가 금방이라도 부서질 듯이 덜컹거리는 바람에, 그 위에 엉덩이를 붙이고 앉아 있기가 고역스러울 정도였다.

장삼이 차라리 짐수레를 떼버리고 말들을 풀어서 타고 가자는 얘기를 꺼냈다. 그러나 내내 오락가락하고 있는 비 때문에라도 그나마 대충이라도 덮개가 있어 비를 피할 수 있는 짐수레를 포기할 수는 없었던지 그는 이내 다시 얘기를 바꿨다. 조금만 더 가면 길이 좋아지리라는 기대를 보태며.

다시 빗방울이 비치기 시작하고 있었다.

"어? 비 또 온다! 무슨 놈의 날씨가……. 하루 종일 심술을 부려대나그래?"

장삼이 하소연이라도 하듯이 하며, 마침 마차에서 내려 걷고 있던 필괴에게 마차 안으로 들어오라고 손짓을 했다.

그러나 필괴는 마차 안이 갑갑하여 밖으로 나갔던 참이라 보슬비쯤은 그냥 맞을 심산으로 고개를 가로저어 보였다.

그러자 장삼이 곧장,

"무슨 궁상이야?"

하며 핀잔까지 주기에, 필괴가 마지못해 마차 안으로 올라탔다.

투~ 당당!

투다~ 당당!

덮개 위를 때리는 빗방울 소리가 요란해지는 걸로 보아 빗줄기가 금세 굵어지는 모양이었다.

"거봐라! 수레 안 버리기를 잘했지!"

장삼이 짐짓 어깨를 으쓱해 보이며 하는 말에 필괴가 어쩔 수 없이 희미하게 실소를 머금고 마는데, 그런 그에게로 사괴가 흘깃 시선을 던지고 있었다. 그런 사괴의 눈치를 장삼이 또한 흘깃 살피고는 슬그머니 입을 열었다.

"우리 세 사람끼리 있을 때야 서로에 대해 어떻게 대하더라도 크게 상관은 없다고 해도 무방하겠지만……. 그래도 명색이 강호방파인 일로방에 소속이 된 입장들로서, 적어도 다른 사람들이 보는 앞에서는 최소한의 위엄과 기강은 세워야 할 터! 그래서 하는 말인데……."

장삼이 다분히 의식적으로 잠깐 말꼬리를 늘이고 나서 다시 이었다.

"형식적으로나마 서로간의 서열 정도는 정해두어야 하겠는데……. 그렇다면 그 일(一)이 방주가 되어야 하는 것은 당연한 얘기이고, 흠! 그리고… 그 이(二)는 어느 모로 보나 총당 당주인 이 장삼이 되어야 하지 않겠어?"

흘깃 사괴를 살핀 장삼이 재빨리 덧붙였다.

"아, 물론! 재차 얘기하지만, 이건 어디까지나 불가피하게 서열을 드러내야 할 아주 예외적인 경우에만 소용이 될 것이지!"

그러나 막상 사괴는 여전히 무심한 기색이기만 했다.

그렇더라도 장삼은 크게 만족스럽다는 듯이 만면에 싱긋한 웃음기를 떠올렸는데, 어딘지 의미심장해 보이는 데가 있는 웃음이었다.

촤아아~ 아!

그 사이에 빗발은 더욱 거세져 있었다.

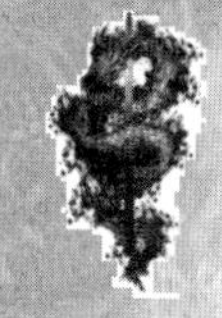

第二十一章
자룡건(紫龍巾)

1

사괴가 잠깐잠깐 사라졌다가 다시 돌아오는 외에, 마차가 촌락 인근을 지날 때에는 장삼이 또한 촌락으로 나가 강호의 돌아가는 사정들에 대해 파악을 해오기도 했다.

처음에 장삼이 마차를 멈출 필요 없이 계속 가고 있으면 자기가 알아서 찾아오마 했을 때 필괴가 언뜻 걱정하는 마음이 들지 않을 수는 없었지만, 이내 적어도 그런 방면에 있어서의 재주만큼은 장삼이 결코 사괴에 비해 못하지 않으리라는 믿음을 가질 수 있었다. 아무런 사전약속도 없었고, 심지어는 필괴 스스로조차도 자신이 어디에 있는지 제대로 알지 못했던 그때, 유주성 내 궁가(窮家)의 작은 안가(安家)까지 어렵지 않게 그를 찾아온 적도 있었던 장삼이 아니던가?

한편 장삼은 마차를 나서 촌락으로 갈 때면 예의 그 흡용면
구라는 것을 썼는데, 면구 자체가 미남의 얼굴 형태이기도 했
거니와 장삼이 그것을 쓰자 그야말로 멋들어진 미장부로 화
했다.

처음에 그것을 보면서 필괴는 저도 모르게 고개를 가로저
었다. 그 얼굴이 자신의 얼굴이 되어 있을 경우를 상상해 본
때문이었다.

2

반응이 없더라도 줄기차게 말을 시키고 이런저런 얘기거
리를 끝없이 만들어내던 장삼이 자리를 비운 때, 필괴와 사괴
단둘이 남게 되자 마차 안의 좁은 공간은 그야말로 어색하고
무료하기만 하였다.

덜~ 컹!

덜커덩!

바퀴 구르는 소리만이 유난히 또렷하고도 크게 들렸다.

그러나 마차 안이 어색하거나 무료하기만 한 것은 아니었
다. 적어도 필괴에게는.

그때 필괴에게는 뜻밖의 관심사가 하나 생겼는데, 의외이
게도 사괴 덕분이었다. 바로 언제부터인가 사괴가 꺼내 들고

있는 한 자루의 단검에 대한 관심이었다.

사괴의 그 단검은 칼날에 은은하게 푸른빛이 감돌았는데, 마치 그 자체로 하나의 보석을 보는 듯이 아름다웠다.

그리고 그러한 아름다움을 제쳐 놓고라도, 필괴는 그것이 아마도 장삼이 말했던 십이전광도 중의 한 자루일 것이라고 퍼뜩 짐작을 해보는 것이었다.

필괴가 단검에서 눈길을 떼지 못하자, 사괴는 언뜻 날카로운 시선으로 그를 쏘아보았다. 그런 눈치를 채고도 필괴가 차마 눈길을 거두지는 못하였는데, 그러자 사괴는 가볍게 미간을 찌푸리더니 이내 무시하기로 한 듯이 다시 단검에 집중하기 시작했다.

귀한 물건이어서일까?

단검을 다루는 사괴의 모습은 사뭇 경건하기까지 했다.

지극히 조심스러운 손길로 정성스럽게 닦고, 살피는 것이 마치 단검과 무언의 대화를 나누는 것 같기도 했다.

그렇더라도 두 사람은 시선을 마주치지는 않았다.

둘의 시선은 온전히 단검으로만 향해 있었다.

다만 그러고 있는 것만으로도, 두 사람 사이에는 어느 틈에 사뭇 묘한 공감대 같은 것이 생기는 것만 같았다.

필괴 자신도 한때는 검을 자신의 몸처럼 여겨 잠잘 때까지도 품고 자던 때가 있었으니, 사괴의 그런 모습에서 문득 익숙한 공감을 느끼게 되는 것이었다.

그러던 어느 순간이었다.

"궁극의 쾌는 마음이다! 곧, 마음이 움직일 때 검도 동시에 움직인다!"

사괴가 문득 나직이 읊조렸다.

그러나 그것이 다였다.

사괴는 곧바로 입을 닫아버렸고, 다시 열지 않았다.

만약 그때 장삼이 함께 있었다면, 사괴가 그처럼 긴 문장을 말한 것에 대해 그냥 넘어가지는 못하였을 것이지만, 지금 필괴는 그런 것까지는 미처 생각하지 못하고 있었다.

사괴의 그 말이 여운처럼 머릿속에 맴돌기 시작했기 때문이었다.

이어 그것은 필괴에게 어떤 새로운 느낌들을 주고 있었다.

다만 그렇더라도 그것은 다분히 막연하였기에, 필괴는 천천히 자신의 철검을 뽑아 무릎 위에 놓았다. 그 새롭고도 막연한 느낌을 어떡하든 따라잡아 보려는 것이었다.

필괴를 흘깃 스쳐보는 사괴의 두 눈에 짧고도 짙은 이채가 스쳐 갔다. 그러나 그는 다시 자신의 단검을 닦는 데만 열중했다.

3

필괴는 천천히 무릎 위의 철검을 닦아 나갔다.

그는 검을 닦는 일에 몰입해 들고 있는 중이었다.

마차가 덜컹거리는 소리도, 사괴의 단검도, 사괴의 존재도, 이윽고는 그가 철검을 닦고 있다는 사실마저도 잊혀 갔다.

다만 사괴의 그 나직한 읊조림만이 그의 마음을 붙잡고 있었다.

"궁극의 쾌는 마음이다! 곧, 마음이 움직일 때 검도 동시에 움직인다!"

그러던 어느 순간, 그는 자신도 모르게 또 한 자루의 검을 닦고 있는 중이었다.

무릎 위의 철검과는 확연히 다른 검이었다.

눈에 보이지도, 만져지지도 않는 검이었다.

바로 심검이었다.

어렸을 때 그의 내부에 처음으로 그 한 자루의 심검이 마치 한 톨의 작은 씨앗처럼 심겨진 이래로, 그것의 존재에 대한 그의 믿음이 사라졌던 적은 한 번도 없었다. 비록 한때 그것의 존재감을 느끼지 못했던 때가 있기는 했었지만.

아니, 최근 들어서 그는 다시금 심검의 존재에 대해 느끼지 못하는 때가 문득문득 생기곤 하는 중이었다.

왜일까?

진정 혈룡 때문일까?

결국은 그의 믿음이 부족해져서인 것은 아닐까?

생각이 흐트러지고 있었다.

그리고 한순간 그의 몰입은 깨어졌다.

4

장삼이 돌아오는 기척이 있자, 그 즉시 사괴의 단검은 사라져 버렸다.

그때쯤에는 필괴 또한 몰입에서 깨어나 있었으니, 사괴의 그런 모습에서 그는 사괴가 자신에게만 단검을 보여주려 했다는 짐작을 언뜻 해보는 것이었다. 물론 사괴가 그럴 이유에 대해서는 마땅히 짐작을 해볼 것이 없었지만.

"별일이군!"

무언지 모르게 미묘하게 달라진 듯한 마차 안의 분위기에 대해 장삼은 그렇게 표현했다.

'친해지기 정말로 어려운' 두 사람이 왠지 갑자기 가까워진 듯한 느낌은 정말로 '별일'이었다.

5

장삼이 촌락에 나가 듣고 온 것 중에는 요 며칠 사이에 강호를 경동시키고 있다는 소식도 있었다.

그 소식은 그들 세 사람과도 당장의 밀접한 관련이 있었고, 더욱이 참으로 믿기 어려운 내용들이기도 했는데, 바로 풍뢰문과 패왕가에 관한 것들이었다.

우선은 풍뢰문의 무사들이 강호도상에서 정체불명의 무리에게 공격을 당해 몰살을 당했는데, 그중에는 풍뢰문주와 주력고수급들이 망라되다시피 해서 풍뢰문이 사실상 궤멸되었다고 했다.

그리고 풍뢰문의 사건 얼마 후에는 다시 패왕가가 정체미상의 살수들의 암습을 받았는데, 가주와 그 직계 등 주요핵심인물들이 목숨을 잃었다는 것이었다. 하여 패왕가 또한 졸지에 그 명맥이 끊어져 버린 것이나 마찬가지라고 했다.

그런데 풍뢰문과 패왕가가 두 곳 다 강호 유수의 강대문파들이며, 특히 패왕가는 강호 서열 사위(四位)로 꼽힐 만큼의 초강대문파이거늘, 도대체 강호에 어떤 세력들이 있어 자신들의 정체를 드러내지도 않은 채로 능히 그 두 곳을 궤멸시킬 수가 있다는 말인가?

강호의 초점은 곧바로 무종계(武宗界)와 단심회(丹心會)로 쏠리고 있는 중이라고 했다.

사실상 그 두 곳을 제외하고는 그런 엄청난 능력을 지닌 곳을 달리 찾을 수 없으니, 지극히 당연한 일이기도 하다는 장삼의 말이었다. 그리고 한 걸음 더 나아가서 본다면 풍뢰문과 패왕가 두 곳이 모두 무종계에 속한 문파였으니, 강호패권을 놓고 무종계와 단심회 간의 일대전쟁이 드디어 그 서막을 올린 것으로 보는 시각도 충분히 가능하다고 했다.

그리하여 지난 백여 년 간이나 큰 바람 없이 조용하던 강호
에 이윽고 거대한 풍운의 조짐이 일기 시작했다는 것을 의미
하는지도 모른다고 했다.

6

장삼이 입을 닫은 채 혼자만의 생각에 골몰해 있는 중이라,
마차 안의 분위기는 무료함을 넘어 몹시도 무거웠다.

그런데 어느 한순간 필괴는 문득 가슴이 울렁거렸다. 갑자
기 뭔가 불편하고 예민해지는 느낌이 드는 것이었다.

그때 사괴가 돌연 연기처럼 사라졌고, 장삼이 또한 퍼뜩 상
념에서 깨어났다.

연이어 마차가 느려지더니 이윽고는 천천히 멈추어 서는
것이었다.

마차의 오 장여 앞쪽!

검은색 일색인 일곱 사람이 길을 가로막고 나란히 서 있었
다.

그런데 석상처럼 미동도 없이 버티고 서 있는 그들에게서
는, 지금 감히 가볍게 볼 수 없는 무형의 위엄과 기세가 뿜어
지고 있었다.

"누가 필괴인가?"

그들 중 가운데에 선 자가 물었는데, 낭랑한 목소리만으로

도 청년이었다.

성큼 나서려는 필괴에 대해 장삼이 재빨리 눈짓하여 제지하고는, 일곱 사람을 차례로 훑고 나서야 천천히 되물었다.

"뉘시기에 길을 가로막고 있는 것이오?"

그러나 상대편에서는 곧장 냉랭한 반응이 돌아왔다.

"누가 필괴인가 물었다!"

그래도 장삼이 느긋한 투로 받았다.

"남에 대해 궁금한 것이 있다면, 자신에 대해 먼저 밝히는 것이 예의가 아니겠소?"

이어 장삼은 필괴의 어깨를 슬쩍 눌러 놓으면서 마차 밖으로 내려섰다.

"그대가 필괴인가?"

장삼이 묻는 자를 자세히 보니 이십대 후반쯤이나 보이는 청년이라 짐짓 어깨를 폈다.

"본인은 일로방의 총당 당주 장삼이오! 우리 방주님은 무슨 일로 찾으시오?"

청년이 대번에 얼굴을 찌푸리고는 곧장 마차 안의 필괴에게로 시선을 옮겨가는 것을, 장삼이 슬쩍 목소리를 높였다.

"대체 어느 방면에서 오신 분들이기에, 서로 초면인 처지에 이처럼 무례한 것이오?"

그러자 청년이 언뜻 시선을 장삼에게로 되돌리며,

"흥!"

하고 가볍게 코웃음을 치고는 다시 차갑게 말했다.

"오늘 이후로 다시 만날 일이 없을 터인데, 우리가 누구인지 굳이 알 필요가 있을까?"

그에 장삼이 문득 소리 내어 웃으며 받았다.

"하하하! 앞으로의 일을 누가 감히 장담할 수 있단 말이오? 그리고 오늘 받은 게 있다면 나중에라도 돌려줌이 마땅한 이치이니, 다시 만날 때를 위해 이름자 정도는 알아두어야 하지 않겠소? 아! 혹시 그쪽에서 찜찜하거나 두려워하는 마음이 있어서 그러는 것이라면 뭐……. 적당히 이해하고 넘어가는 것으로 해둡시다!"

청년이 눈빛에 노기를 담으며 비릿하게 받았다.

"하긴… 곧 지옥에 갈 자들이니……. 염라대왕에게 누구 손에 죽었는지는 고(告)해야겠지! 나는 담완거(覃完트)다!"

"담완거……! 담씨 성이라……! 강호에서 담씨 성이 흔하지는 않은데……. 그런 중에서 이런 정도의 위세를 부릴 수 있는 곳이라면……."

중얼거리다가 장삼은 문득 흠칫 놀라는 기색으로 뱉었다.

"설마… 북혈각(北血閣)?"

청년의 입가에 한 가닥의 냉소가 걸렸다.

7

[총 칠십셋!]

장삼과 필괴에게 동시에 전해지는 전음은, 어느 틈엔가 마차 안으로 돌아온 사괴가 보낸 것이었다.

"음!"

장삼이 신음처럼 무겁게 뱉고는 곧바로 필괴에게 전음을 보냈다.

[정면으로 부딪치는 건 자살행위다! 일단 피하고 보자!]

필괴는 굳이 대답하지 않았다. 다만 묵묵히 전방의 일곱 사람을 주시하고 있을 뿐이었다.

필괴의 그런 무언의 대답이 그 어떤 말보다도 단호한 의지라는 걸 장삼이 모르지는 않았다. 사실은 그들이 그동안 굳이 행적을 숨기지도 않은 채 광야를 횡단해 온 것은, 바로 지금의 이런 상황을 기다렸다고 할 수 있었다. 곧, 풍뢰문과 패왕가 이외의 또 다른 누군가가 찾아오기를 기다린 것이었다. 물론 그것이 설마 북혈각(北血閣)이 될 것이라고까지는 미처 염두에 두지 못하였지만.

그러나 북혈각이 아니라, 그보다 백배 더한 자들이 왔다고 하더라도 필괴는 결코 피하려 하지 않을 것이다. 뿐더러 반드시 확인하려고 할 것이다. 그들이 과연 그가 기다리고 있는 자들이 맞는지. 그 혼자서라도.

"제기랄! 풍뢰문과 패왕가에 이어 이제는 또 북혈각이라니……? 이건 도대체가… 온 강호가 다 너의 원수이기라도 하단 말이냐?"

장삼이 마차 안의 필괴를 돌아보며 짐짓 툴툴거리듯이 소리를 높인 데 대해 순간 청년, 담완거의 표정이 설핏 굳어졌다가는 이내 다시 차갑게 변하였다.

그런 것을 예리하게 쫓으면서도 장삼은 필괴를 살피는 시선을 놓치지는 않았다.

필괴는 조금도 흔들리지 않는 눈빛으로 담완거를 응시하고 있었다. 그런 모습은 집요한 중에도 무심한 느낌이 들어 보이는 데가 있었기에, 장삼은 문득 지금 마차 안에 나란히 앉은 두 사람, 즉 필괴와 사괴가 서로 닮아 보인다는 생각을 언뜻 해보았다.

장삼은 문득 냉랭하게 얼굴빛을 굳혔다. 그리고 천천히 담완거를 향하였다.

"우리를 지옥의 염라대왕 앞으로 보내주겠다? 북혈각의 칠십이지살조(七十二地殺組)를 믿고 하는 소리인가?"

담완거가 퍼뜩 뜻밖이라는 표정이 되었다. 그러나 그는 이내 희미한 미소를 베어 물었다.

장삼이 차갑게 이었다.

"담완거! 오 년 전 황촌이라는 산촌의 유황동굴에 너를 포함해 다섯 명의 용건을 쓴 자들이 있었지!"

순간 담완거가 다시금 흠칫 당황하는 표정으로 되는 것을 보고, 장삼이 곧바로 추궁해 들었다.

“묻겠다! 너는 그때의 다섯 용건 중 누구였느냐? 흑룡건과 청룡건은 이미 황천객이 되었으니, 자룡건? 황룡건? 아니면 백룡건이었더냐?”

“이놈! 지금 무슨 헛소리를 지껄여 대고 있는 것이냐?”

담완거가 버럭 호통을 쳐낼 때였다.

“자룡건!”

또 다른 목소리 하나가 차갑게 말했고, 순간 담완거는 저도 모르게 움찔 놀라며 장삼의 어깨 너머로 급하게 시선을 향했다.

“향기도 아니고. 목소리도 아니니. 너는 자룡건이다!”

필괴였다. 그의 짧게 끊어지는 특이한 말투와 얼음처럼 냉랭한 음색에는 조금의 의심이나 의문도 없는 너무도 분명한 확신이 담겨 있었다.

“흐흐흐! 그렇다면? 너는 또 어떻게 할 것이냐?”

순간이나마 움츠러들고 말았던데 대한 반발이듯이 담완거가 음산하게 웃으며 차갑게 뱉었다.

필괴는 대답하지 않았다. 다만 성큼 걸음을 떼었다.

그에 대해 담완거는 차라리 실소하며 느긋하게 팔짱을 끼었다.

그때였다. 담완거의 좌우로 늘어섰던 자 중에서 바로 왼쪽의 인물이 카랑카랑한 목소리로 말했다.

“소각주(少閣主)! 소 잡는 칼로 닭을 잡지는 않는다고 했으니, 저자는 지살조의 훈련용으로 던져 주는 것이 어떻겠소?"

그 말에 담완거가 싱긋이 여유있게 웃으며 천천히 뒤로 물러섰고, 그 곁을 호위하듯이 좌우의 여섯 명이 또한 함께 물러났다.

그러나 필괴는 서둘지 않았다. 걷던 속도 그대로 성큼성큼 담완거를 쫓아갔다.

"잠깐!"

장삼이 짧게 외쳤다. 담완거 등이 물러나고 있는 방향에서 일단의 무리가 모습을 드러내며 빠르게 다가오고 있는 중이었기 때문이다.

"북혈각 칠십이지살조!"

장삼이 경고하듯이 다시금 짧게 외쳤다.

칠십이지살조는 강호의 문파 서열 삼 위로 평가되는 북혈각의 최고정예고수 칠십이 명으로 구성된 특수임무조로, 남황부(南荒府)의 삼십육천강조와, 만검천(萬劍天)의 만검무적검조와 더불어 이른바 강호의 삼대무적조(三大無敵組)로 일컫어지는 막강한 무력집단이었다.

하니 그들 세 사람만으로 감히 정면격돌을 감행할 엄두조차 내볼 수 있는 상대는 아닌 것이다. 그러나 장삼의 거듭된 경고에도 필괴는 걸음을 멈추기는커녕 늦추지도 않았다.

"이런!"

장삼이 당황스럽게 뱉고 나서 급하게 마차를 향해 외쳤다.

“뭐해?”

사괴가 곧바로 마차를 몰아왔다.

“내려!”

마차가 가까이 왔을 때 장삼이 다시 외쳤고, 이어 사괴가 마차에서 뛰어내리는 것과 동시에 그는 손바닥으로 말의 볼기짝을 사정없이 후려쳤다.

“짜~ 작!”

순간 두 마리 말이 크게 놀라,

“이히히~ 힝!

하고 거칠게 울부짖으며 전속력으로 달려나갔다.

두두두~!

등 뒤에서 덮쳐드는 요란한 기세에 필괴가 펄쩍 길가로 비켜섰고, 그의 바로 곁으로 마차가 맹렬하게 스쳐 지나갔다.

두두두두~!

앞쪽에서 다가서던 칠십이지살조 또한 급급히 좌우로 갈라지며 길 밖으로 비켜났고, 마차는 그대로 황야 저편을 향해 질주해 갔다.

마차가 일으켜 놓은 먼지를 뒤집어쓰며 칠십이지살조가 다시금 전진해 올 때였다.

“악~!”

“으~ 악!”

자욱한 먼지 속에서 몇 마디의 비명이 잇달아 터져 나왔다.

사괴였다. 어느 틈에 칠십이지살조 속으로 파고 들어간 그가 먼지 속에서 살수를 펼치기 시작한 것이었다.

"결진(結陣)!"

날카로운 호통이 터져 나왔고, 걷혀 가는 먼지 속에서 칠십이지살조는 일사불란하게 움직여 빠르게 진형을 구축했다. 더불어 더 이상의 비명 소리는 터져 나오지 않았다.

먼지가 완전히 걷혔다.

칠십이지살조는 여러 개의 작은 방진이 합쳐져서 다시 하나의 커다란 방진을 이룬 것과 같은 진형을 짠 채로 다시 전진해 나오고 있었다.

사괴의 모습은 어디에도 보이지 않았다. 필괴는 처음과 마찬가지의 속도로 걷고 있었다. 장삼은 필괴의 두 걸음쯤 뒤를 따르고 있었는데, 그 안색이 잔뜩 무거웠다.

필괴는 이윽고 칠십이지살조와 정면으로 맞닥뜨렸고, 그대로 맹렬하게 검을 떨치며 그들의 진형과 격돌해 갔다.

채~ 챙!

차차~ 창!

장삼은 필괴와 함께 적진 속으로 돌격해 들어가는 무모함을 택하는 대신, 진형의 외곽을 공략하기로 했다.

8

필괴는 오로지 한 목표만을 향해서 나아가고 있었다. 바로 자룡건을 향해!

수십 자루의 검이 중첩된 두터운 검벽(劍壁)이 그의 앞을 가로막았지만, 그는 거침없이 부딪쳐 갔다. 검벽이 무수히 찌르고 베고 쳐 나왔으나, 그는 조금도 물러나지 않고 맹렬히 검을 휘둘러 마주쳐 갔다.

채~ 챙!

차차~ 차창!

그의 검은 종횡검도 아니었고, 그 이전의 십팔 자 법조차도 아니었다. 그저 휘두를 뿐이었다. 다만 벨 뿐이었다. 아니, 부수고 뭉개어 버렸다. 앞을 가로막는 것은 무엇이든!

"악!"

적들의 검벽 중에서 이윽고 비명 소리가 터져 나왔다.

피가 튀었다.

그는 굳이 피하지 않고, 피를 뒤집어썼다.

흠뻑 젖은 옷이 질척거렸다.

검벽의 빈틈은 곧바로 메워졌다. 마치 아무 일도 없었다는 듯이.

그 역시도 그냥 나아갈 뿐이었다. 무작정 휘두를 뿐이었다.

그의 눈은 고정되어 있었다. 오로지 자룡건을 향해!

그런 중에 그의 내부는 지금 거세게 끓어오르고 있었다. 그

옛날, 그 끔찍했던 용암의 분출처럼.

혈룡이었다. 그 한 마리의 선명한 핏빛 용은 지금 그의 내부를 마구 뒤흔들다 못해 이윽고는 부수기 시작하고 있는 중이었다.

그러고 보면 그동안에 혈룡은 그의 내부에 존재하는 중에 다시 하나의 어떤 틀에 갇혀 있었던 모양이었다.

그럼으로써 지금 혈룡의 부숨은 탈출일 수 있었다. 성장을 거듭하면서 자신의 몸집을 더 이상 감당할 수 없게 되어버린 그 틀을 부수어 버리고, 그의 내부를 온전히 독차지하기 위한 탈출!

틀은 제법 강하고 질겼지만, 혈룡은 이윽고 그 틀을 갈기갈기 찢어버렸다. 그리고 마침내 탈출하여 그의 내부를 자유로이 휘젓고 다녔다.

그런 혈룡에게서는 이제 어린 테를 조금도 찾아볼 수 없었다. 마침내 성룡(成龍)이 된 것이다.

그러나 혈룡은 여전히, 아니, 더욱 빠른 속도로 커 나가고 있는 중이었다.

아아! 그의 내부가 팽창하기 시작하고 있었다.

그 한 마리 혈룡이 거대한 소용돌이를 일으키며 격렬하게 휘도는 그 엄청난 힘이라니!

그러나 그런 중에 다시, 그의 내부는 참으로 놀라운 면모를 새롭게 보이고 있었다.

그는 자신의 내부가 그처럼 넓은 줄을, 아니, 그처럼 경이
롭게 넓어질 수 있는 줄을 처음으로 알게 되었다.
자꾸만 거대해지는 혈룡을 능히 품을 만큼! 그처럼 격렬하
게 소용돌이치는 엄청난 힘을 능히 포용할 만큼! 그것의 진면
모가 그렇게나 광대한 무한의 공간이었을 줄이야!

9

장삼은 결국 갇히고 말았다. 한순간의 방심으로 그 또한 적
의 진형 속에 갇히고 만 것이다.
그는 곧바로 필괴와 합류하고자 했다. 그러나 칠십이지살
조의 위력은 그가 생각했던 것보다 더욱 강력하였다. 그들이
펼치는 검진의 변화는 무쌍하였고, 검벽은 철벽과도 같이 막
강했다.
쾅!
그가 좁혀드는 검벽을 향해 일장을 후려갈겼을 때였다.
"큭!"
진의 변화를 타며 물러나던 전열(前列)의 적 중 하나가 돌
연히 바닥으로 무너지고 있었다. 쓰러진 자의 목에서는 뒤늦
게 가느다란 핏줄기가 세차게 분출되었다.
그리고 문득 그와 등을 맞대고 서는 사람이 있었다. 순간
움찔 놀랐지만, 그는 다만 잔뜩 미간을 좁혔을 뿐이었다.

사괴였다. 사괴 또한 검벽 안에 갇히고 만 것이었다. 혹은 제 스스로 검진 안으로 들어왔던지.

콰~ 앙!

전력을 끌어올려 내갈긴 그의 강력한 일장에 앞쪽의 검벽이 강하게 흔들렸고, 그 순간의 틈을 사괴의 검이 송곳처럼 찔러 갔다.

"윽!"

"커~ 억!"

두 명의 적이 한꺼번에 쓰러졌다.

계산도 없이 처음으로 맞춰본 것치고는 두 사람의 공조는 꽤나 효과적이었다.

그러나 문제는 내공의 소모였다. 이런 식이라면 그의 내공은 빠르게 소진되고 말 것이었다.

"제기랄!"

의미없이 뱉으며 그는 다시 일장을 쪼개냈다.

10

"인조(寅潮)!"

머리에 쓴 철립(鐵笠)의 짙은 음영으로 인해 얼굴이 가리워진 그 인물의 부름에, 그 곁에 시립하듯이 선 백발의 노인이 지극히 정중한 어조로 복명했다.

"예! 천주!"

"자네가 보기에 저들의 능력이 어떠한가?"

철립의 아래로 보이는 머릿결은 부드러운 윤기가 흐르는 중에도 희끗희끗한 반백이었다. 그러나 그것보다는 목소리와 어조에서 절로 묻어 나오는 연륜의 느낌만으로도 그, 천주라 불린 인물은 백발의 노인보다도 오히려 더욱 나이가 든 듯이 느껴지는 데가 있었다.

인조라 불린 백발의 노인이 멀리 오십여 장이나 떨어진 곳에서 벌어지고 있는 혈투의 광경에 잠시간 신중하게 시선을 주고 나서야 사뭇 조심스럽게 대답했다.

"저들 셋 모두가 어린 나이에 비해서는 참으로 놀라운 능력들을 지녔다고 하겠습니다만……. 그러나 천주께서 이처럼 직접적인 관심을 두실 만큼은 아닌 것 같다는 소견입니다!"

천주가 가볍게 웃으며 반문했다.

"허허허! 그러니까 자네의 말인즉슨, 별일도 아닌 것을 가지고 왜 이리 번거롭게 구느냐 그런 뜻인가?"

인조가 얼른 허리를 숙이며 급하게 받았다.

"소인이 어찌 감히 그런 망발을……."

천주가 느긋하게 고개를 끄덕였다.

"하긴, 자네 말대로… 노부의 기대가 지나쳤던 것 같기도 해 보이는군!"

그리고 두 사람은 다시 느긋하게 감상을 하듯이 묵묵히 저편의 혈투를 지켜보았다.

한참 후, 천주가 문득 생각이 났다는 듯이 불쑥 물었다.

"일로방이란 곳에 대한 조사는 성과가 좀 있나?"

"그게… 아직까지는……."

인조가 크게 송구스럽다는 듯이 말끝을 늘였다. 그러나 그때 천주의 미간에 미미하게 세로주름 하나가 잡히는 것을 보고, 인조는 곧바로 허리를 접었다.

"최대한 빠른 시간 안에 보고가 될 수 있도록 조치하겠습니다!"

가볍게 고개를 끄덕인 천주의 시선이 다시금 혈투가 펼쳐지는 오십 장 밖으로 향하였고, 인조는 가만히 안도의 한숨을 뱉어냈다.

11

천주는 담담히 혈투를 지켜보고 있었다.

오십 장의 거리는 그에게 지척지간이나 마찬가지였다. 저들의 작은 몸짓 하나하나와 절박한 표정까지도 선명했고, 비명과 거친 숨소리까지도 생생했다. 심지어는 비릿한 피냄새까지도.

그러나 그런 것들은 그에게 다만 아련한 향수와 같은 정도의 느낌일 뿐이었다. 그는 이미 오욕칠정에 대해 무심하며, 심지어는 생사의 문제에 대해서조차도 초월한 경지에 들어섰다고 자부하는 터였다.

그럼에도 그가 지금 이 먼 곳까지 일부러 와서 혈투를 지켜보고 있는 것은 역설적이게도 아주 작은 관심과 흥미로부터 비롯되었다.

비록 세상사에서 뒤로 멀찍이 물러나 있던 그였지만, 단 며칠 사이에 풍뢰문과 패왕가가 잇달아서 멸문지경에 처했다는 보고를 접하고도 아주 무심할 수만은 없었다.

사실은 언뜻 흥미로움을 느낀 것이었다.

단심회에서 그 두 곳을 친 것이고, 그럼으로써 바야흐로 무종계와 단심회간의 일대패권전쟁이 발발하리라는 소문 같은 것이야 재고할 가치도 없이 그저 그러려니 넘길 일이었다.

그러나 막상 단심회 정도의 저력이 아니고는 그러한 일을 능히 해낼 만한 세력이 없다는 데 대해서는 그로서도 딱히 반론을 제기하기 어려운 일이었는데, 그렇다면 그야말로 거미줄처럼 천하를 관할하고 있는 그의 휘하 정보망의 방대한 이목에 걸리지도 않고 그만한 사건이 벌어질 여지가 강호상에 아직도 남아 있었다는 것이 되질 않는가?

그러니 아무리 세사를 초월한 그일지라도 차라리 흥미가 생기지 않을 수는 없었던 것이다.

더하여, 그가 이윽고는 이 황량한 벌판에까지 직접 발걸음을 하게 된 직접적인 계기는, 그가 그 사건들을 전후한 시점의 관련 정황 분석 보고서들을 챙겨보던 중에 일련의 흥미로운 점들을 발견했기 때문이었다.

흥미로움의 시작은 풍뢰문주의 아우가 되며 그 속문(屬門)의 책임자로 있던 상지염(祥志念)이란 자의 심장에 남은 흔적 때문이었다.

그자의 죽음에 대해 무종계의 감찰고수 몇이 풍뢰문으로 파견을 나가 조사를 했던 것이고, 그 과정에서 그들 간에 약간의 이견이 생겼으니, 곧, '검기성형이다!', '아니다, 검강이다!' 하는 의견에다가 '그 둘 다 아닌 제삼의 어떤 새로운 검공의 형태다!' 하는 논란들이었다.

물론 통상적인 경우였다면 그런 정도의 사안에 그가 작은 관심이라도 가질 일은 결코 없었을 것이니, 그때 그가 불현듯이 어떤 흥미와 관심을 가지게 된 것은 차라리 우연이었다고 해야 할 일이었다.

그 논란에 대해서였다. 그 논란이 검의 경지에 대한 것이었고, 더욱이 제법 검에 대해 아는 자들의 입에서 '제삼의 어떤 검의 형태다!' 라고 하는 소리까지 나왔다는 데 대해서였다. 하여 가벼운 망설임 끝에 그는 결국 따로 사람을 보내 은밀히 그 '흔적'을 보고 오게 했다.

그리고 그 결과의 보고를 통해 그는 하나의 가설을 세워보았는데, 그 흔적이 검기나 검강과 같이 검을 매개체로 하여

만들어진 것이 아니라, 보다 근원적인 어떤 강력한 기운 자체
에 의한 흔적일 수도 있겠다는 것이었다.

사실, 그런 가설은 상당히, 아니, 지극히 희박한 가능성이
라고 해야만 했다. 그러나 그 희박한 가능성이야말로 그가 필
생의 염원으로 삼고 있는 한 가지와 밀접한 연관성을 가지고
있는 것이었다.

더욱이 그는 이미 당금천하에서는 그러한 연관성을 볼 수
없으리라 단념을 하고 있던 차였기에, 도저히 그 지극히 희박
한 가능성에 대한 미련을 버릴 수가 없었다.

그러한 그의 미련은 곧바로 강렬한 호기심으로 번졌다.

좀 더 솔직히는, 그 순간의 그것은 단순한 호기심이 아닌,
도저히 참을 수 없는 집착 같은 것이었다. 천하에서 오직 그
만이 가질 수 있는 집착!

그리하여 그는 휘하직계의 정보계통을 통해 필괴 일행을
찾도록 했고, 이윽고 지금 이 자리에 와 있게 된 것이었다.

12

필괴는 온몸에 피를 뒤집어쓴 채로 악귀나찰과 같이 날뛰
고 있었다.

그의 검은 무작정으로 휘두르는 것이되, 거칠 것이 없었다.

검에 부딪치는 것은 무엇이든, 그것이 사람이든 병장기든

베어지거나, 그대로 튕겨 나가거나, 부서지거나 혹은 짓뭉개
지고 있었다.

　실로 엄청난 광경이었다.

13

　장삼은 설핏 놀라고 말았다.

　지금 필괴의 몸 주변으로 마치 아지랑이처럼 아른거리고
있는 기이한 붉은 기운 때문이었다.

　필괴가 거칠게 움직일 때마다 그 붉은 기운 또한 격정에 공
감하듯이 순간순간 일렁이는 듯했다.

　그러나 그것이 무엇인지 장삼으로서는 짐작조차 할 수 없
는 노릇이었다.

　다만 그의 착각일 수도 있었고, 또 혹은 아마도 필괴가 연
신 뿌려대고 있었기에, 순간순간 엷은 피의 막이 형상되며 그
렇게 보이는 것일 수도 있었다.

　필괴는 여전히 조금도 지치지 않은 모습이었다. 그를 둘러
싼 검벽이 오히려 질린 듯이 정면격돌을 피하는 듯했고, 빠른
진형의 변화로써 그를 막는 데 급급해하는 모습이었다.

14

"윽!"

등 뒤에서 나직이 뱉어진 신음 소리에 장삼은 필괴 쪽으로 분산해 놓고 있던 주의를 급하게 거두어야만 했다.

사괴였다. 사실 그는 진작부터 지쳐 있던 중이었다.

사괴의 한계였다. 그가 비록 천생살수로 살수의 제왕 소리를 듣는 사람이라고 하더라도, 지금처럼 적의 치밀한 검진 속에 갇혀 온전히 자신을 드러낸 상태에서야 살수로서의 능력을 십 분 발휘하지 못할 것은 당연했다.

게다가 결정적으로, 사괴의 내력 수준은 그의 다른 능력에 비해서 사뭇 떨어지는 편이었다.

일순 장삼은 등을 지고 있던 자세에서 그대로 몸을 돌려 사괴의 등을 보고 섰다.

15

사괴는 흠칫 놀라지 않을 수 없었다.

갑자기 한줄기의 힘이 그에게로 밀려든 때문이었다. 거대한, 그러나 지극히 부드러우면서 따뜻한 힘이었다.

놀람과는 별개로 사괴는 곧바로 그 힘을 받아들였다. 조금도 주저하지 않고.

어떻게 된 일인지? 지금의 급박한 상황에서 격체전력(隔體傳力)도 아닌 격공전력(隔空傳力)이 어떻게 가능한지? 등등에 대한 의심이나 경계는 아예 가지지 않았다.

다만 그가 장삼에 대해 가지고 있는 근원적인 신뢰면 충분했다.

장삼에 대한 그의 신뢰는 절대적이었다. 비록 일방적이겠지만.

16

"저건……!"

두 눈을 부릅뜬 인조가 참지 못하고 경악에 찬 목소리를 내뱉고 말았다.

돌연한 일이었다. 그 두 사람의 주변 공간으로는 지금 십여 개의 눈부신 빛줄기가 휘돌고 있었다.

자세히 보면 그 두 사람 중 한 사람은 지긋이 두 눈을 감은 채 가만히 서 있는 중이었고, 다른 한 사람은 아주 느리고도 부드럽게 두 손을 움직이고 있는 중이었다. 마치 허공을 주무르듯이.

그 눈부신 빛줄기들은 열두 자루의 단도였다.

그것들이 이윽고는 범위를 넓혀 가며 일대의 공간을 뒤덮는 광경은 실로 장관이었다.

"십이전광도로구나!"

나직이 뱉는 천주의 목소리에도 감탄이 어려 있었다.

"격공전력이라니! 설마… 불세지력이란 말인가?"

천주는 이윽고 나직이 놀람을 뱉어내고 말았다. 그리고 다시 이어내는 그의 목소리는 사뭇 흥분에 차 있었다.

"아아! 지금 이곳에 오대불세지연 중의 두 가지가 한꺼번에 모습을 나타냈단 말인가?"

당금천하에서 혈투를 벌이는 중에, 그것도 공간을 격하고 타인에게 전공(傳功)을 행할 수 있는 존재는 불세지력밖에 없으리라고 그는 단정할 수 있었다.

또한, 비록 불세지력의 전공을 받았다지만, 살수의 전설인 십이전광도를 저처럼 완벽하게 펼쳐 낼 수 있는 존재는 불세지살밖에 없으리라고 그는 또한 단정할 수 있었다.

물론 그러한 그의 단정은 다만 섣부른 것일 수도 있었다. 근본적으로 불세지력과 불세지살을 포함한 오대불세지연에 대해서는 고금의 누구도 명확하게는 정의조차 내리지 못한 바이니 말이다.

그러나 비록 '섣부르다'고 할지라도, 당금천하에서 오직 그만이 내려볼 수 있는 단정일 것이었다.

  '그렇다면 저것 또한… 혈룡지기(血龍之氣)일 수도 있지 않겠는가?'

  천주의 시선은 퍼뜩 또 다른 자에게로 옮겨갔다. 아마도 '필괴' 라는 이름을 가진 인물이리라고 그가 이미 짐작하고 있는 자였다.

  그리고 그는 지금, 이미 오래전에 잠깐 가져보았다가 도저히 가능하지 않다는 판단에 가벼운 실소로 날려 보낸 바 있는, 또 하나의 '설마' 내지는 '단정' 에 대해서 다시금 조심스러운 현실성을 부여해 보았다.

  그러나 그는 이내 고개를 가로저었다.

  "하지만 어떻게 그것이 가능할 수야……?"

  그렇더라도 그는 여전히 필괴에게서 눈을 떼지는 못했고, 이윽고는 다시금 단정을 내리고야 말았다.

  "아니다! 혈룡지기일 수 있다!"

  그리고 그러한 단정은 그로 하여금 곧바로 깊은 탄식을 뱉게 만들었다.

  "아아! 그렇다면… 바로 그때의 그 아이란 말인가? 그때 내가 버린 불세지령의 전설이 짐작조차 할 수 없는 어떤 기연에 의해 그 아이를 선택했다는 것인가?"

  문득 아련하고도 기이한 감회에 젖어들었던 그는, 그러나 이내 다시 지극한 흥미를 떠올렸다.

"불세지령이라······! 진정 그것이 현세한 것이라면, 더욱이 그것이 나를 거부하고 다른 인연을 선택하였다면, 한번 지켜볼 일이다! 과연 그 실체가 어떠한 것인지! 그 완성된 전설이 과연 어떠한 위엄을 가지는지!"

그는 이미 절대자였다. 더 이상 오를 곳이 없는 절대의 경지에 이미 도달했으니, 천상천하에 그가 경계해야 할 어떤 것도 있을 수 없는 그야말로 절대무비의 존재인 것이다.

그럼으로써 그는 오대불세지연의 전설이 그의 시대에 현세할 것에 대해 일말의 경계를 가지기보다는, 오히려 지극한 흥미와 기대를 가지는 것이었다.

또한 그럼으로써 그는 문득 오랫동안 잊고 있었던 어떤 열정과 같은 것이 그의 심장 깊숙한 바닥쯤에서 다시금 불타오르는 것만 같았고, 그로 인해 마치 어린아이처럼 들뜨는 심정으로도 되는 것이었다.

그는 잠시간 그런 감정들 속에 온전히 잠겨 들었다. 그리고 깊이 음미했다. 사실 그런 감정들은 그가 늘 가슴속 깊이 그리워하던 것들이었다.

그의 입가에 잔잔한 미소가 번져 갔다.

19

"천주! 저대로 두고만 보실 것입니까?"

　인조는 이윽고 다급한 심정이 되고 말았다. 그러나 돌아온 대답은 담담하기만 했다.

　"그대로 두라!"

　"하지만… 저대로 둔다면, 북혈각의 칠십이지살조는 곧 전멸을 당하고 말 것인데……."

　"어차피 강호란 강자생존의 비정한 세계이니, 저들이 능력이 모자라 전멸을 당한다면 그것을 또 어찌하겠는가?"

　그가 다시 입을 열려 하다가는, 그때 비로소 그를 향하는 천주의 눈빛이 언뜻 투명한 느낌인 것을 깨닫고는 곧바로 입을 다물고 말았다.

　그러나 그로서는 도무지 천주의 의중을 짐작조차 해보기 어려운 노릇이었다.

　사실은 여기까지 오게 된 데 대해서도 그는 의문이 많았다.

　그들 사룡(四龍)은 장차 차기천주(次期天主)를 보필할 인재들로 키워져 온 바였는데, 그중의 둘이 이미 어이없게도 희생을 당한 터에 남은 둘 중의 하나를 또 다시 위험 앞에 직접 나서게 하는 것에 대해, 그는 천주의 의중을 도무지 이해할 수가 없었다. 더욱이 풍뢰문과 패왕각이 이미 멸문을 당하고 난 뒤가 아닌가?

　비록 아직까지는 그러한 일련의 사건들이 모두 저자들의 소행인지는 밝혀지지 않았지만, 어쨌든 두 명의 용을 죽였다는 것은 분명한 사실인 만큼, 그것만으로도 저들을 가차없이 처단할 이유는 충분하고도 넘치는 것인데 말이다.

그러나 천주는 곧 하늘이었다. 천주의 입에서 일단 말이 뱉어진 이상, 그 말을 거역할 존재는 하늘 아래 없었다.

그때 천주의 시선은 다시 혈투가 벌어지고 있는 쪽으로 향해 있는 중이었다.

20

천주는 언뜻 실망스러운 심정이 되고 있는 중이었다.

오대불세지연의 세 주인 중에서도 그에게 가장 흥미로운 것은 당연히 불세지령이었다.

그것이 오대불세지연의 첫 번째로 꼽히는 이유도 있지만, 무엇보다도 그와는 참으로 예사롭지 않아 기이하다고 해야 할 특별한 인연으로 얽혀 있지 않은가?

그러나 지금, 그 불세지령의 주인은 처음에 흥미롭던 것에 비해서는 사뭇 정체된 모습을 보여주고 있었다.

물론 그 정체란 것이 상대적이긴 했다. 즉, 불세지령의 주인은 도무지 지칠 줄 모르는 거력을 발휘하며 여전히 칠십이지살조를 하나씩 죽여 나가고 있는 중이었지만, 다만 불세지살과 불세지력의 주인들이 합력하여 엄청난 파괴력으로 칠십이지살조의 진형을 종횡무진이다시피 무너뜨리고 있는 광경과 비교하면 그렇다는 것이다.

"칠십이지살조는 버린다고 하더라도, 북혈각의 적손(嫡孫)은 어찌하실 것입니까? 설마… 그마저도 버릴 참이십니까?"

조심스럽게, 그러나 사뭇 비장하게 읍소하는 인조에 대해 천주는 가만히 이마를 찡그렸다.

그러나 천주는 곧 담담한 표정으로 돌아갔다.

"이미 말하지 않았더냐? 그 또한 스스로의 한 몸조차 지키지 못하는 범재(凡材)에 불과하다면, 항차 용종(龍宗)의 곁에 둘 가치는 더욱이 없다고 해야 할 것이다!"

"하오나……?"

인조가 다시 말을 꺼내려 하다가는, 천주가 가볍게 미간을 좁히는 것을 보고는 흠칫하며 입을 닫고 말았다.

"인조!"

천주가 다만 담담히 불렀다.

그러나 인조는 어떤 두려움부터 퍼뜩 떠올리는 눈치였다.

"옛! 천주!"

"그 아이들에게는 어느 선까지 조언을 해주고 있는 건가?"

그 물음은 인조가 전혀 예상하지 못했던 것인 듯했다. 눈에 보일 정도로 흠칫 어깨를 떨며 그가 조급히 반문했다.

"어인… 말씀이신지?"

"그 아이들의 심계가 제법 빠르고 치밀하다는 것이야 노부도 모르지 않으니, 자네가 딱 잘라 거절하기는 어려운 노릇이었을 테지! 그렇다고 자네가 함부로 선을 넘을 사람은 또 아니니, 아마도 적당한 선에서 타협을 했을 게 아닌가?"

순간 인조는 그대로 무너지며 땅바닥에 머리를 조아렸다.

"죽여주십시오, 천주!"

"허허허! 그만한 일에 오십 년간이나 함께한 사람을 가벼이 죽인다면, 어디 노부 곁에 남아날 사람이 하나라도 있겠는가? 다만……."

천주가 슬쩍 말끝을 늘이자 인조의 엎드린 몸이 부르르 떨렸다.

"기왕에 할 것 같으면… 어느 한쪽으로도 치우침이 있어서는 안 될 것이야! 그리고 나는 여전히 알지 못하는 것으로 하고, 또한 두 아이 서로 간에도 알지 못하도록 하게! 무슨 뜻인지 알겠는가?"

인조는 움찔 당황하는 기색이었으나 즉시 땅바닥에 머리를 찧으며 복명했다.

"존명!"

천주가 인조를 일어서게 한 다음에, 빙그레 미소를 떠올리며 말을 이었다.

"한데, 이제쯤에는 그 아이들도 저들에 대해 무슨 움직임을 보일 때가 된 것 같은데……. 자네가 보기에는 그 아이들이 각각 어찌할 것 같은가?"

"소인이 어찌 그러한 데까지야 감히 짐작이라도 해볼 수가 있겠습니까?"

"허허허! 괜찮네! 노부가 진정으로 궁금하여 물어보는 것이니 개의치 말고 자네의 생각을 가감없이 말해주게!"

"하오면… 소인이 감히 궁리해 보건대, 두 분 공자 중에서는 아마도 요운 공자가 먼저 움직일 듯합니다."

"호오? 어째서?"

"요운 공자가 용종지회의 수장인 입장도 있지만, 이미 저들이 공자의 적이란 것이 확실해졌으며, 또한 그 능력이 예사롭지 않다는 사실도 이제쯤에는 분명해졌다고 해야 할 것이니, 평소에는 유하고 느긋한 듯하다가도 필요한 순간에는 일도양단으로 냉철하게 혁파해 버리곤 하는 공자의 성정상, 이런 정도에서는 더 이상 적이 커지는 것을 용납하지는 않을 것입니다!"

"흠! 더 이상 적이 커지는 것을 용납하지는 않을 것이다? 그래… 하면, 그 아이가 구체적으로 어떤 방법을 쓸 것 같은가?"

"요운 공자의 능력은 이미 오래전부터 소인이 가늠해 볼 수 있는 범주를 넘어섰는데, 그런 것까지야 소인이 어찌 함부로 짐작할 수 있겠습니까? 다만……."

"다만?"

“직접적인 수단보다는 간접적인, 그리고 늘 평범하지 않은
방식을 선호하는 공자이니, 만약에 어떤 수단을 쓴다면 아마
도… 누구라도 쉽게 짐작할 수는 없는 그런 것이 되지 않을까
짐작을 해볼 뿐입니다!”

“허허허! 누구라도 쉽게 짐작할 수는 없는 수단이라…….
그럴 법하군! 흠… 요운은 그렇다 치고……. 다음으로 사운
은?”

“사운 공자는, 송구하오나…….”

“허허! 기탄없이 말을 하라는데도?”

“사운 공자는 요운 공자가 이미 구축해 놓고 있는 아성에
도전을 하는 입장이라고 할 것이니, 요운 공자가 적으로 여긴
다면 사운 공자에게는… 오히려 친구가 될 수 있는 여지도 없
지는 않다고 할 것입니다!”

“흠……! 그렇군! 그럴 수도 있겠어! 적의 적은 친구가 될
수도 있는 법이니 말이야!”

“또한 사운 공자는 몹시 신중한 성품이니……. 어쨌든 요
운 공자의 움직임을 지켜본 연후에, 상황에 따라 천천히 움직
일 것이라 여겨집니다!”

“허허허! 충분히 일리가 있는 말이야!”

“송구할 따름입니다!”

천주가 잔잔히 미소를 드리우고 있더니 문득 다시 입을 열
었다.

"역시 노부의 시대는 이미 지나갔다고 할 것이니, 그 아이들에게 맡겨두고 멀리서 지켜볼 밖에!"

인조는 감히 입을 열지 못했다. 다만 머리를 조아릴 뿐이었다.

전방의 혈투는 거의 끝나가고 있는 중이었다.

천주가 다시금 나직이 중얼거렸다.

"잔잔한 연못 속에서 자란 용들은 나태해지기 쉬운 법! 바깥세상의 거친 용 몇 마리가 뛰어들어 마음껏 휘젓고 흩트려놓는 것도 나쁘지는 않을 것이다! 어디 한번 각자의 능력대로 맘껏 다투어보거라! 그럼으로써 나의 뒤를 이을 진정한 용수(龍首)를 얻을 수 있으리라!"

다음 순간 천주의 몸은 서서히 흩어지기 시작했다. 마치 공기 중으로 분해되기라도 하듯이.

"그만 가세나!"

그 소리가 들렸을 때 천주는 이미 완전히 사라지고 난 뒤였다.

이어 인조의 신형 또한 바람처럼 사라져 갔다.

22

"으~ 악!"

칠십두 번째의 비명이었다. 북혈각의 칠십이지살조가 완

전히 궤멸되는 순간이었다.

담완거는 공포에 질리고 말았다. 눈앞의 셋은 인간이 아니었다. 칠십이지살진이 단 세 명에 의해 무너질 줄은 꿈에도 상상치 못했던 일이었다.

온몸을 피로 뒤집어쓴 그자가 한 걸음씩 그에게로 다가오고 있었다. 지독한 자였다. 혼자서 칠십이지살조를 스물 넘게 죽인 것도 그렇지만, 그런 중에도 오로지 그만을 목표로 해서 돌진해 오던 자였다. 그것은 차라리 저주였다.

"자룡건!"

마치 지옥에서 새어 나오는 것 같이 지독히도 차가운 그 한마디에 담완거는 온몸을 부르르 떨며 자신도 모르게 주춤 뒤로 한 걸음을 물러나고 말았다.

그러나 그는 감히 도망칠 엄두조차도 내지 못했다. 그의 뒤로 다른 두 명이 퇴로를 막고 서 있기도 했지만, 그 이전에 이미 탈진과 지독한 공포에 절어 도망칠 의욕조차도 상실해 버린 때문이었다.

23

"나는 북혈각의 소각주 담완거다! 너는 감히 날 어떻게 하지 못할 것이다!"

담완거가 소리쳤다. 그러나 그것은 지독한 공포에 대한 절규일 뿐이었다.

그 순간.

팟!

필괴의 검이 번뜩 빛을 뿌렸고, 담완거의 오른쪽 어깨어림에서 물체 하나가 분리되어 나왔다.

"으아~ 악!"

담완거는 뒤늦게 소스라쳤다. 그리고 뭉툭해진 오른쪽 어깨를 왼팔로 감싸 안으며 바닥으로 무너졌다. 그런 그의 곁으로 동체에서 분리된 팔 한 짝이 펄떡거리며 시뻘건 피를 뿜어내고 있었다.

"그때 자룡건. 너는. 내 아버지의. 오른팔을. 잘랐지!"

필괴가 내려다보며 차라리 담담하게 뱉었다.

"살려주시오! 제발……! 제발!"

담완거가 부르짖었다. 처절한 애원이었다. 고통보다도 더욱 절박한 공포였다.

그러나 필괴는 무심하기만 했다.

"용종지회. 나머지 둘. 황룡건과 백룡건. 그들의 정체는?"

담완거의 눈빛에 언뜻 암담한 절망이 서렸다.

필괴가 느릿하게 검을 겨누었다.

"잠깐! 내게 조금만… 조금만 시간을 주시오! 그러면 그들이 누구인지 곧장 알아내어 당신에게 알려 주겠소! 결코 오래 걸리지는 않을 것이오! 그러니 제발……."

담완거가 발작적으로 외쳤다. 그러나 그의 말은 더 이상 이어지지 못했다. 그때 그의 머리는 이미 그의 몸통을 떠나고 있었으니까.

머리 하나가 둥실 허공에 떴다. 그 입술은 여전히 꿈틀거리고 있었으나 소리를 내지는 못했다. 뒤늦게 자신의 분리를 실감한 듯이 그 두 눈이 일순 크게 떠졌다. 그리고 급속히 빛을 잃어갔다.

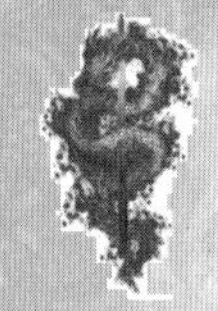

第二十二章
독전(毒戰)

1

그들은 얼마 가지도 않아서 그 마차를 발견할 수 있었다. 두 마리의 말은 길을 벗어난 풀밭에서 이제 막 새싹을 틔운 풀을 한가로이 뜯고 있었다.

필괴는 말을 길로 인도하였다. 그러나 말고삐는 굳이 잡지 않고서, 말이 알아서 가도록 두었다.

필괴의 몸 여기저기에는 크고 작은 상처들이 나 있었다. 그러나 장삼은 외려 사괴에게 더욱 신경이 쓰였다. 조금도 내색하지 않고 있지만, 사괴가 결코 가볍지 않은 내상을 입었다는 것을 익히 알고 있기 때문이었다.

그렇더라도 장삼은 또한 조금도 내색하지 않았다. 하긴 칠

십이지살조를 무너뜨린 그와 사괴의 그 엄청났던 전공합력(傳
功合力)에 대해서도, 지금껏 누구도, 단 한마디도 언급하지 않
고 있는 중이었다.

2

　필괴는 문득 코끝이 상큼해졌다. 동쪽으로부터 불어온 한
무더기의 서늘한 바람의 덕분이었다.
　느끼지 못하였더라도 땅 밑으로부터는 어느덧 봄기운이
올라오고 있는 모양이었다. 아무래도 성급하지 싶게도 하얀
꽃망울의 들꽃 한 무더기가 찬바람에 가녀리게 흔들리고 있
었다. 사실은 저 광대한 평원의 양지바른 곳곳마다 진작부터
피어 있었을 것을, 다만 지금껏 그것을 볼 마음의 여유가 없
었던 것인지도 몰랐다.
　문득 주변의 모든 것이 새롭게 보였다. 들꽃 말고도, 언 땅
바닥을 뚫고 솟아오른 파릇파릇한 새싹들도, 아직까지 황량
함 그대로인 사방의 잿빛 동토(凍土)도, 그 너머로 보이는 눈
덮인 산봉우리들도!
　눈에 닿는 모든 것이 찬란하였다. 안타깝도록!
　그러나 곧바로 그의 마음은 몹시도 어색해지고 말았다. 사
위의 모든 것이 찬란한 중에 오로지 그 혼자만이 피에 흠뻑
절어 있는 것이었다.

그는 문득 당황스러워지고 말았다.

나는 지금 무엇을 하고 있는 것인가?

무엇을 위해, 어디를 향해 무작정 달려가고 있는 것인가?

그러나 이내 그는 이를 악 다물었다.

당황이라니?

갈등이라니?

그에게는 일고의 가치도 없는 감정의 사치에 불과했다.

어떻게 잊을 것인가?

그날, 아버지의 팔다리를 하나하나 잘라내던 악마들의 모습을!

피의 강을 이룬 동굴바닥, 그 질펀한 핏속에 제멋대로 나뒹굴던 아버지의 사지와 동체를!

몸통만 남은 아버지를 조심스럽게 안아 올려 품에 안았을 때 그의 몸으로 전해져 오던 아버지의 가냘프던 호흡과 심장의 박동을!

그의 앞가슴을 흥건히 적셔 들던 피에서 느껴지던 그 서럽던 아버지의 온기를!

그가 스르르 팔의 힘을 풀었을 때, 한 장의 붉은 꽃잎이 되어 아스라하게 유황연 속으로 떨어져 내리던 아버지의 모습을!

그 동체가 다시 두 동강이 나는 순간까지도,

[아들아! 도망치거라!]

소리없는 절규로 마지막 울림을 남기며 마침내 부글거리는 수면 아래로 잠겨들던 아버지의 마지막 모습을!

죽인다!

반드시 죽인다!

지옥 끝까지라도 쫓아가서 반드시 되돌려 주리라! 그들이 내 아버지에게 했던 그대로를!

반드시!

3

마차가 갑자기 크게 흔들렸다. 그러더니 돌연 앞부분이 폭 주저앉고 말았다.

말이 쓰러진 것이었다. 말 두 마리가 일시에 앞다리를 꺾고 주저앉더니 거품이 버글거리는 피거품을 문 채로 버둥거리고 있었다.

그리고 그것도 잠시, 말들은 이내 대가리를 땅에 처박았다. 죽어버린 것이다.

"독이다! 호흡을 멈춰!"

장삼이 다급하게 외쳤다. 이어 그는 마차에서 뛰어내리며 그대로 앞으로 달려나갔다. 주변에 독이 분포되었다면, 일단은 멀리 벗어나야 한다는 판단이리라.

사괴와 필괴가 즉시 장삼의 뒤를 따라 달렸다.

그런 중에 필괴는 참고 있던 숨을 내뱉고 말았다. 어차피 내공의 기초가 없는 그였으니, 오래 숨을 참지는 못할 것이라고 지레 판단을 해버린 것이었다. 다행히도 당장에는 몸에 어떤 이상이 생기는 것 같지는 않았다.

4

앞서 달리던 장삼이 갑자기 멈춰 섰다. 그런 그의 앞쪽으로 언뜻 엷은 회색의 안개가 넓게 장막을 이룬 것처럼 펼쳐져 있는 것이 보였다.

그리고 보니 앞쪽뿐이 아니었다. 그 엷은 회색안개의 장막은 어느 틈엔지 그들의 좌우와 뒤쪽까지, 그리하여 사방에서 그들을 둘러싸며 천천히 옥죄듯이 다가들고 있는 중이었다.

그런데 회색안개가 닿는 바닥에서는 기묘한 소리들이 생겨나고 있었다.

스스~ 슛!

마치 바람이 들판을 스치는 듯한 소리였다. 그리고 연이어 놀라운 광경이 벌어지고 있었다.

드문드문 새싹을 틔운 풀들이 회색안개에 닿는 순간에 누렇게 시들고 마는 것이었다.

"독(毒)이다!"

장삼이 놀라 외쳤다. 그리고는 다시 질린 듯이 중얼거렸다.

"사방일대를 독기로 가두어 버리다니? 천하에서 이런 정도의 독술(毒術)을 펼칠 수 있는 자라면……? 설마 비괴(非怪)란 말인가?"

그 말에 사괴가 또한 언뜻 놀라는 기색으로 되었다.

그러나 그때 장삼은 스스로의 짐작을 부정한다는 듯이 다시 덧붙이고 있었다.

"하지만 비괴가 우리와 무슨 원한이 있어서……?"

5

회색안개가 사방을 둘러싸고 있었으나, 다만 그들의 일 장 반경 안으로는 접근하지 못하고 있었다. 그런 광경은 마치 회색안개가 다시 어떤 무형의 막에 가로막힌 듯이 보이는 것이었다. 사실은 장삼이 내공으로 임시의 보호막을 펼치고 있는 덕분이었다.

그런 채로 회색안개는 점점 더 짙게 변해가고 있었다.

그런데 그때였다.

"호호호!"

안개 속에서 돌연 짜랑한 교소가 울려 나왔다. 이어 안개의 한 부분이 갈라지더니 여인 하나가 모습을 드러냈다. 그리고 여인은 천천한 걸음으로 그들의 십여 걸음 앞까지 다가와 서는 것이었다.

"저 여인은……?"

장삼은 곧바로 여인을 알아보았다. 바로 그와 필괴가 태정 문으로 가는 도중에 위창(暐昌)이라는 읍성의 객잔에서 마주 친 적이 있으며, 더하여 그날 밤 필괴에게 음약(淫藥)을 썼던 바 있는 바로 그 음녀(淫女)였다.

장삼과 시선이 마주치자 음녀는 한쪽 눈을 찡긋하며 유혹 의 눈빛을 보냈다.

장삼이 차갑게 받자, 음녀는 잠시 묘한 미소를 머금었다가 는 시선을 필괴에게로 돌렸다. 그리고는 곧장 표독스러운 모 습으로 돌변했다.

"그때 그년의 정체가 무엇인지 말하거라! 미리 말해두는 바이지만, 조금이라도 대답을 지체하거나 다른 얕은 수작을 부릴 생각은 하지 않는 게 좋을 것이다. 만약 그랬다간, 너는 네 온몸의 살이 한 점 한 점 저미어지고, 뼈마디 하나하나가 부러져 나가는 고통을 다 맛보고 난 다음에야, 비로소 죽을 수 있을 것이니 말이다!"

순간 필괴는 퍼뜩 깨달을 수 있었다. 결국 그날의 일이 화 근이 되어 지금과 같은 사달을 꾸민 것이리라는. 다만 음녀가 말하는 '그년' 에 대해서는 그만이 아는 내용이었다. 그날 그 가 장삼에게는 음녀에 대해서만 얘기를 했을 뿐, 신비의 여인 우은소(宇闇韶)에 대해서는 일절 얘기하지 않았으므로.

"원하는 것을 말해주면 독을 거둘 것이오?"

　필괴가 보는 것만으로도 역겹다는 듯이 아예 음녀를 외면해 버린 데 대해, 장삼이 애써 표정을 담담하게 바꾸며 음녀에게 물었다.

　그러자 음녀는 힐끗 뒤를 돌아보고 나서는, 슬쩍 두어 걸음을 다가서며 입에 손을 대는 시늉으로 속삭이는 듯이 작게 말했다.

　"당신에게는 나쁜 감정이 조금도 없으니 아무런 걱정을 할 필요가 없어요. 다만 내가 시키는 대로만 하면 아무 일 없이 무사할 뿐더러, 아주 좋은 일까지 생길걸요?"

　음녀의 그런 모양에서는 마치 다른 누군가가 듣기라도 할까 조심스러워하는 기색도 녹아 있었다.

　그러나 다시 필괴를 향하는 음녀의 모습은 곧바로 표독스러워졌다.

　"네놈은 오늘 결코 죽음을 면치 못할 것이되, 다만 묻는 말에 순순히 대답을 한다면 시신만큼은 곱게 남겨주도록 하마!"

　장삼은 잠시 곤혹스러웠다. 기껏 칠팔 보의 거리이니 마음만 먹는다면 단 일 장으로 음녀를 격살할 수 있는 일이었다. 그러나 정황상 지금 음녀의 뒤에 또 다른 인물이 있음이 분명하니, 일단은 그 인물이 등장할 때까지는 기다려 보는 수밖에 없었다. 그 인물이 정말로 비괴라면 한층 더 암담한 상황에 빠지고 말겠지만 말이다.

“하면… 나는 어떻게 하면 되겠소?”

장삼이 치미는 살의를 추스르며 애써 부드럽게 다시 물었다.

음녀가 곧바로 교태를 보태며 속삭였다.

“이제 곧 누군가 올 텐데, 그는 정말로 무서운 사람이에요. 그러니 그가 왔을 때 당신은 무조건 바닥에 엎드려 살려달라고 비세요! 그렇게만 하면 내가 반드시 살길을 마련해 주도록 할게요!”

그때였다.

츠츠츠~ 촛!

사방의 회색안개가 크게 출렁거렸다. 순간 음녀는 재빨리 교태를 거두며 뒤로 물러났고, 동시이다시피 안개 속으로 사람의 형체 하나가 모습을 드러내고 있었다.

안개 속이라 분명하지는 않았지만, 그 사람은 껑충하니 큰 키에 거구로 보였다. 그리고 흑색의 장포 같은 것으로 머리부터 발끝까지 전신을 감싼 차림이었다.

그런데 섬뜩한 것은, 그 사람이 밟고 선 땅바닥에서,

피~ 싯!

피시~ 싯!

소리를 내며 푸른빛의 짙은 연기가 연신 뿜어지고 있다는 점이었다.

“독인(毒人)인가……?”

장삼이 무겁게 뱉어냈다.

6

　장삼은 결단을 내려야만 했다. 시간은 결코 그들의 편이 아니었다. 이대로 시간만 끌다가 내공이 소진되고 나면 그때는 그야말로 끝장이었다.
　그때 마침 그를 향하는 사괴의 눈이 가볍게 깜빡였다.
　사괴의 그 눈짓의 의미는 분명하였다. 자신이 움직이겠다는 뜻이었다.
　그리고 그로서는 사괴에게 마지막 한 수의 희망을 걸어보는 선택을 할 수밖에 없었다. 그들로부터 십여 장 거리에 있는 독인에게까지 단숨에 접근하여 단 일격으로 척살을 하는 데는 어쨌든 사괴가 가장 나을 테니까.

7

　장삼은 일순 내공의 막을 거두었다. 그리고 찰나간의 틈을 두고 다시 펼쳤다.
　순간 사괴의 모습이 그들의 눈앞에서 사라졌고, 다음 순간 독인의 삼 장쯤 앞에서 다시 모습을 드러냈다.
　그러나 사괴는 그대로 회색인개에 휘감기며 바닥으로 무

너지고 있었다. 살수의 제왕 소리를 듣는 그였지만, 독인의 위력 앞에서는 가까이까지 접근조차 해보지 못한 채로 속절 없이 중독당하여 쓰러지고 만 것이다.

하긴 그들 두 사람의 대결이라는 측면에서만 본다면, 지금의 상황은 사괴에게 다분히 불공평하다고 해야만 했다. 즉, 만약에 지금의 이런 상황이 아닌 다른 경우로 사괴가 먼저 독인을 노리는 입장이었다면, 결과는 또 사뭇 달라졌을 것이니 말이다.

장삼은 다시 내공의 막을 거두었다. 그러나 그가 어떤 행동을 취하기도 전에, 필괴가 먼저 움직였다. 곧장 앞으로 달려 나간 것이다.

그리고 그때 만약, 필괴의 몸 주변으로 은은하게 붉은 기운의 막 같은 것이 펼쳐지는 광경을 보지 않았다면, 장삼은 즉시 필괴를 제지시키고 대신 그 자신이 달려가는 쪽을 택하였을 것이다. 필괴의 주변을 둘러싼 그 은은한 붉은 기운의 막은, 그가 지난번 북혈각의 칠십이지살진과의 혈투 때 착각인 듯이 보았던 바로 그것이었다.

8

필괴는 전력으로 질주해 갔다. 회색안개가 대번에 그를 휘감아 들었다.

그런 중에, 비록 그는 보지 못하였지만, 그의 주변으로는 다시 기이한 현상이 생겨나고 있었다.

그의 몸 주변을 감싸고 있던 붉은 기운의 막이 갑자기 그의 몸을 휘감으며 맹렬하게 소용돌이치기 시작한 것이다. 그리고 이윽고 그것은 마치 한 마리의 혈룡이 그의 몸을 휘감고 돌며 용틀임을 하는 것만 같았다.

아아! 순간 놀랍게도 그의 주변으로부터 회색안개가 흩어지고 있었다. 아니, 그것은 마치 그 한 마리 혈룡이 회색안개를 거침없이 빨아들이고 있는 것만 같았다.

그는 독인과의 거리를 거의 좁혀가고 있었다.

그때였다. 사방의 회색안개가 돌연 독인에게로 몰려들었고, 그럼으로써 독인을 중심으로 한 방원 이 장 정도의 공간이 짙은 흑색으로 변해갔다. 동시에 그 흑색공간의 아래쪽 땅바닥이 백황색(白黃色)의 연기를 뿜어내기 시작했다. 마구 타들어가는 것이었다.

치~ 직!

치지~ 직!

그 흑색공간은 기실 사방의 독기가 응축해 들면서 일종의 지독정화(至毒精華)를 이룬 것이었다.

그는 거침없이 그 흑색공간 안으로 진입했다.

순간 흑색공간이 크게 꿈틀거리며 층층이 그의 몸을 휘감아 들었다. 그럼으로써 혈룡의 붉은 기운과 흑색공간은 격렬하게 뒤엉켰다.

츠츠츠~ 츳!

그 광경은 마치 혈룡과 묵룡이 서로 얽혀 격렬하게 다투는 것만 같았다.

그런 중에도 그는 거침없이 앞으로 나아갔다.

혈룡이 포효하며 흑색공간을 마구 찢어 발겼다.

이윽고 흑색공간이 사방으로 흩어져 버렸다.

그는 기세를 몰아 위에서 아래로 독인을 베어내렸다. 그러나 다음 순간, 그는 움찔하며 검을 멈추고 말았다. 확연히 드러난 독인의 모습 때문이었다.

독인의 얼굴은 기괴했다. 온 얼굴이 검은 딱지와 붉고 푸른 자국들로 가득 덮였는데, 그 딱지와 자국들에서는 누런 진물이 줄줄 흐르고 있었다.

그런 중에 다시 놀라운 것은 독인의 얼굴이 동안(童顔)이라는 점이었다. 비록 흉측했지만, 그 얼굴은 어린아이의 얼굴이었다. 마치 얼굴은 어린아이인 채로 몸만 어른이 된 것 같았다.

그리고 아아! 지금 잔뜩 놀라 두려움에 사로잡힌 듯한 그 눈망울이라니! 금방이라도 울어버릴 듯이 천진한 아이의 눈빛만 같았다.

독인의 천진한 눈빛에서 그는 예전 어느 때인가의 스스로를 언뜻 떠올린 것이었고, 그럼으로써 그의 살기는 순간적으로 흐트러지고 말았던 것이다.

혈룡의 기세가 찰나간에 크게 움츠러들자, 흐트러졌던 흑색공간이 다시금 빠르게 응축하며 독인을 감싸 들었다.

치~ 직!

당장 그의 옷자락에 파란 불꽃이 일며 빠르게 타 들어갔다. 그러나 그는 미처 깨닫지 못하였다.

그때였다.

"필괴~!"

장삼의 다급한 사자후가 그를 일깨웠다.

"죽여!"

장삼의 사자후가 다시 발해지는 순간,

팟!

그의 검이 이제 막 흑색공간 안으로 감추어지고 독인의 머리를 그대로 쪼개 내렸다.

"크아~ 악!"

처절한 비명이 길게 울려 퍼졌다.

순간 흑색공간은 급작스럽게 흐트러졌고, 다시 그 속에서 푸른 불꽃이 폭발하듯이 타올랐다.

그러나 그런 것은 다만 일시간에 불과했다. 흑색공간도 푸른 불꽃도 금세 사라져 버렸다.

다만 한 무리의 짙은 노린내가 허공중에 머물렀으나, 그것마저도 또한 금세 흩어져 버리고 말았다.

9

음녀는 혼이 빠진 듯이 멍한 모습이었다. 그러더니 한순간에는 불현듯이 사태를 깨달은 듯이 화들짝 몸을 날려 달아나기 시작했다.

장삼은 느긋하게 음녀의 뒤를 쫓았다. 그리고 멀리 가지 않아서 그는 음녀의 앞을 가로막을 수 있었다.

"너는… 너희는 사람을 잘못 건드렸다. 너희가 죽인 그가 누구인지 알기는 하느냐?"

장삼이 짐짓 빙글거리면서 받았다.

"왜? 그가 혹시 비괴의 혈육이라도 되느냐?"

"어… 어떻게 그걸?"

"비괴에게 알려지지 않은 아들이 하나 있는데, 어릴 때 독공수련을 하다가 잘못되어 희대의 독인이 되어버렸다는 소문이 있더니, 그게 사실이었던 모양이로군!"

"비괴는… 그 아들과는 비교도 할 수 없이 무서운 인물이다. 너희가 그의 아들을 죽인 이상, 이제 곧 그가 너희를 찾아올 것이다. 하지만… 나와 적당히 입만 맞춘다면… 비괴는 결코 이 일에 대해 알지 못할 것이다. 그러니……."

음녀는 말꼬리를 늘이며 빠르게 장삼의 눈치를 살폈다.

"후후!"

　장삼이 나지막이 웃자, 음녀는 대번에 얼굴이 환해지더니 당장에 장삼의 품안으로 뛰어들 듯이 교태를 부렸다.

　"당신……! 나와 함께 가요! 내가 세상에서 가장 황홀한 기분을 맛보게 해드릴게요!"

　"비괴가 이 일에 대해 알지 못하게 하는 것보다 확실한 방법이 내게 있지!"

　장삼이 웃는 얼굴 그대로, 그러나 문득 차가운 목소리로 말했다. 순간 음녀의 얼굴은 딱딱하게 굳어지고 말았다.

　장삼이 느긋하게 이었다.

　"강호는 원래가 거칠고 험한 곳이니, 고래(古來)로 영문도 모르고 죽어간 자가 이루 헤아리지도 못할 정도로 많다고 하지! 그러니 비괴의 아들 또한 그런 중의 하나가 되지 말라는 법은 없는 것 아닐까? 아! 물론 그러기 위해서는 한 사람이 더 죽어주어야만 하겠지! 또한 영문도 모르게 말이야!"

　"헉!"

　음녀가 펄쩍 뛰다시피 뒤로 물러날 때였다.

　팩!

　장삼이 쏘아낸 한 가닥의 파쇄지력(破碎指力)이 거침없이 그녀의 심장을 관통해 버렸다.

　"캑!"

　단말마의 비명을 토해내며 두 눈을 홉뜬 음녀의 귓가에 전음 한 가닥이 속살거렸다.

[경고했었지? 다시 눈에 뜨이면 죽여 버린다고!]

음녀의 두 눈이 찢어질 듯이 부릅떠질 때였다

팩!

다시 한 가닥의 파쇄지력이 이번에는 그녀의 두개골을 뚫고 지나갔다.

음녀는 비명도 지르지 못한 채로 무너졌다. 두 눈을 허옇게 까뒤집은 채.

10

필괴는 저도 모르게 눈살을 찌푸리고 말았다. 그가 멀리서 지켜보고 있는 중에, 돌연 음녀가 머리에서 붉고 흰 색이 섞인 액체의 줄기를 뿜어내며 쓰러지는 광경 때문이었다.

그에게는 세상에서 가장 친근한 사람이지만, 어떤 때의 장삼은 사뭇 낯설기만 했다. 늘 낙관적이다가도 갑자기 잔혹하기 이를 데 없는 모습을 보이곤 하니 말이다. 지금처럼.

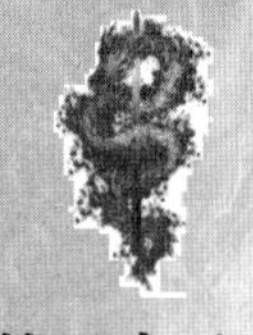

第二十三章
해의화(解醫花)

1

필괴는 옷과 머리카락이 군데군데 타버린 사뭇 낭패한 모습이었다. 뿐만 아니라, 그의 손과 밖으로 드러난 피부는 거뭇거뭇하게 변해 있었고, 흡용면구를 쓴 얼굴에서조차 검은 기운이 비쳐 나고 있었다. 완연한 중독의 징조였다.

그러나 장삼은 걱정보다는 차라리 묘한 눈빛이 되어 그를 보고 있었다.

독인과 정면으로 맞부딪쳤으니, 중독이 되지 않았다면 오히려 이상할 일이었다. 그러나 필괴는 지금 뚜렷한 증상을 보이면서도, 막상은 아무런 이상도 없는 듯이 오히려 혈기가 충만해 보이기까지 한 모습을 하고 있는 것이었다.

그러나 장삼은 굳이 궁금해하거나 물어보지는 않기로 했다.

2

사괴는 의식을 찾지 못하고 있었다. 그의 얼굴과 목, 그리고 손 등의 피부는 이미 시커멓게 물들고 있어서, 한눈에 보기에도 몹시 심각한 상태였다.

장삼이 우선의 조치로 가지고 있던 해독단 몇 알을 급하게 사괴의 입에 밀어 넣어 보았지만, 이렇다 할 효과는 보이지 않았다.

"도와줄 사람을 찾아보아야겠다!"

사괴를 들쳐 업은 장삼은 곧장 달려갈 태세였다.

장삼이 다른 사람의 일에 대해 그처럼 다급해하는 것을 처음으로 보는 터라, 필괴가 또한 급하게 서두르며 따라 나서려 했다.

그러나 장삼은 돌아보지도 않고 고개를 가로저었다.

"시급을 다투어야 할 터인데, 네 걸음으로는 아무래도 어렵다! 이 근처에 어디에서 기다리든지, 아니면 먼저 출발하거라! 네가 어디로 가든 내가 능히 뒤따라 갈 터이니 신경 쓰지 말고!"

필괴가 더는 고집을 피울 상황이 아니라 하릴없이 고개를 끄덕였다. 그런데 순간 문득 떠오르는 것이 있었다.

"잠깐만!"

이어 필괴는 다른 설명 없이 곧장 장삼의 등에서 사괴의 몸을 안아 내렸다. 그리고는 와락 끌어안았다.

"무슨 짓이야?"

장삼이 크게 놀라며 꾸짖듯이 소리쳤다. 그리고 당장에 필괴의 품에서 사괴를 빼앗으려 하였다.

그러나 필괴는 슬쩍 몸을 틀어 피했다.

"잠시만. 기다려 보아라!"

필괴가 사뭇 침착하다는 데 대해, 더욱이 이처럼 완강하게 자신의 뜻을 고집하는 경우는 드물다는 데 대해, 장삼은 언뜻 묘한 표정으로 되었다. 그리고 뻗쳤던 손을 슬며시 거두었다.

3

필괴가 다짜고짜 사괴의 몸을 끌어안은 것은, 급한 대로 편법을 취해본 것이었다. 곧, 혈룡을 활용해 볼 생각을 퍼뜩 떠올린 것이었다.

쉽게 말해 사괴의 중독된 상태가 몹시 심하니, 그가 사괴를 끌어안아 몸을 밀착시킨다면 그 또한 얼마간이나마 독의 영향을 받게 될 것이고, 그리되었을 때 혈룡이 반응을 해주기를 기대해 보는 것이었다.

그가 독인과 직접 맞닥뜨리고도 지금 딱히 중독증상을 느끼지 않고 있는 것이 혈룡의 공능 덕분이란 사실은 의심할 여지가 없었다. 그러니 만약 이번에도 혈룡이 반응만 해준다면 그와 몸을 접촉하고 있는 사괴 또한 어느 정도나마 혈룡의 덕을 볼 수도 있지 않을까 하는 기대였다.

물론 그런 기대가 다만 허황된 것일 뿐이라면, 그때 다시 장삼에게 맡기면 될 일이었다.

4

장삼은 필괴가 벌이고 있는 짓거리를 여전히 이해할 수는 없었다. 그러나 무언지 모를 한 가닥의 기대는 생기는지라 초조하게 지켜보는 중이었다.

그때였다. 사괴의 감은 눈까풀이 문득 파르르 떨리더니, 이윽고는 힘겹게 눈을 뜨는 것이었다.

그러나 곧장 자신이 처한 상황을 파악한 듯이 사괴의 눈빛에는 대번에 살벌한 기운이 서렸다.

"너……? 네가… 감히……?"

그러나 사괴의 목소리는 겨우 흘려내는 신음 소리처럼 힘이 없었다.

필괴가 난감한 중에 차라리 더욱 힘을 주어 사괴의 몸을 당겨 안았다. 다행한 것은 혈룡의 기운이 이윽고 반응을 시작하고 있다는 점이었다. 그의 내부에서 문득 한 가닥 혈룡의 기운이 일어나더니 곧장 독기를 향해 움직였다.

그러나 혈룡의 기운은 잠시간만 사괴의 몸을 넘실거렸을 뿐이었다. 역시 무리가 있었던지, 그 기운은 이내 스러져 버렸다.

그렇더라도 약간이나마 효과가 있기는 했던 모양인지, 사괴의 시커멓던 피부색이 조금쯤은 옅어진 것처럼 보이는 것은 다행이었다.

그러나 사괴는 이내 다시 의식을 놓아버렸다. 장삼이 얼른 사괴의 맥을 짚었다. 그런데 맥이 몹시 가는데다 불규칙하기까지 하였으니, 장삼은 곧바로 서둘렀다.

"안 되겠다! 이제는 함부로 움직이는 것조차 위험해 보이니, 내가 달려가서 어떻게 하든 의원을 찾아 데리고 올 것이니, 너는 사괴의 곁을 지키고 있어라!"

고개를 끄덕이는 필괴의 얼굴이 잔뜩 무거웠다.

5

"무슨 일이죠?"

맑고 청량한 목소리가 들려온 것은 장삼이 막 신형을 날리려는 순간이었다.

여인이었다.

보는 그 순간에 여인의 얼굴을, 그것도 미인의 아름다움을 평한다는 것은 쉽지 않으며 마땅하지도 않은 일일 것이다. 그러나 지금 그 여인의 얼굴은 보는 사람으로 하여금 저절로 어떤 평가를 내리도록 만드는 데가 있었다.

그것은 아마도 그 여인에게서 아름답다는 평가 이전에, 우선 참으로 온화하고도 곱다는 느낌이 먼저 들었고, 그럼으로써 다시 고귀하다는 느낌마저 들었기 때문일 것이다.

여인은 장삼과 필괴, 그리고 바닥에 눕혀진 사괴를 차례로 훑어보더니 곧장 사괴에게로 다가갔다.

장삼이 퍼뜩 경계했다. 그러나 그는 다음 순간 오히려 뒤로 한 걸음을 물러서 주었는데, 그것은 역시 여인에 대한 첫 느낌 때문이었을 것이다.

"아주 심각한 중독 증세로군요?"

눈으로만 사괴를 살핀 여인이 말했다.

그리고 여인은 곧바로 사괴의 얼굴에 손을 대더니, 눈을 까뒤집어 보고, 입을 벌려 혀와 구강 상태를 보고, 심지어는 콧구멍 안으로 손가락을 넣었다 빼고는 그 끝에 묻어 나온 점액질을 비비고 냄새를 맡아보기까지 하는 것이었다.

"이건… 북방갈독류(北方蝎毒類) 같은데……? 맙소사! 거기에다 빙화독(氷花毒)에… 활독류(活毒類)로 짐작되는 성분들까지……! 음! 그런데… 어떻게 된 까닭인지는 모르겠으나, 심장과 폐부로는 아직 독기가 침범을 하지 않고 있으니, 그나마 큰 다행이라고 해야겠군요!"

"소저는 뉘시오?"

장삼의 그 물음에는 궁금증보다는 보다 확연하게 기대감 같은 것이 묻어 있었다.

그런 데 대해 여인은 잠시 당황스러운 듯했다. 그러나 그녀는 이내 침착한 투로 대답했다.

"저는 연설란(燕雪蘭)이라고 해요!"

장삼이 가만히 미간을 좁히자, 그녀가 덧붙였다.

"제 집은 의선곡(醫仙谷)이에요!"

순간 장삼이 저도 모르게,

"아!"

하고 짧은 탄성을 뱉었다.

의선곡은 당금의 강호에서 천하제일의(天下第一醫)로 불리는 초의(草醫) 연성도(燕成度)가 곡주로 있는 곳이다. 더하여 의선곡은 수백 년 전부터 대대로 그 시대의 제일가는 명의를 배출해 왔기에 강호인들로부터 깊은 존경을 받고 있으며, 항간에는 의선곡에 사는 어린아이들까지도 의술에 능통한 것으로 알려져 있을 만큼 존경을 넘어 신비롭게 여겨지기까지 하는 곳이었다.

"의선곡에 살고 연씨(燕氏) 성에다 소저와 같이 빼어난 자태(姿態)를 지녔다면… 혹시 소저는 강호인들이 해의화(解醫花)라고 부르는 바로 그분이 아니신지……?"

장삼이 그렇게 물은 데 대해 여인, 연설란은 살짝 얼굴을 붉히더니 다시 가볍게 실소하며 대답했다.

"해의화니 뭐니 하는 소리는, 괜히 말하기 좋아하는 강호의 몇몇 사람이 실없이 지어낸 것일 뿐이죠!"

순간 장삼은 차라리,

"휴우~!"

하고 한숨을 불어 내쉬었는데, 거기에는 물론 커다란 안도가 녹아 있었다.

해의화!

의술을 베푸는 아름다운 꽃이란 의미였으니, 곧 강호제일의인 초의 연성도의 손녀를 이름이었다. 더불어 초의의 뒤를 이어 의선곡을 물려받을 그녀에게, 조부보다 더욱 뛰어난 의술을 강호에 널리 베풀어주기를 바라는 강호인들의 마음이 담긴 것일 터인데, 지금 장삼의 마음이 또한 그러했다.

"어떻게… 손을 좀 써볼 수 있겠습니까?"

장삼의 말에 절로 조심스럽고도 정중함이 담겼다.

연설란이 대답하는 대신에 등에 지고 있던 봇짐을 재빨리 내려서 풀더니 자기병 세 개를 꺼냈다. 그리고 그 안에서 각각 붉고 검고 노란 색의 단환 두 알씩을 꺼낸 그녀는 먼저 붉은 색의 단환 두 알을 사괴의 입 속으로 밀어 넣었다. 그녀가 사괴의 목젖어림을 가볍게 건드리자,

꼬르륵!

소리와 함께 사괴의 목젖이 꿈틀하였다. 부드러우면서도 능숙함이 엿보이는 손길이었다.

그런데 그때였다. 한순간 사괴의 두 눈이 번쩍 뜨여졌고, 동시이다시피 번뜩하는 한 가닥 빛과 함께 단도 한 자루가 연설란의 목을 찔러 가고 있었다.

"안 돼!"

장삼이 다급하게 외쳤다. 그러나 그 은은하게 푸른빛이 감도는 보석과도 같이 아름다운 칼날 위로는 이미 한 방울의 선홍색 핏방울이,

또르르!

굴러 내리고 있었다.

연설란의 두 눈은 동그래져 있었다.

사괴 또한 크게 당황스러운 빛이었는데, 자신의 코앞에 그처럼 아름다운 여인의 얼굴이 다가와 있을 줄은 미처 몰랐다는 듯한 기색이었다.

그러나 다음 순간 연설란은 잔잔한 미소를 머금었고, 맑고 온화한 눈빛으로 가만히 사괴를 바라보았다.

사괴는 잠시 연설란의 눈빛을 노려보듯이 응시하였다. 그러나 이윽고는 천천히 단도를 거두더니, 그대로 두 눈을 감아 버렸다.

연설란은 다시 검은색의 단환 두 알을 사괴의 입 속에 넣었다. 사괴의 눈썹이 꿈틀하였다. 그러나 연설란은 조금도 개의

치 않는 듯이 가볍게 사괴의 목젖어림을 건드렸고, 사괴의 목
젖어림에서는 여지없이,

꼬르륵!

하는 소리가 났다.

이어 연설란이 노란색의 단환 두 알을 같은 방식으로 먹일
때까지도, 사괴는 여전히 아무런 반응을 보이지 않고 두 눈을
감고만 있었다.

장삼은 내내 이채를 띤 채로 그런 광경들을 지켜보았다.

'말 한 마디 없이 미소와 눈빛만으로 사괴를 저렇듯이 얌
전하게 다루는 사람이 있을 줄이야!'

장삼의 이채는 그런 심정을 말하고 있는 것만 같았다.

6

"어떻게 된 거죠? 어떻게 하다가 이런 지독한 독에 당하게
된 거죠?"

연설란이 한숨 돌렸다는 듯이 장삼을 돌아보며 물었다.

"독인을 만났었습니다!"

"아!"

연설란이 언뜻 놀람을 표하며 이었다.

"그럼… 아까 이쪽에서 독기가 크게 충천했던 것이 바로
그 독인 때문이었다는 건가요? 도대체 얼마나 엄청난 독인이

었기에……?”

그러다가 연설란은 새삼스레 흠칫 놀란 듯한 기색으로 되며 다시 물었다.

“한데 그 독인은 지금 어디에 있나요?”

“죽었습니다!”

“아……? 어떻게……?”

차라리 경악을 섞어낸 연설란의 이번 물음에 대해서 장삼은 힐끗 눈짓을 하는 것으로써 대답을 대신했다.

연설란이 장삼의 눈짓을 따라갔다가 그 끝에 있는 필괴를 보고는 다시금 놀라고 마는 기색이었다. 장삼의 눈짓이 의미하는 바가 필괴가 독인을 죽였다는 뜻으로 해석되는 데 대해서이리라. 그러나 그것은 다만 장삼의 짐작이었을 뿐, 그녀가 놀란 바는 막상 다른 이유 때문인 듯했다.

“저분도 중독된 모양이군요?”

내내 소외되어 있다가 갑자기 연설란의 시선을 받은 데다, 그녀가 곧장 다가올 기색이자 필괴는 사뭇 당황스럽기까지 하였다.

다행스럽게도 그때 장삼이 싱긋 웃으며 연설란의 시선을 자신에게로 되돌렸다.

“저 친구는 괜찮을 겁니다!”

“예?”

연설란이 언뜻 의아해하다가는 다시 필괴에게로 눈길을

주며 자세히 살폈다. 옷과 머리카락이 군데군데 타버린 사뭇 낭패한 모습인데, 그녀가 보기에 그것은 필시 독화(毒火)에 탄 흔적들이었다. 뿐만 아니라 그의 손을 비롯해 밖으로 드러난 피부는 거뭇거뭇하게 변색이 되어 있었고, 얼굴에서도 전체적으로 검은 기운이 비쳐 나고 있는 것이 어느 모로 보나 상당히 심각한 중독의 징조였다. 그러나 그는 그처럼 뚜렷한 증상에도 불구하고, 막상은 아무런 이상도 느끼지 못하든 듯이 멀쩡하게만 서 있었다. 더욱이 눈빛에서는 오히려 기이한 활기가 충만해 보이는 것이었다.

연설란이 이윽고 고개를 갸웃하고는, 다시 장삼을 보았다.

"그런데 공자 또한 가급적 빨리 어떤 조치를 취하는 것이 좋을 것 같군요!"

장삼이 언뜻 가벼운 이채를 띠었다. 사실은 그도 지금 멀쩡한 상태는 아니었다. 그 역시 중독을 피하지는 못했는데, 다만 내공으로 독기를 체내의 한쪽 구석으로 몰아넣고 억지로 눌러 두고 있는 중이었던 것이다.

"하하하! 이제야 제게도 관심을 좀 보여주시는 겁니까?"

장삼이 가볍게 웃으며 짐짓 농담을 한다는 듯이 받았다.

그러나 연설란은 정색을 풀지 않았다.

"공자의 공력이 높은 경지에 달해 있다는 것은 능히 짐작해 볼 수 있겠어요. 그러나 독이란 것은 체내에 오래 두어서 이로울 것이 조금도 없으니, 촌각이라도 빨리 배출시켜 버리는 것이 최선이죠!"

"옛! 소저께서 그렇게 말씀하시니, 지금 당장 따르도록 하겠습니다!"

장삼이 여전히 농담을 받는 듯이 하였으나, 막상은 곧바로 기색을 가다듬으며 가만히 두 눈을 감았는데 그 모양이 그대로 운기에 들어가는 것 같았다. 그러더니 과연 얼마 안 가서 장삼의 백회혈 위로는 한 가닥의 가느다랗고 엷은 회색의 기류가 아지랑이처럼 솟아오르는 것이었다.

7

선 채로 운기 중인 장삼의 모습을 보며 연설란은 크게 놀라고, 한편 감탄하지 않을 수 없었다.

독인에게 당했다고도 하였지만, 그녀가 우선 파악한 것만으로도 이들이 당한 독은 실로 보통의 독이 아니었다.

우선 주독(主毒)이라 할 수 있는 세 가지만 하더라도 그 각각이 의가(醫家)에서 절독(絶毒)으로 분류가 되는 것들이었다. 거기에 다시 최소 네다섯 가지에 이르는 부독(副毒)들이 복합되며 완전히 새로운 형태의 독성으로 변형이 되어버렸으니, 그 해독은 결코 간단히, 또한 단기간에 해낼 수 있는 것이 아니었다. 설령 강호제일의(江湖第一醫) 소리를 듣는 그녀의 조부가 이곳에 계셨다고 해도 말이다.

그런데 그런 엄중한 독에 중독을 당하고도 그는 다만 내공으로써 독기의 발작을 임의로 통제해 둔 듯했고, 이제는 또 다만 운기만으로 독기를 배출하려 하고 있는 것이었다. 아니, 배출이 아니라 그는 아예 독기를 태워 버리려는 시도를 하고 있는 것 같았다.

어쨌든 참으로 놀라운 내공이 아닐 수 없었다. 더욱이 그는 아직 이십대에 불과해 보이는 청년이었으니……

8

연설란은 지필묵을 꺼냈다. 사괴를 위한 약방문을 쓰려는 것이었다.

사괴에 대해 우선의 급한 조치는 취했고 또 다행으로 폐부와 심장까지는 독기가 침투하지 않았지만, 이미 손상을 입은 장기가 일부 있는데다 더욱이 체내 전반에 위험한 수준의 잔독(殘毒)이 여전히 머물고 있는 상태였다. 그러니 한동안은 절대적으로 안정을 취하면서 지속적인 치료가 필요하였다.

그런데 지금 그녀가 가진 약재로는 충분치를 못하였다. 게다가 부족한 약재들이 쉽게 구할 수 있는 것들도 아니었으니, 약방문을 써주고 서둘러 큰 성도의 이름있는 의원을 찾아가라고 하는 것이 그녀가 해줄 수 있는 마지막 조치였다.

그러나 약방문을 받아 든 장삼은 대번에 난감한 기색이 되고 말았다.

"큰 성도가 바로 인근에 있는 것도 아니고, 또 큰 성도로 간다고 해서 그런 귀한 약재와, 더욱이 실력 있는 의원을 쉽게 찾을 수 있으리라는 보장이 있는 것도 아닐 텐데……."

"제게 시간의 여유만 있다면 어떻게 하든 약재를 구해서 환자가 조금 더 안정한 상태가 될 때까지는 치료를 해보겠지만……. 그러나 저도 지금은 시일에 맞추어 해야만 하는 과업을 지고 있는 처지라서……."

연설란은 안타까워하면서도 끝내 난색을 표했다. 그에 장삼이 잠시간 생각한 끝에 문득 결심을 굳혔다는 듯이 사뭇 단호한 투로 말했다.

"의선곡까지 가지 않는 이상, 천하를 다 뒤진다고 한들 소저만큼 유능한 의원을 어디에서 또 찾을 수 있겠습니까? 하니 당분간… 최소한 다른 방도가 마련될 때까지는, 우리는 아무래도 소저를 따르며 의지를 하는 수밖에 없겠습니다!"

"하지만… 제가 가야 하는 여정(旅程)에는 딱히 규모가 큰 성도라 할 만한 곳이 없을 뿐더러, 대부분 거칠고 험한 길이라서 환자를 데리고 가기에는……."

연설란이 말을 맺지 못하다가는 장삼이 호소하는 빛으로 가만히 바라보고 있는 것을 보고는, 이윽고 가느다랗게 한숨을 내쉬고 말았다.

"휴우~! 정히 그런 생각이시라면……. 일단은 함께 가보도록 하죠!"

장삼이 당장에 반색을 했다.

"고맙습니다, 소저! 제가 즉시 길 떠날 준비를 하도록 하겠습니다!"

9

잠시 벌판으로 나갔던 장삼은 나뭇가지를 간단히 엮어서 만든 들것 하나를 들고 돌아왔다. 그 위에다 사괴를 눕히고 그와 필괴가 앞뒤에서 들고 갈 요량일 터였다.

그런데 들것을 본 연설란이 고개를 가로저었다.

"저분은 지금 무리를 해선 안 돼요!"

그런데 그녀가 말한 '저분' 이 필괴를 두고 한 말인지라, 장삼은 사뭇 애매한 기색이 되고 말았다. 그런 기색이 표정으로까지 나타났던지, 연설란이 다시금 강조했다.

"저분이 지금 당장에는 뚜렷한 이상이 나타나지 않고 있지만, 어쨌든 중독이 된 것은 분명한 만큼, 일단은 해독 조치를 취해야만 한다는 것이죠!"

"이미 말씀드린 바 있지만……. 이 친구는 원래가 독에 대한 내성이 강한 체질이라… 그냥 두면 금방 저절로 회복이 될 것입니다!"

장삼이 말했지만, 연설란은 필괴에게 시선을 주고 있었다.

필괴의 말을 직접 들어보고자 하는 것이었다. 그러고 보니 그녀는 아직껏 필괴와는 한 마디도 나누어보지를 못했다. 하긴 그런 것은 사괴와도 마찬가지였으니, 그녀는 그들 세 사내 중에서 오로지 장삼과만 대화를 나누어온 것이었다.

그러나 필괴는 어색한 웃음만 지을 뿐 연설란의 시선을 피하기만 하였고, 그런 데 대해 그녀가 이윽고는 가볍게 미간을 찡그리며 말했다.

"선천적으로 독에 대한 내성이 강한 체질이라면 기본적인 몇 가지 약재를 처방하는 것만으로도 크게 효험을 볼 수 있을 것이니, 잠시만 기다려 보세요! 우선 제가 가지고 있는 약초들로 간단하게나마 처방을 만들어볼 테니……!"

그에 장삼이 더는 토를 달지 않고, 또한 필괴를 대신하여 가볍게 포권을 취했다.

"그럼 부탁드리겠습니다!"

10

"한데 소저께서는 어디로 가시는 길입니까?"

필괴와 함께 들것을 든 중에 장삼이 연설란에게 물었다.

연설란도 이제는 장삼에 대해 별로 어색하지를 않았다. 장삼이 서글서글하니 이런저런 얘기들을 격의없이 붙여오는 터라, 그새 많이 친숙해진 듯한 느낌마저 드는 것이었다. 그리하여 만난 지 얼마 되지도 않는 사이로는 쉽사리 꺼내지지 않을 얘기들까지도 설렁설렁 주고받는 중이었다.

그녀가 수행차 홀로 강호를 주유하며 귀한 약재들을 채집하고 있는 중이라고 하자, 장삼이 역시나 곧장 물어왔다.

"혹시… 의선곡주가 되기 위한 일종의 통과의례 같은 것인 모양이군요?"

연설란이 또한 가볍게 웃으며 받아주었다.

"거창하게 무슨 통과의례라고 할 만한 것은 아니고 그냥… 예로부터 전해 내려오는 오랜 전통 같은 것일 뿐이죠!"

11

연설란은 처음에 사괴니 필괴니 하는 괴상하면서도 독특한 이름에 대해 차라리 약간의 흥미를 느꼈었다. 물론 그중의 사괴가 강호에서 가장 신비로운 인물 중 하나로 꼽히는 바로 그 사괴(射怪)이리라고는 아예 짐작조차 해보지 않았지만.

그녀가 그 둘 중에서도 점점 더 관심을 가져가고 있는 쪽은 오히려 필괴였다. 물론 그녀가 특별히 관심있어 하는 것은 그의 체질에 대해서였다.

사실 그녀는 아직껏 필괴의 상태에 대해 정확한 판단을 하지 못하고 있었다. 그녀가 그에게 임시로 내린 처방은 다만 기혈의 안정을 도와주는 것이었다. 그것으로써 일단 필괴의 정확한 상태를 파악해 보자는 의도가 포함된 것이기도 했다.

그런데 그 약을 먹은 지 얼마 되지 않아 필괴의 피부색이 원래대로 돌아와 버린 것이었다. 장삼이 당장에 그녀의 처방이 탁월한 효과를 발휘했다며 크게 감탄을 표하였거니와, 필괴 본인 역시도 그녀의 처방 덕분으로 큰 효험을 보았다고 단단히 믿는 기색이었으니, 그녀는 사뭇 당황스러운 심정을 내심으로만 추스를 수밖에 없었다.

한편으로 그녀는 한층 더한 호기심을 가지게 되었다. 필괴에게서 정말로 완전한 해독이 이루어졌다면, 그것을 단순히 그의 타고난 체질적인 능력 덕분이라고만 치부해 버리는 것은 결코 의원으로서의 본분이 아니라고 해야 할 것이었다. 의학적 연구 대상이었다. 좀 더 신중하고도 세밀하게 관찰해 볼 가치가 충분히 있는.

그러나 그녀는 좀처럼 호기심을 풀 기회조차 잡지 못했다. 어떻게 말이나 좀 붙여보려고 할 때마다, 웬일인지 필괴는 극구 그녀를 피하려고만 하는 것이었다.

장삼과는 짧게나마 말을 주고받곤 하였으니, 필괴가 말을 하지 못하는 것도 아니었다. 다만 그의 말투가 다소간 독특하고도 어눌했으니, 아마도 그런 데 대해서 그는 스스로 자격지심 같은 것을 가지고 있는 것 같았다.

12

필괴는 연설란에 대해 사뭇 불편함을 느끼고 있는 중이었다.

그가 본래 새로운 사람을 사귀는 자체에 대해 상당한 어려움을 겪는 성격이니 여자에 대해, 더욱이 그녀처럼 아름답고도 기품있는 여인에 대해 쉽게 친숙해지지 못하는 것은 당연했다.

그러나 연설란에 대해서는 그런 것 외에도 또 다른 불편함이 있었는데, 그것은 바로 그녀가 장삼과 사뭇 친근한 관계로 되어가고 있다는 것으로부터 비롯되었다.

곧, 장삼이 그를 제외한 누구에게, 더욱이 여인에 대해 그처럼 진정으로 마음을 열고 자연스럽고도 친근하게 대하는 것을 처음으로 보고 있는 때문이었다.

그리하여 그 두 사람의 관계가 더욱 긴밀한 것으로 나아가는데 그가 혹여 조금이라도 방해가 되어서는 안 되겠다는 마음이었고, 그렇다면 연설란과는 아예 소통을 하지 않는 것이 그로서의 최선이리라는 작정을 하게 된 것이었다.

그러나 그런 작정과는 별개로, 사실은 그 역시도 연설란에 대해서 호감이 생기는 것만큼은 어쩔 수가 없었다.

그런 호감에 대해 그는 처음에,

'그녀가 그처럼 기품있고 아름다운데다, 또한 심성마저 그렇게 고우니, 가까이에서 그녀를 본다면 누구인들 호감을 느끼지 않을 수는 없을 것이다.'

하는 변명 같은 마음이 있었다. 그러나 그 호감이 점점 커져만 가는 데 대해, 그는 크게 당황스러워지고 말았다.

하지만 짐짓 외면을 하고 있어도 자꾸만 그녀에게서 부드럽고 따뜻한 정감 같은 것이 느껴지는 것을, 아니, 갈구하게 되는 것을 그로서도 어쩔 수가 없었다.

어떤 때 그녀는, 어린 시절에 그가 순정을 바쳤던 소녀를 문득 떠오르게 했다. 그리고 또 어떤 때 그녀는, 그를 낳다가 돌아가셨다는 얼굴도 모르는 어머니를 떠오르게도 했다.

그리고 그는 이윽고 그의 인생에서 처음으로 느껴보는 감정에 직면하고 말았다. 무어라고 명확히 표현하는 것조차도 어려운 그러한 감정이란… 그녀가 장삼과 마주 보며 밝게 웃고 대화하는 것을 보고 있노라면 뭔가 괜스레 서운하고 아쉬웠고, 그럼으로써 다시 곧바로 장삼에 대한 죄책감으로 이어지고 마는, 참으로 혼란스럽고도 괴로운 그런 것이었다.

그럴수록 그는 좀 더 무심하게 그녀를 대해야만 했다. 조금이라도 더 그녀에게서 멀어져야만 했다.

13

사괴의 상태는 우려했던 것보다는 상당히 빠른 호전을 보여서, 이제는 들것에서 벗어나 힘겹게나마 혼자서 걸을 수 있을 정도로까지 되었다.

다만 연설란이 여전히 무리를 해서는 안 되며, 더욱이 내공을 써서는 절대로 안 된다고 강하게 주의를 준 터라, 사괴 스스로도 상당히 신중을 기하는 모습이었다.

그런데 사괴가 본래부터 사람에게 무심하고 냉랭한 면이 있긴 했지만, 웬일인지 그의 그런 면모는 연설란에 대해서 좀 더 심한 것으로 보이는 데가 있었다. 그런 것은 그가 스스로 몸을 추스를 수 있게 된 다음부터는 연설란이 진맥을 위해 손목을 잡거나, 열을 점검하기 이마에 손을 대보는 등 자신의 몸에 손대는 것을 일절 허용치 않았던 것에서도 여실히 볼 수가 있었다.

그러나 연설란은 당혹스러워하기보다는, 의원으로서 환자의 독특함까지도 수용한다는 듯이 촉진(觸診) 대신 안진(眼診)으로 방식을 바꾸었다.

"나, 참! 복에 겨워 뭐한다더니……. 나는 소저의 손길에 한 번이라도 닿아봤으면 아주 소원이 없겠다!"

사괴에게 핀잔을 줄 겸으로 하는 장삼의 농담에 대해서도 연설란은 그다지 당혹스러운 기색도 없이 가벼운 미소로 넘기는 모습이었다.

다만 그런 데 대해 사괴는 얼음처럼 차가운 눈빛으로 장삼을 노려보았고, 짐짓 다른 곳을 보고 있던 필괴의 무덤덤한 눈빛 깊은 곳에서는 언뜻 우울한 그림자가 드리워졌다.

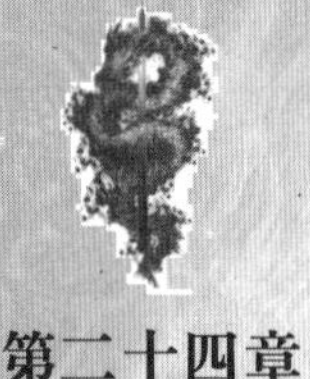

第二十四章
선유릉(仙遊陵)

1

마침 어느 작은 읍성을 가까이 지나는 중인데, 장삼이 문득 마차를 한 대 구하겠다고 하였다.

아직 기력을 회복 중인 사괴를 위한 것도 있지만, 그들을 위해 정성으로 의술을 베풀어주고 있는 연설란을 위해 작은 성의라도 보이려는 것이었다.

그러나 마차를 구하는 데 대해서는 연설란부터가 반대였다. 우선은 그녀가 수행을 하기 위해 강호로 나온 처지에서 편하게 마차를 타고 다니는 것은 결코 합당하지 않은 일이라고 할 것이며, 그 이전에 사괴를 위해서도, 또한 아직까지 완전히 해독이 되었다고는 인정할 수 없는—혹은 인정하기 싫은— 필괴를 위해서도, 두 사람 모두 스스로의 두 발로 땅을 밟으며 걷는 것이 좋다는 이유에서였다.

장삼은 곧바로 마차를 살 계획을 거두었다. 더하여 그는 슬그머니 웃음이 나는 것을 참기가 어려웠다. 필괴가 어느 틈에 맨발이 되어 잇는 것을 본 때문이었다.

필괴가 본래 우직한 성정이긴 하지만, 그렇더라도 연설란의 말이 있자마자 가죽신마저 벗어버렸다는 데 대해서는 그가 연설란을 얼마나 신뢰하고 있는지를 여실히 짐작해 볼 수가 있었다.

필괴는 이후로도 계속해서 아예 맨발로만 걸을 태세였다. 심지어는 날카로운 돌조각으로 가득한 거친 지대를 만났을 때도 여전한 맨발로 거침없이 뛰어들었으니, 연설란이 이윽고 기겁을 해서는,

"그러다 발에 상처라도 생기면 또 다른 독성에 감염되기 쉬우니, 당장 신을 신어요!"

하고 호통을 쳤다. 그러나 필괴가 화들짝 놀란 듯이 즉시 가죽신을 꺼내 신는 모습을 보고 그녀는 그만 웃음을 머금고 말았다.

2

필괴가 문득 얼굴이 간지러워 무심결에 손을 대어보니 무

언가 피부가 들뜬 듯한 느낌이 들었다. 그때 마침 그를 보고 있었던 모양으로 연설란이 언뜻 놀란 기색으로 물었다.

"얼굴이 왜 그렇죠?"

그에 가까이에 있던 장삼이 얼른 다가서며 필괴의 얼굴을 이리저리 살피고는 차분하게 말했다.

"사실 이 친구는 인피면구를 착용하고 있는데, 접착 면의 일부가 떨어진 것 같군요!"

"아! 인피면구를 착용하고 있었나요? 전 전혀 알아보지 못했는데……?"

"그게… 흔히 볼 수 없는 제법 특수한 종류의 면구입니다."

"그랬군요!"

연설란이 뜻밖이라는 듯한 기색을 완전히 지우지 못하면서도 가만히 고개를 끄덕였다. 그러나 그녀는 이내 다시 고개를 가로저었다.

"어쨌든 좋지 않네요! 체내의 독기는 전신의 피부로도 배출이 되는데 인피면구로 얼굴을 막고 있어서 좋을 것은 없으니, 특별한 문제가 없다면 지금 바로 벗도록 하세요!"

그 말에는 필괴가 먼저 반응했다. 그가 당장에 얼굴의 면구를 잡아 뜯을 듯이 덤비는 것을, 장삼이 놀라 제지했다.

"어허! 그렇게 해서 되는 일이 아니니, 잠시만 기다려라!"

괜한 말이 아니었다. 흡용면구를 벗겨 내기 위해서는 특정한 방법으로 내력을 주입하여 피부와 면구의 접착 면을 탈피

시키는 과정이 반드시 필요하니 말이다.

그런데 그때였다.

투～ 둑!

가볍게 터지는 듯한 소리가 났는데, 보니 필괴가 손에 조그 맣게 뜯겨진 면구의 조각을 들고는 당황스러운 기색이 되어 있었다. 그에 면구의 일부를 억지로 잡아 뜯고야 만 것이다.

당황하기로 치자면 장삼이 더했다. 흡용면구가 그렇게 쉽 사리 뜯겨지는 재질이 절대로 아닌 것이다.

그런데 그러는 사이에 연설란이 필괴의 얼굴에 손을 대려 하고 있었다. 크게 놀란 필괴가 움찔 얼굴을 피하려 하였다. 그러나 그때,

"그대로 있어요!"

하고 그녀가 나직이 말하였고, 그것이 마치 절대적인 명령 이라도 되는 듯이 필괴는 그대로 굳고 말았다.

3

"원래의 피부상태를 좀 살펴봐야겠어요!"

그녀의 말이 이어지고 있었지만, 필괴는 제대로 알아듣지 못하였다.

어딘지 모를 아득한 먼 곳에서 들리는 느낌이었다. 더욱이 속살거리듯이 귓가에서만 맴도는 듯한 소리였다.

아아! 그리고… 콧구멍을 휘감아 도는, 아니, 그의 온몸의
모든 감각기관을 일시에 점령하고 마는, 이 지독히도 감미로
운 느낌이라니…….
　쿵!
　쿵!
　쿵!
가슴이 터질 듯이 거칠게 뛰놀고 있다는 걸 그는 문득 깨달
았다.
숨을 쉴 수가 없었다. 숨을 쉬면 가슴이 뛰는 격렬한 소리
가 그대로 밖으로 새어 나갈 것만 같았다.
그는 차라리 두 눈을 꽉 감고 말았다. 순간 빠르게 하나의
추억에 그에게로 다가왔다.
지난 몇 년간 한 번도 떠올린 적이 없었던, 감히 떠올리지
못했던 추억이었다. 그렇더라도 그 추억은 조금도 퇴색되지
않았다. 오히려 슬프도록 선명하기만 하였다.
한순간 그는 속절없이 그 추억 속으로 빠져 들고 말았다.
그때도 그는 가슴이 걷잡을 수 없이 쿵쾅거렸었다. 지금처
럼.

4

일곱 살의 어린 소녀는 인형처럼 예뻤고, 별처럼 총명했

었지!

소년은 소녀보다 한 살이 많았었어!

아버지를 따라 촌장어른 댁에 갔던 소년은, 아버지가 슬며시 옆구리를 찌르는 바람에 소녀에게 인사를 건넸고, 그 순간 얼굴에 불이 붙은 듯이 뜨거워지고 가슴이 걷잡을 수 없이 쿵쾅거리는 바람에, 무슨 말인지도 모를 소리를 우물쭈물 뱉었었지!

아아! 그때 문득 햇살처럼 환하게 번져 가던 소녀의 미소!

그리고 그때부터 소년과 소녀는 서로에게 유일한 친구가 되었지!

소년에게는 가장 행복한 시간들이었어!

그러나…….

어느 날부터인가 소년은 소녀와의 거리감을 느끼고야 말았지!

소년은 알게 되었던 거야!

소녀에게 새로운 친구가 생겼다는 것을!

아니, 그 새로운 친구는 소녀에게 친구 이상이었어!

소녀의 새로운 친구는, 그때까지 소녀의 유일한 친구였던 소년이 소녀와 함께해 왔던 그 어떤 순간보다도 더욱 그녀를 기쁘게 하고 달뜨게 만들었으며, 때로는 안타깝게도 만들고 눈물짓게도 만드는, 그야말로 특별한 존재였어!

더욱이 소녀의 새로운 친구는 모든 면에서 뛰어났지! 소년이 도저히 넘볼 수 없을 만큼!

그럼으로써 소년은 언제부터인가 소녀에 대해 아련하게 품어왔던 비밀스러운 설렘마저도 결국 포기할 수밖에 없었어!

5

필괴는 더는 추억할 수 없었다. 더 이상 추억한다면, 끝없는 슬픔과 허탈감 속으로 영원히 빠져들고 말 것만 같았다.

그리고 문득 두 개의 얼굴이 겹쳐졌다.

하나는 아직도 잔상으로 남은, 그때 소녀의 새로운 친구!

다른 하나는… 바로 장삼의 얼굴이었다.

필괴는 돌연 온몸이 차갑게 얼어붙는 것만 같았다. 같은 추억을 다시 만들 수는 없었다. 결코!

그럼으로써… 그는 지금 이처럼 가슴이 터질 듯이 뛰놀아서는 안 되는 것이었다.

6

연설란의 섬세한 손길은 여전히 필괴의 얼굴 위에서 움직이고 있었다. 그의 원래 피부 상태를 살펴보겠다더니, 내쳐서 얼굴에 남아 있는 면구를 조각조각 뜯어내고 있는 것이었다.

장삼이 와중에도 흡용면구가 그런 식으로 뜯겨질 수 있는 까닭에 대해 아마도 필괴가 중독된 독성분 중 일부가 모종의, 너무도 우연하여 결코 논리적으로는 설명될 수 없으며 그럼으로써 재연될 수 있는 확률은 거의 없다고 해야 할, 어떤 작용을 일으켰을 수도 있겠다는 추정을 마치 잠정의 결론처럼 몰아가던 차에, 그는 언뜻 실소를 머금고 말았다. 석상처럼 굳은 채로 숨도 제대로 쉬지 못하고 있는 듯한 필괴의 모습 때문이었다.

필괴의 본 얼굴이 드러나고 있었다.

그런데 언뜻 보기에도 필괴의 얼굴은 많이 변해 있는 느낌이었다. 우선은 뒤틀렸던 오관이 거의 바르게 돌아온 것 같았다. 무엇보다 놀라운 것은, 온 얼굴을 뒤덮다시피 했던 화상의 흉터가 놀라울 정도로 많이 옅어져 있다는 것이었다. 그럼으로써 필괴의 얼굴은 그가 썼던, 이제는 조각조각 뜯겨져 버린 흡용면구의 얼굴과도 많이 닮아진 듯한 얼굴이 되어 있었다.

장삼이 당장에 소리라도 쳐서 필괴에게 그의 얼굴이 어떻게 변했는지에 대해 말해주고 싶은 심정으로 되지 않을 수는 없었는데, 그때 마침 연설란이 안타까운 탄식으로 조심스럽게 말을 꺼내고 있었다.

"음! 오래전에 크게 화상을 입었던 모양이군요?"

이어 그녀는 애써 밝게 미소를 지었다.

"흉터를 아주 사라지게 할 수야 없겠지만, 그래도 조금 더 작게 축소시키는 데 효과가 있는 한 가지 약품요법이 있는데……. 그리 귀하지 않은 몇 가지의 약재만 있으면 되니, 제가 처방을 한번 만들어볼게요!"

장삼은 고마운 마음으로 되지 않을 수 없었다. 연설란의 그런 따뜻한 말을 듣고도 도통 아무런 답례도 하지 못할 뿐더러, 차라리 무심한 흉내나 내고 있는 필괴가 안타까워서라도 말이다. 추괴였을 당시의 필괴의 얼굴이 얼마나 끔찍하리만치 기괴하였는지에 대해서는 알 리가 없을 터인데도, 지금 대폭 옅어진 흉터의 흔적만으로도 그녀는, 그 흔적을 만든 애초의 상처의 정도와, 또 그로 인해 필괴가 감당하여야 했을 고통의 정도까지를 짐작해 보고, 따뜻한 위로와 배려까지를 보이고 있지 않은가 말이다.

그러나 장삼은 이내 다시 애매한 표정이 되고 말았다. 그때 무심하다 못해, 문득 차가운 기색으로 변해가는 듯한 필괴의 모습 때문이었다.

7

"이제부터는 본격적으로 오지(奧地)로 접어들게 되니 인적조차 찾기 어려운 험준한 길이 계속 이어질 거예요! 앞으로 나아가는데도 몇 배로 힘이 들겠지만, 중간에 돌아 나오기도 쉽지는 않겠죠?"

연설란의 그 말에 대해 장삼이 퍼뜩 염두를 굴려보지 않을 수는 없었다. 그녀를 따라서 계속 갈지, 아니면 이쯤에서 헤어질지를 결정하라는 의미였으니 말이다.

사실 이제쯤에는 사괴도 많이 회복이 되었고. 내공 또한 상당 부분을 회복하고 있는 중이었다. 연설란이 자신의 원래 여정을 조금씩 변경해 가면서까지 여러 가지 대체 약재를 구하고, 또 채집하여 처방을 한 덕분이었다.

그리고 보면 그들은 이제 연설란과 반드시 동행을 해야만 하는 불가피의 처지에서는 벗어난 것이고, 더욱이 그녀의 남은 여정이 오지 깊숙한 곳으로만 이어져 있다면 더욱이 그녀와 함께 가야 할 이유는 없는 것이었다.

그러나 군이 필요성을 찾자고 하면, 또 찾지 못할 것은 아니었다. 비록 연설란과 무관한 측면에서의 필요성이긴 하지만 말이다. 즉, 그들이 다시금 무작정으로 강호행에 나서는 것은 아무래도 무리라는 판단이었다. 잠시간 강호의 관심에서, 좀 더 정확히는 미지의 적들의 이목에서 벗어나 있는 것도 괜찮겠다 싶었다. 물론 그런 중에 무슨 확연히 다른 상황이 만들어지리라는 기대 따위를 하는 것은 아니지만.

장삼의 궁리가 그런 데까지 이르고 있을 때였다.

"저의 최종목적지는 선유릉(仙遊陵)이라는 곳이에요!"

연설란이 다시 덧붙인 말에, 장삼이 궁리를 이어가는 한편으로 반쯤은 건성이다시피 받았다.

"제가 나름으로는 천하를 제법 주유해 보았다고 자부하는 사람인데, 그런 지명은 처음으로 들어보는군요! 선유릉, 신선들이 노니는 언덕이라……! 아마도 이야기에 나오는 무릉도원처럼 아름다운 곳인 모양이군요?"

연설란이 가볍게 미소 지으며 대답했다.

"선유릉은 세상에 알려지지 않은 절지 중의 절지로, 바깥 세상에서는 드물고 귀한 온갖 약초들이 무수히 자생하고 있죠. 그러니 다른 사람들에게는 굳이 찾아가 볼 가치까지는 없는 외진 절지에 불과할지 몰라도, 우리 같은 의원들에게는 그야말로 무릉도원과 같은 이상향이라고 해도 좋겠지요!"

그런 중에 장삼이 이윽고는 나름의 궁리를 마쳤으니, 어쨌든 지금 상황에서 연설란의 호의를 거절할 이유는 굳이 없다는 것이었다.

장삼이 문득 돌아보니 사괴는 아예 고민 자체를 하지 않는 무심함을 보이고 있었고, 필괴 또한 영문을 알 수 없이 냉랭한 기운만 풀풀 날리고 있는 중이었다. 그런 두 사람의 의견이야 물어볼 필요도 없이 장삼이 똑바로 연설란을 향하며 정중히 포권을 취했다.

"선유릉이 그처럼 신령스러운 곳이라면 필시 의선곡의 비지(秘地)일 텐데, 저희를 위해 그처럼 귀한 장소에까지 기꺼이 데려가 주시려는 소저의 큰 호의와 배려를 감히 마다할 수는 없겠군요! 그럼 염치 불구하고 당분간만 더 소저의 보살핌을 받도록 하겠습니다!"

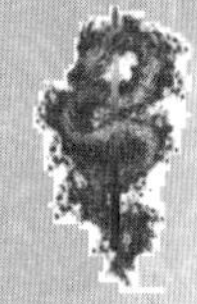

第二十五章
연정(戀情), 그리고 별리(別離)

1

우르~ 룽!

우르르~ 룽!

아름드리나무들이 하도 빽빽하여 하늘도 잘 보이지 않는 울창한 숲이 벌써 반나절째나 계속되고 있는 중에, 문득 천둥치는 듯한 소리가 은은하게 들려왔다.

그런데 소리가 계속되는 것으로 보아 그것은 거대한 폭포가 떨어지는 소리이거나, 아니면 협곡을 따라 거친 물살이 흘러내리는 소리인 것 같았다.

물소리를 따라 반 시진 이상을 더 들어갔을 때였다. 갑자기 으슬으슬한 냉기가 피부에 소름을 돋게 만들었다. 냉기는 어느 틈엔지 모르게 축축해진 사방의 습한 공기로부터 전해지고 있었다. 그러고 보니 숲은 이미 온통 짙은 운무로 뒤덮여 있었고, 물소리 역시도 귀를 먹먹하게 만들 정도의 굉음으로 변해 있었다.

쿠르~ 릉!

쿠르르~ 릉!

아아! 그리고 한순간 숲이 끝나며 눈앞에 들어오는 광경이라니! 거대한 협곡이 앞을 가로막고 있었다. 노도처럼 격랑을 이루며 굽이치는 거대한 물살이 뿌연 물안개를 일으켜 내고 있었다. 인근사방의 숲을 통째로 집어삼킨 짙은 운무의 근원이었다.

연신 일렁이는 운무 사이로 언뜻언뜻 보이는 협곡의 맞은편은 수직의 절벽이었다. 그 끝을 보기 위해 머리를 들었지만 보이는 것이라곤 겹겹이 층을 이룬 채 허공을 온통 휘감아 돌고 있는 운무뿐이었다. 그러니 그 위로 절벽이 또 얼마나 높이 솟구쳐 있을지 감히 짐작조차 해볼 수 없었다.

가까이 다가서는 것만으로도 흠칫 한기를 느낄 정도로 협곡의 격류에서는 차디찬 냉기가 뿜어졌다.

"주변 고산(高山)의 만년설이 녹아서 내려오는 물이에요!"

연설란의 말에 장삼이 지레 고개를 흔들며 물었다.

"그런데… 설마 지금 이 협곡을 건너가야 한다는 것은 아니겠지요?"

그러나 그에 대해 연설란은 짐짓 정색으로 고개를 끄덕여 보였다.

"맞아요! 선유릉은 맞은편에 보이는 절벽 너머에 있어요! 그러니 여기를 건너가는 외엔 다른 방법이 전혀 없지요!"

장삼은 진정으로 망연한 심정이 되고 말았다. 협곡의 폭은 못 잡아도 이십 장은 넘어 보였다. 그러니 제아무리 경공의 대가가 온다고 할지라도 건널 엄두 같은 것은 감히 내보지 못할 거리였다. 그리고 어떻게 협곡은 건너갔다고 치더라도, 저 끝도 모르게 치솟은 수직의 절벽은 또 어떻게 하랴?

장삼이 아예 말이 없자, 연설란이 고운 웃음을 머금으며 다시 말했다.

"너무 걱정할 필요는 없어요! 정말로 아무런 방도가 없다면 우리 의선곡에서 어떻게 대대로 선유릉을 출입할 수가 있었겠어요?"

그리고 연설란은 잠시간 갔다 오겠다며 곧장 운무 속으로 사라졌다.

장삼은 궁금했지만 그녀의 뒤를 따라가지는 않았다. 안 그래도 과분한 호의를 받는 처지에서 의선곡의 비밀까지 엿볼 수는 없는 일이니 말이다.

연설란은 이내 돌아왔다. 그리고 그녀가 웃으며 가리킨 협곡에는 어느 틈엔지, 투명한 은빛으로 빛나는 네 가닥의 가느다란 줄이 격랑 위로 이어져 있었다.

2

전설의 천잠사를 꼬아서 만든 줄이라고 했다. 그러나 지금 거세게 굽이치는 격랑의 위로 아스라하게 걸린, 더욱이 짙은 운무 속으로 사라졌다가 다시 보였다가 하는 그 가느다란 줄을 타고 협곡을 건넌다는 것은, 생각만으로도 아찔하기 짝이 없는 일이었다.

그러나 그런 아찔함은 막상 필괴 혼자만의 것인 듯했다. 연설란이야 어쨌든 그럴 수 있다고 쳐도, 장삼과 사괴 또한 크게는 당황스럽다거나 곤란해하는 기색들이 아니었다.

그 아래위로 두 가닥씩 위태롭게 걸린 줄을 타고 협곡을 건너는 데 필요한 것은 단적으로 경신의 재간이었다. 그러나 경신의 재간이란 것은, 도검을 휘두르며 싸우는 것과는 또 확연히 다른 분야의 재간이었다. 그리하여 필괴가 경신재간에 있어서는 백지나 다름이 없다는 사정을 장삼이 짐작하지 못할 리는 없었다.

장삼은 슬쩍 필괴에게로 다가서며 자신의 등을 가리켜 보였다. 그러자 필괴는 곧바로 고개를 가로저었다.

'사내 체면에 곧 죽을지언정 남에게 업혀 갈 수는 없다?'

내심 짐작한 장삼이 가볍게 실소하며, 그러면 자신과 사괴가 앞뒤로 부축을 해줄 테니, 셋이서 함께 협곡을 건너자고 하였다. 그러나 필괴는 다시금 고개를 가로저었다.

"그럼… 도대체 어떻게 하겠다는 거야? 너만 이곳에 남기라도 하겠다는 것이냐?"

장삼이 짐짓 핀잔을 주었지만, 이번에도 필괴는 역시나 고개만 가로저었다.

장삼은 더는 필괴에게 권하지 않기로 했다. 더하여 그에 대한 걱정도 더 이상은 표시하지 않기로 했다. 필괴 혼자서는 도저히 건널 방법이 없으리라는 생각은 여전하였다. 그러나 지금 필괴의 표정이 아주 막막하게는 보이지 않는다는 점에, 무작정이다시피 한번 기대어보기로 하였다. 사실은… 슬그머니 괜스런 기대가 생기기도 하는 것이었다. 마치 때가 되면 도지고 마는 고질병인 것처럼.

3

필괴는 다른 사람에게 의지할 수밖에 없는 자신의 모습을 보이고 싶지 않았다.

그 스스로에게.

그리고 연설란에게도.

사실은 무작정으로 고집을 피우는 것도 아니었다.

어떻게 할지 구체적인 방도가 선 것은 아니었다.

사뭇 막연하기만 하였다.

그렇지만 어떻게 해서라도 건너갈 수는 있겠다는 마음이
드는 것이었다. 그 혼자의 힘으로.

4

먼저 연설란이 앞으로 나섰다. 그녀가 가볍게 몸을 날려 아
래쪽의 두 가닥 줄 위로 내려서자,
　휘청!
하고 그 두 가닥의 줄이 아래로 축 쳐지며 크게 흔들렸다.
　천잠사가 질기기로는 으뜸이지만, 한편 신축성 또한 좋으
므로 무게를 받으면 늘어지는 것은 당연했다. 그러니 지금의
경우에는 몸을 얼마나 가볍게 할 수 있느냐 하는 말 그대로의
경신(輕身)이 관건이 될 것이며, 더불어 불규칙하게 흔들리는
줄 위에서 여하히 균형을 유지할 수 있느냐 하는, 즉 신법(身
法)의 깊은 깨달음이 동시에 수반되어야만 할 것이었다.
　연설란이 올라선 상태에서도 줄은 아래쪽의 격류와는 일
정한 거리를 유지하고 있었다. 아래쪽의 두 줄을 밟고, 다시
위쪽의 두 줄을 손으로 잡은 그녀는 낭창거리는 줄 위에서 균
형을 유지하며 천천히 앞으로 나아가기 시작했다. 그런 그녀
의 모습은 참으로 아슬아슬해 보이는 데가 있었다. 금방이라
도 도도히 휘돌아 나가는 격랑 속으로 추락하고 말 것만 같았
다.

장삼은 문득 희미하게 웃음기를 떠올렸다. 두 주먹을 불끈 말아 쥐고 있는 필괴를 보고서였다.

그러나 연설란은 막상 태연한 모습으로 보였고, 점점 더 나아가는 속도를 빠르게 하고 있었다. 그런 그녀의 모습은 마치 천계의 선녀가 하강하여 거친 계곡의 격랑 위를 사뿐사뿐 노닐고 있는 듯이 신비롭기까지 했다.

연설란의 모습이 이윽고는 운무 속으로 사라졌다. 필괴는 그제야 자신이 힘주어 주먹을 말아 쥐고 있음을 깨닫고는 슬며시 주먹에서 힘을 풀었다.

잠시 후 운무 너머 저편에서 연설란의 목소리가 들려왔다.

"저는 도착했으니, 다음 분 출발하세요!"

장삼의 눈짓을 받은 사괴가 곧장 몸을 날려 사뿐히 줄 위로 올라섰다. 줄은 크게 흔들리지도 않았다. 뿐만 아니라 사괴는 그대로 미끄러지는 것처럼 줄 위를 나아갔고, 얼마 지나지 않아서 빨려들 듯이 운무 속으로 사라지는 것이었다. 참으로 놀라운 경신재간이었다.

장삼은 다음으로 필괴에게 눈짓을 주었다.

그에 필괴가 일단은 위쪽의 두 줄을 양손으로 조심스럽게 움켜잡았다. 그런데 그 두 가닥의 줄은 그가 생각했던 것과는 확연히 달랐다. 전혀 지지가 되지를 않아서, 조금 힘을 주자 그대로 축 처지고 마는 것이었다.

"괜찮겠어?"

장삼이 걱정을 담아 물어왔다.

그러나 필괴는 오히려 서두르듯이 두 발마저 줄 위로 올려 버렸다. 그러자 즉시로 그 네 가닥의 줄은 그대로 쭉 아래로 늘어져 버렸고, 그 바람에 필괴의 몸은 마치 추락하듯이 아래로 떨어져 내렸다.

"엇?"

장삼이 짧은 경호성을 토해냈다. 그때 필괴는 이미 허리 어림까지 물속에 잠겨 있는 중이었다.

차디찬 냉기가 정신을 번쩍 돌게 만드는 중에 필괴는 천천히 숨을 뱉었다. 그리고 장삼은 이번에 차라리 나직한 탄성을 토해냈다.

"허!"

필괴의 몸이 천천히 위로 떠오르고 있었다.

그러나 한순간 필괴의 몸은 다시 심하게 휘청거렸다. 그 모습이 마치 격랑에 그대로 휩쓸려 버리는 것처럼 보였기에, 장삼이 반사적으로 줄을 당겨 올리려고 했다. 그러나 결과적으로 장삼은 그럴 필요가 없었다. 필괴가 몇 번쯤 휘청거린 끝에 이윽고는 그 네 가닥의 줄 위에서 균형을 잡고 버티어 섰고, 더하여 물 밖으로 완전히 벗어났으니까.

필괴가 조심스럽게 발을 떼고 있었다. 그러자 그의 몸은 다시금 아래 처졌고, 내디딘 발이 물속으로 잠겨 들었다. 그러나 물에 잠긴 것은 그의 발목까지였고, 그런 채로 그는 다시 다른 쪽의 발을 뗐다. 그렇게 그는 한 발씩을 내디뎠고, 그때마다 그의 발은 발목어림까지 물에 잠겼다 나왔다 하며 앞으로 나아가기 시작했다. 그런 그의 모습은 처음에는 금방이라도 격류에 휘말려 삼켜지고 말 듯이 위태롭기만 하더니, 점차로 안정적으로 되어갔다. 그리고 이윽고 그의 모습은 운무 속으로 사라졌다.

"이제 공자 차례예요!"

건너편에서 연설란의 목소리가 들려왔다.

장삼은 다시 한 번 안도하는 기분이 되었다. 그러다가 그는 언뜻 묘한 기분이 되고 말았다. 그러고 보니 그녀가 자신에게만 '공자!'라는 호칭을 쓴다는 사실에 대해 새삼스럽다는 느낌이 드는 것이었다. 그리고 또 한 가지, 지금 그녀의 목소리에 가득한 안도가 읽힌다는 데 대해서였다. 그러나 그녀의 안도가 사실은 당연한 것이라는 데 대해 그는 잠깐의 고소를 떠올릴 수밖에 없었다.

장삼은 가볍게 도약하여 줄 위로 올라섰다. 줄은 처지지도 출렁이지도 않았다. 그는 조금도 서두르지 않는 발걸음으로 느긋하게 줄 위를 걸어갔다. 마치 평지를 걷는 듯이.

5

그 깎아지른 듯한 수직면의 절벽은 가까이에서 보니 마치 그 전체가 거대한 자수정(紫水晶)으로 이루어지기나 한 것처럼 반질반질한 윤기가 흐르는 검붉은 색이었다. 게다가 물기에 젖어 몹시 미끄러웠고, 더욱이 십여 장여 위쪽에서부터는 아예 짙은 운무에 잠겨 있어서 감히 타고 올라가 볼 엄두를 내지 못하게 하는 위용을 보이고 있었다.

"먼저 올라갈게요!"

말과 동시에 도약해 오른 연설란은, 일 장 높이에서 용하게도 절벽 면의 한 지점을 밟고 섰다.

"제가 밟은 곳을 잘 보세요!"

그녀의 말을 듣고 나서야 장삼은 확연히 알 수 있었다. 그녀가 밟은 지점에 가느다란 막대 같은 것이 돌출되어 있다는 것을. 그 막대는 처음에는 눈에 띠지 않았었는데, 지금 안력을 돋우어서 자세히 보니 암벽과 같은 색을 한 어른 엄지손가락 굵기의 쇠막대였다.

장삼은 그러한 쇠막대가 절벽 면을 따라 올라가며 계속해서 박혀 있으리라고 짐작을 해보았다. 그것이야말로 거울처럼 매끄러운 절벽을 올라가기 위한 숨겨진 장치이리라!

연설란은 직선으로 절벽을 올라가지는 않았다. 수직으로 도약한 다음에는 왼쪽으로 훌쩍 건너 뛰었다. 그리고 이어 오른쪽으로 건너 뛴 다음에, 다시 수직으로 도약하는 방식을 반복하고 있었다. 그것이 그리 복잡하지 않은 방식의 반복이긴 해도, 그 법칙을 미리 알지 못하고서는 쇠막대들을 이용해 절벽을 오르기는 불가능할 터였다.

하긴 그런 안배들이 있었기에 선유릉이 대대로 의선곡 사람들만의 비지로 남을 수 있었을 것이다. 즉, 설령 누군가 이곳에 선유릉이 있다는 것을 알고 왔다고 해도 우선은 협곡을 가로지르는 그 네 가닥의 천잠사를 꼬아 만든 줄을 활용하지 않고 어떻게 협곡을 건널 수 있을 것인가? 여하히 협곡을 건넜다고 하더라도 깎아지른 절벽에 불규칙하게 심어 놓은 쇠막대들을 활용하지 않고서 또 어떻게 매끄러운 수직의 암벽을 타고 올라갈 수 있을 것인가?

이리저리 허공을 휘돌며 까마득히 도약을 계속해 가는 연설란의 모습은 마치 한 마리 바다제비와도 같이 유려하였다. 넋을 잃다시피 바라보고 있는 중에 그녀의 모습이 운무 속으로 사라져 버릴 즈음이 되어서야 장삼이 퍼뜩 정신을 추슬렀다. 그리고는 급히 사괴를 재촉하였다.

곧장 몸을 날린 사괴는 몇 번 절벽에 붙었다 떨어졌다 하는 사이에 금방 연설란을 따라붙었다.

장삼은 다음으로 필괴를 지목하였다.

필괴는 망설임없이 암벽으로 다가섰다. 그가 택한 것은 사뭇 다른 방식이었다. 펄쩍 뛰어올라 손으로 쇠막대를 잡은 다음에 몸을 끌어 올려 그 위에 서고, 다시 다음 쇠막대를 향해 뛰어 올라 손으로 잡는 순서의 반복이었다.

장삼은 저도 모르게 실소를 머금고 말았다. 필괴의 모습이 마치 한 마리의 원숭이가 절벽을 오르고 있는 것같이 보였기 때문이다. 물론 원숭이치고는 상당히 미숙한 원숭이라고 해야 하겠지만.

6

운무 속을 뚫으며 얼마나 더 절벽을 올랐을까? 선두에 섰던 연설란이 모습이 문득 사라졌다. 순간 조금은 여유를 두고 그녀의 뒤를 따르던 사괴가 언뜻 당황하는 기색으로 되는 것을 보고, 장삼이 곧장 몸을 날렸다.

앞쪽에 있던 필괴를 뛰어넘은 장삼은 허공중에서 다시 탄력을 더하며 단숨에 사괴의 곁으로 내려섰다. 그런 그의 모습은 마치 한 마리의 커다란 새가 암벽을 스치듯이 비행하며 유희를 즐기는 것만 같았다.

장삼이 우선 위쪽을 보니 여전히 운무에 쌓인 중에 보이는 데까지가 수직의 절벽이 계속되고 있는지라, 그것이 얼마나 더 이어질지 짐작조차 할 수가 없었다. 그리고 다시 앞쪽을 보니, 시커먼 굴 하나가 절벽 안쪽으로 뚫려 있는 것이었다. 동굴은 어른 하나가 허리를 펴고 걸어 들어갈 수 있을 정도로 컸는데, 천애 절벽의 한중간에 그런 동굴이 있을 줄이야! 선유릉이란 곳의 신비감이 새삼 더해지는 순간이었다.

연설란은 이미 동굴 안쪽으로 깊이 들어간 모양으로 기척이 없었다. 필괴가 올라오기를 기다렸다가 장삼과 사괴도 동굴 안으로 들어섰다.

얼마나 안으로 걸어 들어갔을까? 문득 앞쪽이 환하게 밝아지며 동굴이 끝나고 있었다. 그리고 갑자기 눈앞이 탁 트이며 펼쳐지는 광경이라니……. 장삼 등은 선뜻 동굴 밖으로 나서지 못하고 감탄부터 해야 했다.

그들의 앞에 말 그대로 별천지가 펼쳐져 있었다. 푸른 초지가 넓게 펼쳐져 있었고, 그 너머로는 울창한 숲이 광활하게 뻗어 있었다. 다시 그 너머의 멀리는 만장(萬丈) 높이의 산들이 사방을 둘러싸다시피 하고 있었는데, 산들의 머리는 하나같이 하얗게 빛이 나고 있었다. 만년설을 이고 있는 것이리라.

초지의 곳곳에는 각양각색의 꽃들이 저마다 무리를 이루며 만발해 있었는데, 그야말로 꽃 천지였다. 그리고 초지의 한쪽에는 아담한 석옥(石屋) 한 채가 서 있었는데, 지금 그 앞에 서 있는 연설란까지를 포함하여 마치 한 폭의 그림인 것만 같았다.

참으로 아름답고도 평화로운 광경이었다. 장삼은 이곳의 이름이 왜 선유릉인지, 그 이유를 비로소 실감할 수 있을 것 같았다.

"환영해요! 선유릉에 오신 것을!"

연설란이 환한 미소로 그들을 맞았다. 그때 마침 한줄기 바

람이 불어와 얼굴을 스쳤고, 그 바람에서 느껴지는 여인의 숨
결과도 같은 청량감을 만끽하며 장삼이 새삼 감탄 삼아 물었
다.

"바깥은 아직 겨울이 다 물러가지 않았는데, 여긴 벌써 늦
봄처럼 온화하니 계절이 훨씬 빠르게 오는 것 같군요!"

연설란이 잔잔히 미소 지으며 대답했다.

"여긴 늘 이런 걸요! 계절의 변화가 없다고 할 수 있죠!"

"아! 그런가요? 그런데… 바깥과는 겨우 협곡 하나를 건너
고 절벽 하나를 넘었을 뿐인데, 어떻게 그럴 수 있는지 참으
로 신기하군요!"

"저도 상세히는 알지 못해요! 다만 기록에 따르면, 이곳 주
변이 워낙 특이한 형태의 절지를 이루며 외부와 완전히 분리
되어 있는 때문이라고 하더군요!"

7

연설란은 몹시도 들뜬 기분으로 보였다. 석옥에 간단히 짐
을 풀자마자 곧장 약재를 캐러 가야겠다며 상기된 얼굴을 감
추지 못했다. 그런 그녀는 천생 의원의 모습이었다.

그녀가 자신을 도와줄 한 사람을 청했을 때, 그것이 누구를
미리 지정하지 않은 것이었음에도, 그 한 사람은 저절로 정해
졌다.

즉, 그녀를 도울 일이란 것이 그녀를 따라다니며 주로는 땅
을 파고, 약초바구니를 짊어지고 다니는 등의 일이라, 장삼이
먼저 자신과는 전혀 어울리지 않는다고 분명하게 선을 그어
버렸다. 그렇다고 사괴에게 어울리는 일은 더더욱 아니라고
할 것이니, 결국은 필괴밖에는 할 사람이 없었다.

필괴가 지레 노골적으로 내키지 않다는 기색을 표하였음
에도 불구하고, 장삼은 숫제 등을 떠밀다시피 하여 그를 그녀
에게 딸려 보냈다.

8

석옥의 뒤편으로 펼쳐진 숲의 풍경은 사뭇 이국적이기까
지 했다. 숲의 수목들은 대부분 필괴가 처음으로 보는 종류들
이었는데, 아름드리나무들이 원시의 밀림을 이루고 있었다.

숲이 얼마나 울창한지 일단 안으로 들어서면 그 끝닿는 데
를 짐작할 수 없을 뿐더러 하늘조차 보이지 않으니 자칫 방향
을 잃어버리기 쉬울 정도였다.

"이 안에는 바깥세상에서는 구경하기 어려운 귀한 약재들
이 많이 자라고 있어요! 그야말로 희귀약재들의 보고(寶庫)라
고 할 수 있죠!"

연설란이 다시 뒤돌아보며 말하고 있었다. 그녀는 아까부
터 이런저런 말들을 걸고 있는 중이었다. 그리고 필괴는 시종

묵묵부답으로 일관하고 있는 중이었다.

그런데 그때였다. 그녀가 문득 걸음을 멈추더니 '휙!' 뒤로
돌아섰다.

"저를 따라 나선 것이 그렇게도 불만인가요?"

차분히 가라앉은 말투였다. 그것이 평상시의 맑고 밝았던
목소리와는 확연히 구별이 되는지라, 필괴는 그녀가 이윽고
기분이 상하고 말았다는 것을 직감해야만 했다. 그리고 그는
곧바로 크게 당황스러운 심정이 되고 말았다.

"아니⋯⋯. 저는. 그런. 것이. 아니라⋯⋯."

음절마다 끊어 말하는 필괴의 습성이 더욱 심하게 드러났
다.

그런 그를 연설란이 잠시간 응시하듯이 보았다. 그리고는
문득 톡 쏘듯이 말했다.

"그렇게 말하지 마세요!"

그런 데야 필괴가 더욱 당황하고 말았다.

"저는⋯⋯. 알겠습니다. 그렇게. 말하지. 않겠습니다!"

필괴가 그녀의 눈길을 피하며 황망히 대답한 데 대해, 그녀
는 다시금 빤히 그의 눈을 들여다보았다. 그리고는 더욱 강한
어조로 몰아세우는 것이었다.

"그렇게 말하지 말라니까요?"

그에 필괴가 당황하다 못해 차라리 그녀와 시선을 마주쳤
다. 당장에 그녀의 맑고 선명한 두 눈이 똑바로 그를 직시해

왔다. 그러나 그는 그녀가 도대체 무엇을 요구하는지에 대해서 여전히 짐작조차 해볼 수가 없었다. 다만 그녀가 지금 그에게 화를 내고 있는 것 같지는 않다는 느낌을 언뜻 받았기에 그나마 짧은 안도를 가져 볼 수는 있었다.

그런데 그때였다. 연설란은 문득 엷게 미소를 떠올리고 있었다.

"마디마다 끊지 말고 천천히, 자연스럽게 말해보세요! 자! 다시 한 번 말해보세요!"

필괴는 그제야 확연히 깨달았다. 그녀가 요구하는 것이 바로 그의 말투에 대한 것이란 걸. 순간 불에 덴 듯이 얼굴이 화끈거렸다. 그러나 그녀의 시선은 여전히 그를 놓아주지 않고 있었고, 그는 시늉이라도 일단 그녀의 말에 따르지 않을 수는 없겠다는 강력한 압박감에 사로잡히고 말았다.

"알겠습니다. 그렇게 말하지. 않겠습니다!"

"아니, 그렇게 말고요! 자! 따라 해보세요! 알겠습니다! 그렇게 말하지 않겠습니다!"

"알겠습니다! 그렇게 말하지 않겠습니다!"

"그래요! 그것 봐요! 되잖아요? 조급하게 말하려 하지 말고, 조금만 천천히 말하면 되는걸요!"

연설란이 환하게 웃음꽃을 피워 올리고 있었다.

순간 필괴는 가만히 눈매를 좁히고 말았다. 참으로 눈부신 웃음이었다. 그런 중에 그는 다시 묘한 안도감을 느꼈다. 그

런 안도감이란, 뭐랄까? 문득 그의 기억 속에서 무척이나 오
래되어 빛이 바래 버린 광경 하나가 아스라하게 떠오르고 있
었다.

9

"심전아!"
사립문 밖에서 부르는 소리에 소년이 돌아보고는 대번에
얼굴이 환해지며 소리쳤다.
"아버지!"
구레나룻이 왕성한 중년의 사내가 성큼 사립문을 들어서
고 있었다.
"이 녀석아! 무얼 하느라고 아비가 오는지도 모르고 있는
것이냐?"
짙은 수염 사이로 이를 환히 드러내며 다가서는 사내는 바
로 소년의 아버지였다. 대처로 일 나갔다가 닷새 만에 집으로
돌아오는.

10

선유릉에서의 시간은 조용한 가운데 참으로 빠르게 지나
가서 벌써 며칠이 훌쩍 흘러가고 있었다.

연설란이 새로 채취한 약재를 추가해서 처방을 해준 덕분으로 사괴의 잔독은 이제 완전히 제거된 듯 보였다. 다만 그렇더라도 그는 하루 중 대부분의 시간을 석옥 안에 머물며 운공에만 열중하고 있었다.

장삼 또한 간만의 평화를 즐기고 있었다. 그는 사실 정리하기에 결코 간단치 않은 몇 가지 생각과, 또한 내내 미루어두고 있던 몇 가지 중요한 사안의 처리 방향에 대해, 이번의 여유 덕분으로 충분한 숙고를 하고 있는 중이었다.

연설란은 대부분의 시간을 거의 온전히 약재 채집에만 쏟고 있었다. 그런 그녀를 수행하는 일이 여전히 필괴의 몫이 되고 있음은 물론이었다.

11

사실은 약재 채집 외에도 연설란이 상당한 시간과 노력을 투자하는 일이 또 하나 있긴 했다. 바로 필괴의 말투를 교정해 주는 일 말이다.

그녀는 끊임없이 필괴에게 말을 시켰다. 그리고 다시 그 말 하나하나에 대해 그녀 스스로가 만족스럽다 싶을 때까지 끈질기게 반복하여 교정을 가하곤 했다. 그러한 과정이 의당 지루할 법 하건만, 그녀는 오히려 그런 데서 독특한 재미 같은 것을 느끼는 듯이 보였다.

12

사실을 말하자면⋯ 필괴 또한 그랬다. 그런 과정이 지루하지 않을 뿐더러, 묘한 재미를 느낀다는 점에서.

그리하여 이제쯤 그는 자발적이고도 적극적인 노력을 기울이고 있는 중이었다.

물론 그렇게 해서 그의 말투가 단번에 바뀌리라는 기대까지를 해보는 것은 분명 무리일 것이다.

그러나 노력에 대한 결과나 성과 같은 건 없어도 좋았다.

그녀가 교정해 주는 대로 말을 완성할 때마다, 그녀의 얼굴에 화사하게 피어오르곤 하는 그 눈부시게 아름다운 미소만 계속 볼 수 있다면!

13

필괴는 처음부터 알고 있었다. 그것이 그를 흔드는 바람인 줄로. 그러나 그는 그것이 다만 잠깐 불다 이내 사라져 버릴 그런 바람인 줄로만 알았다. 그래서 그가 얼마든지 스스로 통제하고, 혹은 감내할 수 있다고 믿었었다.

하지만 그 바람은 결코 스쳐 가는 미풍(微風)이 아니었다. 그도 모르게 어느 순간 폭풍처럼 커져 버려서는, 그를 이리저리로 마구 뒤흔들어 대고 있었다. 그것은, 그 바람은, 그 폭풍은 바로 정(情)이었다.

정! 이때까지도 그것과, 적어도 비슷한 감정을 느껴 본 적이 몇 번인가는, 솔직히는 두 번은 있었다고 그는 믿어왔었다. 그러나 연설란으로 인해 지금 그의 믿음은 많이 달라지고 있었다.

어린 시절 한때의 가장 행복했던 시간들을 공유했던, 그러나 이제는 아프고 시린 그리움으로만 남아 있는 어린 소녀! 그러나 연설란에 대해 느끼는 감정과의 비교에서 그는, 그 어린 소녀에게 그가 한때 품었던 감정이 한 사람의 사내로서, 또한 한 사람의 여인에게 품는 감정과는 사뭇 다른 것이라는 자각을 새삼 해보게 되는 것이었다.

그리고 또 한 여인, 우은소(宇闇韶)! 그는 지금까지 그 여인보다 아름다운 여인은 본 적이 없었다. 그녀는 세상에서 가장 신비롭고 아름다워서 그 어떤 찬사로도 다 묘사할 수 없는 그런 존재였다. 그럼으로써 그녀는 뭐랄까? 막연한 동경 같은 것? 신비와 경이로움? 그녀에 비하자면 연설란은 차라리 평범했다. 그러나 어느 순간부터 그는 연설란에게서 무언가 특별한 느낌을 받고 말았다. 포근하고 따사롭게 그의 마음을 감싸는 부드러운 정감 같은 것! 그러더니 점차로 그의 가슴을 걷잡을 수 없이 뛰게 만들고, 설레게 만들고, 무엇보다도 자꾸만 그녀의 곁에 가까이 다가서고 싶게 만드는 것! 참, 그러

한 느낌이란! 묘하게도 모르는 사이에 슬며시 사람을 끌려들
도록 만들고는, 문득 그것을 알아챘을 때는 차마 다시 빠져나
갈 수 없도록 만드는 기이한 마력 같은 것이었다. 그리고…
아마도 착각이기 쉽지만, 어쩌면 그러한 마력은 그에게만 보
이고, 또 작용하는 것일지도 몰랐다. 아니, 그런 것이기를, 그
는 지금 진정 바라는 마음이 되어 있었다. 비록 그것이 결국
은 치명적인 상처를 만들고 말지라도!

14

"필괴가 정말로 당신의 본래 이름인가요?"
연설란이 물었다.
순간 필괴는 저도 모르게 흠칫하고 말았다.
우선은 '당신' 이라는 호칭이 주는 무언지 모를 전율 같은
것 때문이었다.
그리고 다시 반사적이다시피 떠오르는 이름 하나!
아득한 기억의 저편 깊숙이 웅크려 있게 해놓고는, 그동안
단 한 번도 밖으로 끄집어내 준 적이 없던 이름이었다.
그러나 맹세코 단 한순간도 놓치지 않았던, 결코 놓칠 수
없었던 이름이었다.
"심전(心田)!"
힘겹게 들렸던 것일까?

연설란은 조심스럽게 입 속으로만 그 이름을 되새겨 보는
것 같았다.

그러더니 그녀는 문득 나직이,

"심전!"

하고 불렀다.

이어 그녀가 다시 부드럽게,

"좋은 이름이군요!"

하고 말했을 때, 필괴는 그만 아득해지며 온몸에서 힘이 빠
지는 느낌이었다.

그러나 왠지 포근한 느낌이었다.

15

장삼은 가만히 미간을 좁혔다. 필괴의 말투가 상당히 달라
져 있음을 문득 느낀 때문이었다. 그가 확연히 느낄 수 있을
정도이니 필괴의 말투의 그런 변화는 아마도 벌써부터 이루
어지고 있었을 터였다. 그런데도 그가 이제야 언뜻 깨닫게 된
것은, 역시 요 며칠새 그가 대부분의 시간을 깊은 장고에 빠
져 있느라 필괴와는 딱히 대화를 나눌 일이 없어서였을 것이
다. 하긴 필괴 또한 대부분의 시간을 연설란과 함께 보내고
있는 형편이었지만.

어쨌든 그가 그런 것을 문득 느꼈을 때, 필괴의 언어 능력

은 사뭇 놀랍도록 향상이 되어 있었다. 말이 조금 느리다는 것을 제외하고는, 매 음절이 똑똑 끊어지던 독특한 말투를 이 제는 거의 찾아보기 어려울 정도로.

'연설란일 것이다! 단 며칠 만에 필괴에게 그렇듯이 놀라 운 변화를 이끌어낸 사람은!'

그가 그런 짐작을 해보는 것은 아주 쉬웠다. 그리고 틀림없 는 사실일 수밖에 없었다. 다만 그렇더라도 그는 고개가 갸웃 거려지는 것이었다. 그도 예전 한때 필괴의 말투를 교정하기 위한 시도와 노력을 해본 적이 있었으며, 그리하여 그것이 결 코 쉬운 일이 아니란 것에 대해 실감했던 바가 있었으니 말이 다.

'그렇다면 그 두 사람이……?'

의문처럼 떠올려 놓았지만, 그는 곧바로 고개를 끄덕였다. 필괴의 그런 변화가 만들어지기까지 그들 두 사람에게는, 상 당히 긴밀한 공감대, 혹은 어떤 사뭇 확고한 공통의 목적의식 이 공유되었으리라는 짐작에 대해, 굳이 어떤 의문을 부가해 야 할 필요성을 찾지는 못하였기에.

그러나 이내 다시 그는 같은 의문을 떠올려 볼 수밖에 없었 다.

'그렇다면 그 두 사람이……?'

그 두 사람의 그 같은 공감대와 또 공통의 목적의식이란 것 은 적어도, 예전 한때 그가 필괴의 말투를 교정하기 위한 시도와 노력을 해볼 당시에 그와 필괴 간에 형성되었던 그것들보다는 한층 긴밀하고 더욱 확고한 것이어야 하지 않겠는가? 그런데 남녀 간에 그런 정도의 긴밀하고도 확고한 것들이 결코 쉽거나 평범하게 공유되지는 않는 것이다.

질투가 생기는 것은 물론 아니었다. 다만 어리둥절하기는 했다. 남녀의 관계란 것은 종종 누구도 이해할 수 없는 국면을 만들기도 한다고 하지만, 설마… 그 두 사람이, 그처럼 긴밀하고도 확고한 것들을 공유할 수 있게 되었을 줄이야…….

'그에게 어떤 또 다른 면모가 있다는 것일까?

필괴에 대해서도 문득 다시 평가가 되기도 하는 것이었다. 그는 미처 보지 못했지만, 연설란은 쉽게 발견할 수 있었던.

그렇다면 그것은 그녀가 여인이기에 능히 발견할 수 있는 종류의 것일까? 아니면, 그녀가 아니면 발견할 수 없는 그런 종류의 것일까? 장삼은 거칠게 머리를 흔들었다. 켜켜이 일어나는 생각들을 단번에 털어버릴 작정으로.

16

해가 뜨려면 아직 한참이나 있어야 하는 이른 아침, 장삼은 산책 겸, 또 앞뜰 초지의 들꽃 무리도 구경할 겸해서 간만에 바깥으로 나서는 길이었다. 해가 뜰 무렵의 함초롬하게 오므린 꽃망울을 감상하기 위해서였다. 그가 석옥을 나설 때, 뒤에서 필괴가 기척을 죽이며 따라나서는 기미가 있었지만, 굳이 아는 체를 하지는 않았다.

"네게 어떤 식으로 말을 해야 좋을지 모르겠다!"

등 뒤에서 한참이나 미적거리다가 겨우 꺼내는 듯한 필괴의 말에 그는 비로소 뒤돌아서며 아는 체를 해주었다. 그러나 한편으로는, 비록 필괴의 그 말이 표시가 날 정도로 느릿하긴 하였지만 정말로 한 번의 끊김도 없이 끝까지 이어졌다는 사실에 대해서, 그리고 이어서는 필괴가 지금 사뭇 주도적으로 자신의 얘기를 하려는 기색으로 보인다는 데 대해서 언뜻 놀랍다는 심정이 되지 않을 수 없었다. 필괴가 자신의 깊은 고민을 털어놓으려 한다는 데 대한 것은 그 다음의 느낌이었다.

그는 짐짓 싱긋이 웃어주는 것으로써 필괴의 다음 말을 기다렸다.

"그녀에 대해 얘기할 것이 있다!"

필괴의 그 말에 대해서, 순간 움찔하게 되는 것을 애써 추스르며 그는 차라리 고개를 끄덕여 주었다.

"난 처음에 몹시도 애를 썼었다. 그녀에게 가까이 다가가지 않으려고! 끌리지 않으려고!"

그 대목에서 그는 결국 묻지 않을 수가 없었다.

"왜? 왜 그렇게 애를 썼지?"

그러자 필괴는 문득 그를 똑바로 응시해왔다.

"너 때문이었다!"

"나? 왜? 내가 왜?"

"나는… 네가 그녀에 대해 좋은 감정을 가지고 있는 걸로 봤다!"

순간 그는 참으로 애매한 심정이 되고 말았다. 그리하여 평소 달변이라고 자부하는 바였지만, 지금 당장은 무슨 말을 해야 좋을지 선뜻 떠오르지가 않았다. 다행히 필괴가 다시 말을 잇고 있었다.

"미안하다!"

"뭐가?"

"언제부터인가 나도 나 스스로를 도저히 어쩔 수가 없게 되어버렸다!"

그는 그제야 싱겁게나마 웃는 표정을 만들 수 있었다.

"훗! 그러니까 뭐야? 결국 네가 그녀를 좋아한다는 얘기 아냐? 그리고 내가 또한 그녀를 좋아하고 있는 것 같아서 괴롭다는 것이고? 그런 얘기야?"

필괴는 묵묵히 고개를 끄덕였다. 그런 데야 그가 다시 짐짓 호쾌한 웃음을 터뜨리지 않을 수는 없었다.

"하하하!"

"왜 웃는 것이지?"

"그럼, 우습지 않고?"

"어째서?"

"심각할 이유가 조금도 없는 일을 가지고, 네가 이처럼 심각한 듯이 굴고 있으니 어찌 우습지 않겠느냐?"

그러자 필괴는 두 눈을 크게 뜨는 것으로 순간의 격동을 표현해 냈다. 그는 담담히 미소를 지어주며 말을 이었다.

"그렇다! 나는 그녀에 대해 헌신적으로 우리를 도와준 데 대해 감사하는 마음은 있되, 달리 특별한 감정 같은 것은 없다! 그러니 너는 이제부터라도 괴로워할 필요가 조금도 없을 것이다!"

"아!"

필괴의 짧은 탄성에서 짙은 안도와 감격 같은 감정을 느끼며 그는 다시 말을 계속했다.

"솔직히 말을 하자면… 그녀는 내 취향이 아니다! 그녀가 보기 드문 미인인 것도 사실이고, 또한 장차 의선곡을 이을 귀한 신분인 것도 사실이라고는 하나, 하하하! 너는 아직 세상을 많이 돌아보지 않아서 잘 모를 것이다만, 강호에는 그녀보다도 아름다우며, 또한 더욱 귀한 신분의 절세가인들이 얼마든지 있는 것이다. 그러므로 나는 아직까지는 어떤 여인에게도 성급하게 나의 순정을 바칠 생각이 없다!"

그때 필괴는 얼굴 가득히 한껏 웃음을 걸고 있었다. 그가 지금껏 보아온 것 중, 가장 크게, 또 맘껏 웃는 모습이었다. 그가 또한 흔쾌하게 웃으며 짐짓 짓궂은 체 물었다.

"어디 한번 물어보자! 그래, 과연 그녀의 어떤 점이 그렇게 좋더냐?"

그러자 필괴는 가만히 웃음을 추스르며 조심스럽게 말을 꺼내 놓기 시작했다. 연설란의 부드럽고도 따뜻한 마음에 대해서. 그녀와 마주 함께 있을 때의 그 한없이 편안한 안도감에 대해서. 그녀와 함께 있으면서 어느 순간부터 봇물처럼 터져 나오기 시작한 감정들로 인해 몹시도 혼란스러웠던 시간들에 대해서. 이윽고 그녀가 여인으로 느껴지면서 문득 엄습해 들던 두려움과 치열했던 자기 비하와, 그리고 열등감에 대해서. 그렇더라도 그녀의 곁에 있을 때면 열병을 앓듯이 머리며 가슴이 먹먹하다가, 잠시 눈에 보이지 않으면 금세 몰려드는 허전함에 가슴이 시려오는 그런 느낌들에 대해서.

필괴는 어느새 얼굴을 벌겋게 물들이고 있었다. 마치 가슴속에 잔뜩 채워 두고 있던 뜨거운 열정들을 마구 쏟아내듯이.

그는 덩달아서 격해지려는 가슴을 자꾸만 추슬러야 했다. 그리고 묵묵히 들어주었다. 그리고 필괴가 이윽고 마지막 한 마디까지 다 쏟아냈을 때, 그는 담담한 미소를 보여주었다.

"너는 힘들고 괴롭다고 말하지만, 내가 보기에 너는 몹시도 행복해하고 있는 것 같다! 네가 행복해하는 느낌이 내 가슴에까지 고스란히 전해지고 있으니 말이다!"

"행복……?"

두 눈을 반짝이며 필괴가 가만히 반문했다.

"그러나 너는 지금, 네 자신이 그녀에 비해서 크게 부족하여 감히 그녀의 곁을 지키기 어렵다고 지레 단정을 하고 있는 것 같기도 하다!"

그 말에 대해 필괴가 금세 무겁고도 암울한 기색이 되고 말았기에, 그는 가만히 눈길을 맞추었다.

"그녀가 세상에서 가장 아름답거나, 혹은 가장 귀한 신분을 지닌 것은 분명 아닐 것이다! 그러나 지금까지 겪어본 바로 그녀는 세상의 어떤 여인과도 비교할 수 없으리만큼 고귀한 마음씨를 지닌 여인임에는 틀림이 없다! 그러니 이처럼 뜨거운 너의 진정을 그녀가 안다면, 그녀는 반드시 너의 진정을 받아줄 것이다! 다시 말해 너는 그녀에 대한 고백을 망설일 이유가 조금도 없다는 것이다!"

순간 필괴의 눈빛에는 반짝 희망의 빛이 솟는 듯했다. 그러나 그 빛은 이내 스러져 버리고, 다시금 암울한 색체로 돌아가고 말았다. 그에 그가,

"하하하!"

하고 짐짓 밝게 웃고 나서 다시 이었다.

"그녀는 고귀한 마음씨를 지녔을 뿐 아니라 참으로 지혜로운 여인이니, 네가 고백하지 않는다 하더라도 자신에 대한 너의 마음이 어떠하다는 것에 대해 벌써 눈치채고 있을 것이다. 그렇다면 그녀는 진작에 어떤 조치를 취했어야만 했다. 일이 더 커져 나가는 것을 막고자 했다면 말이다. 다시 말해서 그녀가 지금껏 아무런 대응이나 조치를 하지 않고 있는 것은,

즉 그녀 또한 너에 대한 마음이 전혀 없지는 않다는 의미일
수 있다는 것이다!"

필괴는 차라리 멍한 빛으로 되더니, 가늘게 떨려 나오는 목
소리로 중얼거리듯이 뱉었다.

"내가… 그래도 될까? 내가 과연 그녀처럼 고귀한 여인을
욕심내도 될까? 더군다나 나는……."

그는 손을 들어 필괴의 말을 끊어버렸다. 그리고 힘주어 말
해주었다.

"사랑은 가장 고귀하고도 아름다운 것이다! 그러나 사랑이
언제나 찾아오는 건 아니다! 어떤 사람에게는 일생에 한 번도
찾아오지 않기도 하지! 그러나 많은 사람은 사랑을 하는 중에
도 그것의 소중함을 모르다가, 나중에 놓치고 난 다음에야 후
회를 하지! 넌… 그러지 않기를 바란다! 지금 네게 찾아온 소
중한 사랑을 맘껏 나눠라! 이것은… 친구로서 하는 진정의 충
고다!"

순간 필괴의 얼굴은 조금 밝아졌고, 눈빛은 초점을 바로 찾
았으며, 조금은 들뜬 기색으로 무언가 말을 하려고 했다. 그
러나 그는 필괴에게 말할 틈을 주지 않고, 가볍게 미소 지으
며 다른 말을 꺼냈다.

"너도 알다시피 사괴의 독상은 진작에 완치가 되었다! 그
리고… 그는 오늘 중으로 이곳을 나가겠다고 하더라! 의뢰받
은 기간이 끝났다며!"

"아!"

"그리고… 나 또한 서둘러서 처리하지 않으면 안 될 몇 가지의 중요한 일이 생겼으니……. 구태여 따로따로 떠날 필요는 없는 것이고, 오늘 그가 나가는 길에 나도 함께 갈 작정이다!"

필괴는 거듭 놀라 눈만 크게 뜨고 있는 모습이었다. 그는 짐짓 크게 소리 내어 웃으며 다시 말했다.

"하하하! 너더러 함께 가자는 소리는 하지 않을 테니, 너는 그렇게 놀랄 필요까지는 없다! 오히려 잘됐지 않느냐? 나와 사괴가 떠난 후엔 연 소저와 단둘이 남게 되니 말이다! 너는 연 소저와 함께 지내다가, 그녀의 약재 채집이 끝나면 그때 그녀를 따라 강호로 나오면 될 것이다. 연후 급한 일들이 마무리되는 대로, 내가 널 다시 찾아갈 것이다! 네가 어디에 있더라도 내가 널 찾을 수 있다는 사실을, 너는 이미 잘 알고 있지 않느냐? 하하하! 아무쪼록 그동안 그녀와 좋은 시간들 원 없이 누리길 바라마!"

17

그날 오후, 필괴와 연설란이 약재 채집을 마치고 석옥으로 돌아와 보니 장삼과 사괴가 보이지 않았다. 그예 선유릉을 떠나고 만 것이다.

필괴는 가슴 한구석이 텅 빈 듯이 허전한 심정을 가누기 어려웠다. 그러나 우선은 연설란에게 설명부터 해주어야 했다. 그 두 사람이 선유롱을 떠났다는 것과, 또 각자에게 어떤 사유가 있었는지에 대해.

연설란은 몹시 섭섭해했다. 그 두 사람이 그녀에게는 사전에 한 마디의 말도 없었다는데 대해.

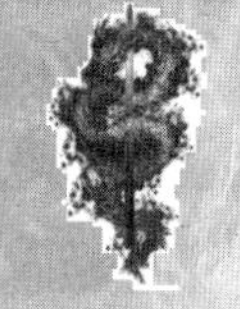

第二十六章
격정(激情)

1

두 사람만의 선유릉 생활도 벌써 며칠이 흘러가고 있었다. 필괴에게는 꿈결 같은 며칠이었다. 다행스럽게도 연설란 또한 변함없이 내내 밝은 모습으로 그를 대해주었다.

오늘 아침도 두 사람은 여느 날과 다름없이 약초채집에 나선 길이었다.

다만 오늘은 조금 더 멀리까지 나가볼 참이었다. 연설란이 필괴의 도움 덕분에 원래 목표했던 약재의 대부분을 이미 채집하였는데, 필괴의 도움을 받는 김에 또 다른 희귀약재들을 탐사해 보고자 한다고 했다.

그녀의 약재에 대한 탐사 욕구에 대해서야 필괴가 크게 공감하기 어려운 노릇이었지만, 지금까지의 그의 도움을 치하하는 말에 대해서는 마냥 가슴이 뿌듯해졌고, 다시 그의 도움이 필요하다는 말에 대해서는 즉시로 자발적인 의무감 같은 것이 충만해지는 것이었다.

언제나 그렇듯이 그는 그녀의 세 발짝쯤 뒤를 따르고 있었다. 그녀와 나란히 걷는 모습은 수도 없이 상상해 보았다. 그러나 다만 갈망일 뿐, 현실에서는 감히 엄두조차 내지 못하였다.

그녀가 문득 멈춰 서더니 뒤를 돌아보았다. 순간 그는 움찔제풀에 놀라며 얼른 보폭을 키웠다. 쓸데없는 잡념에 빠져 있느라 두어 발짝쯤이나 더 그녀에게서 멀어진 것을 알지 못하고 있었던 것이다.

"앞으로 더 오세요!"

그가 원래의 간격만큼으로 좁혔는데도 그녀는 다시 손짓하며 말하였다.

"예?"

그는 조금쯤 당혹스러워지고 말았다. 그러자 그녀는 언뜻 장난스러운 표정이 되더니 앞쪽을 가리키며 말했다.

"보세요! 이제부터는 우리가 그동안 한 번도 와보지 않은 곳이 시작되는데다, 저렇게나 숲이 우거졌으니 어떤 위험이 도사리고 있을지도 모르잖아요? 그런데도 설마 저더러 계속 앞장을 서라는 것은 아니겠죠?"

　순간 그는 정말로 크게 당황하고 말았다. 그리고 반사적이다시피 앞으로 달려나갔다.

　그가 그녀를 스쳐 지나갈 때였다.

　"호호호!"

　그녀의 나직한 웃음소리가 그의 귓가에 간지럽게 매달렸다.

2

　숲은 점점 더 우거지고·있었다. 그런 때문인지 숲 속의 공기마저 더욱 습하고 더워졌다. 더욱이 숲의 바닥에서는 이전에는 드문드문하게만 보이던 각종의 바닥식물이 점점 무성해지고 있었다. 뿐만 아니라 바닥 곳곳에 형성된 작은 늪지들을 볼 수 있었고, 그 주변에서는 화려한 원색의 징그럽게 생긴 벌레들과, 심지어는 검거나 회색의 긴 몸통을 지닌 뱀들이 불쑥불쑥 모습을 나타내기도 했다.

　필괴는 큰 걸음으로 걸었다. 쿵쿵 일부러 땅을 울리며. 앞쪽의 풀숲과 낙엽층 속에 숨어 있을지 모를 벌레나 뱀 같은 것들이 알아서 피해주기를 바라는 것이었다. 효과가 있긴 한 모양이었다. 이따금씩 몇 걸음 앞쪽에서 벌레며 뱀들이 불쑥 나타나서는 슬그머니 사라지곤 했다.

　사실은 연설란이 준 피독단을 복용한 효과이리라! 그녀의 말에 따르면 독충과 독사의 근접을 막고, 원시의 숲이 품고 있는 장독까지도 해독하는 효과가 있다고 하였으니 말이다.

3

숲을 헤치며 나아가고 있는지가 벌써 한 시진하고도 반 시진은 족히 더 지난 것 같았다. 곧 끝나리라 여기며 계속 앞으로만 방향을 잡은 것인데, 숲은 끝날 기미는커녕 점점 더 깊어만 지는 것 같았다.

연설란 벌써부터 조급해하고 있는 중이었다. 아무래도 진즉에 돌아 나갔어야 하는 것이었다. 그러나 이제는 돌아 나가기도 늦었다. 피독단이 소요될지 어떻게 미리 알았으랴? 그녀가 평소에 지니고 있던 것이라 몇 알 되지도 않았으니, 벌써 소비하고 남은 피독단은 이제 단 두 알뿐이었다. 반시진에 한 알씩을 복용해야만 제대로 효과를 볼 수 있으니, 그들이 이제 숲의 장독에서 버틸 수 있는 시각이 반 시진여밖에 남지 않았다는 의미였다.

더욱이 한 시진쯤 뒤면 날까지 저물고 말 테니, 피독단도 없이 장독으로 가득 차고 독충과 독사들이 우글거리는 캄캄한 숲 속에 갇히게 된다면…… 아아! 상상만으로 끔찍한 일이었다. 오로지 앞으로 나아가는 수밖에 없었다. 최대한 서둘러서!

4

　후덥지근한 공기에 연설란은 이제 숨이 턱턱 막혀왔다. 문득 머리까지 아파오는 것만 같았다. 그러고 보니 마지막 피독단을 복용한 지 벌써 반 시진이 다 되어가는 모양이었다.

　팟!!

　팟!

　그녀의 세 걸음 앞에서는 필괴가 검을 내려쳐 키 높이까지 자라 군집해 있는 넓은 잎의 식물들을 베어내며 길을 만들고 있었다. 그러지 않고는 한 발짝도 나아가기가 어려웠으니, 참으로 암울한 지경이었다.

　다만 그런 중에도 필괴는 조금도 힘들다는 내색을 보이지 않고 있었다. 그저 검을 내려쳐 길을 만들고 한 걸음을 나아가고, 다시 검을 내려치고 길을 만드는 일의 반복에만 묵묵히 집중하고 있었다. 참으로 미련스러울 정도로 우직한 모습이었다. 그러나 지금 그녀가 의지를 해 볼 데라곤 오로지 그의 그러한 우직함뿐이라고 해도, 조금도 지나친 말이 아니었다.

　문득 한 가닥 바람이 불어왔다. 이곳 숲 속에서는 드물게 접해볼 수 있는 바람이었지만, 잠시간이라도 시원함을 누려보기에는 너무 후덥지근하였다.

　바람은 더욱이 결코 향기롭지 않은 냄새를 이끌고 있었다.

바로 필괴로부터 풍겨 나오는 진득한 땀 냄새였다. 그러나 그
녀는 그 냄새가 그다지 싫지는 않았다. 오히려 약간쯤 친근하
기까지 했다. 덕분에 그녀는 조금씩 엄습해 들고 있던 불안감
을 잠시나마 떨칠 수가 있었다.

5

후두~ 둑!
후두두~ 둑!
하늘에서 돌연 요란스러운 소리가 들리고 있었다.
비였다. 당장에 그들이 있는 아래쪽까지 빗줄기가 쏟아지
지는 않았으나, 그 소리만으로도 제법 거센 소나기 같았다.
비가 쏟아지지 않는 것은 잠시뿐이었다. 이내 바람이 불었
고, 사방에서 종잡을 수 없이 빗물이 들이치기 시작했다.
필괴는 급하게 연설란에게로 갔다. 그리고 재빨리 겉저고
리를 벗어 그녀에게 건넸다. 그러나 잠깐 만에 이미 다 젓고
난 뒤여서인지, 그녀는 언뜻 사양하려는 기색이었다. 하지만
그녀는 다시 생각이 바뀐 듯이 다소곳하게 필괴가 건네는 겉
저고리를 받아서는 곧장 머리 위로 받쳐 들었다.
숲은 금세 뿌연 안개로 뒤덮여 바로 앞도 보이지 않게 되었
고, 발아래는 낙엽과 진흙으로 질퍽거렸지만, 필괴는 다시 앞
으로 나아가 길을 내기 시작했다. 그의 팔놀림은 더욱 빨라졌

고, 쉴 새 없이 검을 내려쳤다. 이내 그의 몸에서는 뿌옇게 김
이 뿜어져 나왔다.

연설란은 문득 묘한 기분이 되고 말았다. 필괴의 모습이 안
쓰러운 한편으로 안도감이 함께 드는 때문이었다. 그녀의 가
까이에 필괴가 있다는 사실에서. 그리고 그가 지금 그녀를 위
해, 세차게 들이치는 빗물 속에서도 조금치의 흔들림도 없이
온 성의를 다해 노력하고 있는 모습에서.

안쓰러움과 안도감의 묘한 교차 속에서 그녀는 오로지 필
괴의 등만 보고 한 걸음씩을 내디뎠다.

6

솔직히 필괴는 모자라고 결함이 많은 사람이었다. 그럼으
로써 사내로서는, 그녀가 지금까지 나름대로 생각해 오고, 혹
은 가늠해 오고 있던 인물상과는 여러 가지 관점들에서 사뭇
차이가 있는 것이 사실이었다.

다만 그녀는 필괴에게서 강호의 청년들에게서는 보지 못
했던 참으로 맑고도 순박한 느낌들을 볼 수가 있었다. 그가
무슨 이유에선지 처음 만날 때부터 한동안 그녀에게 상당히
무심하고 차가운 것처럼 대했을 때에도 말이다. 그런가 하면
때때로 그에게서는 까닭 모를 아련한 슬픔과 애잔함이 느껴
지곤 했다. 그러나 그녀는 그런 느낌에 대해 자신이 괜한 연

민이나 동정심을 가지지는 않도록 주의를 했다. 흔히 그런 감
정들은 일시적이기 쉽고 오래 견지하기가 어려우니, 중도에
변질될 것이라면 처음부터 아니 가지는 것만 못하다는 이치
를 아는 까닭이었다.

　그런데 얼마 전부터 그는 지금까지와는 사뭇 다른 느낌으
로 그녀에게 다가왔다. 그의 그런 변화는 그녀와는 전혀 무관
하게 일어난 것이었지만, 그렇더라도 결코 무관할 수가 없었
다. 바로 그녀를 향한 변화였기 때문이다. 그는 그녀를 향한
자신의 마음을 더 이상은 참거나 혹은 숨길 수가 없게 된 것
같았다. 사내로서 말이다.

　비록 사랑에 빠져 본 적은 없더라도, 그녀는 강호의 수많은
청년에게 흠모와 연정의 대상이 되고 있는 처지였다. 그러니
그녀를 향한 필괴의 마음을, 그 뜨겁게 뿜어지는 열기가 무엇
을 말하는지 이내 짐작하지 못할 리는 없었다.

　가능하면 빨리 그가 알도록 해주어야만 했다. 그는 결코 그
녀가 바라는 사내상이 아니라는 사실을. 그리하여 그가 어쩔
수 없이 상처를 받는다고 하더라도, 그 상처가 조금이라도 작
도록, 그리고 덧나지 않고 빨리 아물 수 있도록 해주어야 했
다.

　그러나 결과적으로 그녀는 아무런 조치도 하지 못했다. 이
해할 수 없게도 오히려 그에게 조금쯤 곁을 내주기까지 했다.
물론 그는 섣불리 다가오지 못했다. 뿐만 아니라 자신이 지레

선을 긋고는, 그 선이 결코 넘을 수는 운명의 선이라도 된다
는 듯이 선 바깥에 서서 묵묵히, 감히 표시도 내지 못하는 채
로 그녀의 곁만 지키고 있는 중이었다.

　스스로 생각하기에도, 그녀의 마음은 지금 참으로 이상했
다. 그가 과연 스스로 그은 그 선을 넘을 용기를 낼 수 있을지
지켜보고 싶은 마음이 자꾸 되니 말이다. 단순한 호기심은 아
니었다. 그렇게 하는 것에도 무언가는 가치와 의미가 있으리
라 여기는 것이었다. 비록 지금으로서는 명확히 정의를 내릴
수 없는 것이지만 말이다. 다만 그 밖에, 꼭 그렇게 되었으면
좋겠다는 기대가 뚜렷이 있지는 않았다.

7

　뾰～ 롱!

　뾰로～ 롱!

　빗소리를 뚫고 이름 모를 새의 울음소리가 들려왔다. 그 맑
고도 아름다운 소리는 마침내 숲이 끝난다는 사실을 알려주
려는 것만 같았다. 순간 연설란은 곧장 필괴에게로 달려갔다.

　"우리 저쪽으로 가봐요!"

　그녀가 덥석 팔을 잡는 바람에, 필괴는 움찔 놀란 데 이어
부르르 몸까지 떨고 말았다. 그는 자신의 떨림을 감추기 위해
서라도 얼른 다시 그녀의 앞으로 나서며 더욱 힘차게 검을 휘

둘렀다.

그의 겸에서 문득 약간의 붉은 기운이 감돌더니, 앞쪽의 우거진 풀숲이 빠르게 잘려 나가며 길이 났다.

그런데 그때였다. 돌연 앞쪽의 시야가 확 트이는 것이었다. 마침내 숲이 끝난 것이었다.

쐐아아아~!

머리 위로 세차게 폭우가 퍼붓고 있었다.

그러나 두 사람은 이내 망연해지고 말았다. 불과 칠팔 장 앞쪽에서 그들의 앞은 다시 가로막혀 있었다. 그것도 이번에 야말로 그들이 결코 넘어서지 못할 거대한 절벽이었다. 절벽의 중간어림부터는 짙은 운무에 휩싸여 얼마나 높은지 가늠조차도 해볼 수가 없었다.

숲이 더 이상 뻗지 못한 것은, 그 지점에서부터 절벽 아래쪽까지가 거대한 암반지대를 이루고 있기 때문인 것 같았다.

뾰~ 롱!

뾰로~ 롱!

다시 새소리가 들렸다. 보이지는 않았지만, 아마도 절벽 어디쯤에서 들리는 것 같았다.

연설란은 차라리 밝게 웃으며,

"일단 비를 피해야 하지 않겠어요? 그리고 기왕에 이렇게 되었으니, 우리 저 새가 어떻게 생겼는지, 과연 소리만큼이나 아름다운지 구경이나 하러 가요!"

8

밑에서 보니 절벽은 위로 올라갈수록 완만하게 앞쪽으로 기울어져 있어서, 그 위쪽이 십여 장도 채 보이지 않았다. 그리하여 절벽에 바짝 붙어 서면, 여유있게 비를 피할 수 있었다.

새 소리가 다시 들리지 않아 새를 찾는 것은 포기해야 했지만, 연설란은 생각지 못한 기쁨에 크게 들뜨고 말았다. 절벽 아래쪽은 암반지대라 나무 종류는 자라지 않고 있었지만, 대신 오랫동안 퇴적된 토양 위로 갖가지 종류의 풀들이 자라고 있었는데, 그것 중에 희귀한 약재들도 지천으로 자라고 있었던 것이다.

희색이 만면하여 이곳저곳을 종종거리는 연설란의 뒤를, 덩달아서 환한 얼굴이 된 필괴가 사뭇 분주히 쫓아다녔다. 연설란이 멈칫 서더니 얼어붙은 듯한 모습으로 되고 만 것은 그러던 중이었다. 필괴가 영문도 모르고 또한 굳은 듯이 섰다.

"아……!"

연설란이 탄식처럼 내뱉었다. 산삼이었다. 산삼이라면 그녀도 적지 않게 보았으니 이처럼 경악에 가까운 감탄을 보일 것까지는 없을 일이었다. 아니었다. 산삼에 대해 해박하다 할 만큼의 지식이 있음으로써 그녀는 지금 차라리 경악을 금치 못하는 것이었다. 저처럼 굵고 웅장하게 뻗은 삼대의 향상이라니! 뇌두의 모양까지 보아야겠지만, 보이는 형상의 신령스러움만으로도 최소 수백 년 이상, 아니, 감히 그 수령을 짐작해 보는 것만으로도 가슴 떨렸다.

필괴가 바구니에서 호미를 꺼내 건넸다. 그 덕분으로 연설란은 떨리는 심정을 겨우 추스르며, 호미를 받아 들고 아주 조심스럽게 산삼 주변의 흙을 긁어내기 시작했다. 숨죽이며.

그런데 그때였다. 돌연 기이한 광경이 벌어지고 있었다. 산삼 주위로 흐릿한 기운이 서리는 듯하더니, 놀랍게도 산삼이 돌연 어른 팔뚝만 한 크기의 작은 동자(童子)의 형상으로 변하는 것이었다. 흐릿하게나마 이목구비가 다 갖춰진 아기의 얼굴이었다.

"아아……! 동자삼(童子蔘)!"

연설란이 떨리는 소리로 외쳤다.

그때였다. 동자삼이 훌쩍 뛰어서 그 자리를 벗어나더니 곧바로 펄쩍펄쩍 뛰며 달아나기 시작하는 것이었다. 두 사람이 놀란 중에도 급하게 동자삼의 뒤를 쫓아갔다. 그러나 동자삼의 움직임은 놀랍도록 재빨랐다. 절벽 면을 따라서 얼마간 달리는가 싶더니, 갑자기 앞쪽의 수북한 넝쿨 속으로 사라지고 마는 것이었다.

두 사람이 넝쿨을 헤치자 그 사이로 작은 동굴이 하나 시커먼 아가리를 벌리고 있었다. 동자삼은 그 안으로 들어가 버린

모양이었다. 동굴은 사람 머리 하나가 겨우 들어갈 만한 크기
였다.

눈앞에서 천고의 영물을 놓쳐 버린 셈이니 연설란이 크게
아쉽지 않을 수는 없었는데, 와중에 필괴가 당장에 동굴로 들
어가려는 태세인 것을 보고 그녀가 얼른 말렸다. 그 좁은 동
굴 안으로 억지로 기어 들어갔다가 중간에 몸이 끼기라도 했
다가는 낭패가 아닐 수 없었다. 더욱이 그 안쪽에 어떤 예측
못할 위험이 있을지도 모르는 일이 아닌가? 이를테면 독사 같
은 것이 똬리를 틀고 있을 수도 있는 일이었다.

그런데 그때였다. 무언가 휙 하며 그들의 눈앞으로 날아오
더니 그대로 동굴 속으로 들어갔다. 무지하게 빠른 속도라
희미하게밖에 보지 못했지만, 필괴는 그것이 아마도 엷게 붉
은빛이 돌며, 조금 더 상상을 보태면 아마도 조금 큰 종류의
벌(蜂) 같은 것이리라고 생각했다. 그리고 그런 상상에서, 어
쨌든 동자삼에 이어 벌 종류까지 들어간 이상에는 최소한 동
굴 안쪽에 크게 위험한 것이 있지는 않으리라는 추측을 이어
냈다. 물론, 어쨌든 간에 연설란이 크게 아쉬워하는 모습을
이대로 보고 있을 수만은 없다는 마음의 발로였다.

필괴는 슬그머니 동굴 안으로 머리를 집어넣었다. 연설란
이 그런 그를 말리려 하다가는 가만히 고개를 저었다. 그의
고집도 고집이려니와, 사실은 그녀 또한 동자삼에 대한 미련
을 아직은 다 접지 못한 부분도 있는 것이었다.

필괴가 몸을 비틀어 어느 정도 앞으로 나아가다 보니 동굴 안쪽은 막상 그리 좁지 않았다. 그리고 다시 얼마간 나아가자니 조금씩 더 넓어져서, 이윽고는 무릎걸음으로 기어 들어갈 만해지는 것이었다.

연설란이 서편 하늘을 보니 뉘엿뉘엿 해가 넘어가고 있는 중이었다. 선유릉이 첩첩산중의 절지이다 보니 이 무렵부터 어둠이 찾아오기까지의 시간은 몹시도 짧았다. 그런데 그들은 밤을 보낼 아무런 준비조차 되어 있지 않은 형편이었으니, 동자삼이 아무리 귀한 영물이라고 하더라도, 무작정으로 그것만 쫓고 있을 일은 아니었다. 그녀는 필괴가 들어간 동굴 안을 향해 소리쳤다.

"이제 그만하세요! 그만하면 되었으니 이제 그만 포기하고 돌아 나오세요!"

그녀의 외침을 들었지만, 필괴는 멈추지 않고 계속해서 안으로 들어갔다. 그녀와 말을 하느라 시간을 지체하느니, 그 시간에 조금이라도 더 안으로 들어가서 어떡하든 동자삼을 구해 나올 작정이었다.

뒤에서 연설란이 다시 외치고 있었다.

"저도 들어갈게요!"

그녀가 뒤따라 들어온다는 소리에 필괴는 난감해지고 말았다. 그야 어떻게 되든 상관없지만, 그녀가 이 좁은 공간을 기어 들어오는 모습은 상상만으로도 안쓰러웠다. 그러나 그는 더욱 속도를 내어 안으로 들어가는 쪽을 택했다.

동굴은 생각했던 것보다도 훨씬 길게 이어지고 있었다. 바깥으로부터의 모든 빛이 차단된 것은 벌써 전부터였으니 사방은 암흑천지였다. 필괴는 문득 멈추지 않을 수 없었다. 손끝이 닿는 부분에서 동굴이 갑자기 두 갈래로 갈라지고 있었으니 말이다.

그가 다시 돌아 나가야 하는지를 놓고 한참 갈등하고 있을 때였다. 뒤쪽에서 돌연히 은은한 빛이 비쳐들더니 어두웠던 주변을 희미하게나마 밝히는 것이었다.

연설란이었다. 그녀는 손에 빛나는 물체 하나를 들고 있었는데, 그 계란만 한 구슬은 눈부시지 않으면서도 은은한 빛을 발해 주변 사방을 제법 넓게까지 밝히고 있었다.

"야명주(夜明珠)예요!"

연설란이 구슬을 필괴에게 건넸다. 그리고 잠시 앞쪽을 살피는 듯하더니 덧붙였다.

"왼쪽이에요! 동자삼 특유의 향이 그쪽으로 이어지고 있어요."

9

동굴은 계속 이어지고 있었다. 이제는 얼마나 깊이 들어왔는지 가늠하기조차 어려웠다. 또한 얼마나 계속될지에 대한

격정(激情) 259

두려움이 점점 더 커지고 있었다.

그러나 한편으로 서로에 대한 두 사람의 공감과 신뢰 또한 빠르게 깊어가고 있었다. 오로지 한 가닥 빛에만 의지하며 얼마나 깊은 곳인지 모를, 그리고 태초 이래로 그 어떤 인간도 들어와 보지 않은 미지의 장소에 들어와 있다는 점만으로도.

그리고 두 사람에게는 뭐라 표현하기 어려운 열정이 생겨나 있는 중이었다. 두 사람이 함께 있음으로써 설령 그 어떤 커다란 위험과 공포와 맞닥뜨려도 괜찮을 것만 같은 신뢰와 안도. 나아가 미지의 상황에 대한 두려움을 이겨내고 계속 앞으로 나아갈 힘을 주는 기이한 열정이었다.

필괴는 멈칫 멈춰 섰다. 바로 앞쪽에 동자삼이 있었다. 그런데 동자삼은 그를 보면서도 주춤 물러서기만 할 뿐, 곧장 도망치지는 못하는 모습이었다.

그 틈에 필괴는 성큼 거리를 좁혔다. 그리고 그가 막 손을 뻗어 막 동자삼을 잡으려는 순간이었다. 동자삼이 돌연 펄쩍 뛰며 아슬아슬하게 그의 손아귀를 빠져나가서는 그대로 앞쪽으로 도망을 쳐 버리는 것이었다.

필괴가 곧장 그 뒤를 쫓았다. 그러나 얼마 가지 않아 동굴은 급격히 좁아졌고, 그는 바닥을 기다시피 해서 겨우 앞으로 나아갈 수 있었다. 와중에도 걱정이 되지 않을 수 없어서 그가 뒤를 돌아보니 연설란이 또한 바닥에 몸을 던진 채로 그를 바짝 뒤따르고 있는 중이었다. 그에 필괴가 기왕에 이리된 것, 가는 데까지는 가보자 하는 심정으로 다시 앞으로 나아갔다.

동자삼은 이미 보이지 않았고, 동굴은 계속 이어지고 있었다. 몸이 끼다시피 하는 좁은 동굴의 공간 안에는 두 사람의 숨소리만 점차로 거칠어지고 있었다. 그런 중에 필괴의 앞쪽이 문득 확연히 넓어지고 있었다. 좁은 동굴이 이윽고 끝나고 제법 넓은 공간이 나타난 것이다.

필괴는 동굴에서 빠져나가기 전에 일단은 앞쪽의 형편부터 살폈다. 그 공간은 사방의 폭이 족히 삼 장여씩은 되어 보였는데, 다만 그가 지나온 좁은 동굴을 제외하고는 다른 통로가 없는 막다른 곳인 것 같았다. 동자삼은 맞은편의 막다른 벽 앞에 멈춰 선 채로 있었다. 그런데 언뜻 보기에도 마치 얼어붙은 듯이 꼼짝도 하지 않고 있는 것이, 그 영물은 마치 어떤 극단의 두려움에 질려 있는 듯한 모양새였다.

필괴가 일단은 좁은 동굴에서 먼저 몸을 빼낸 다음에, 뒤쪽에 있던 연설란에게 선뜻 손을 내밀었다. 그녀는 기다리고 있었다는 듯이 서둘러서 그의 손을 잡았다. 그런 그녀의 손은 참으로 부드럽고도 따뜻했다. 그리고 참으로 편안한 느낌으로 된다는 데서 필괴는 잠시 깊은 안도감 같은 것을 느꼈다. 그런데 바로 그때였다.

"아!"

연설란이 돌연 경악을 토해냈다. 그에 필괴가 반사적이다시피 황급히 등 뒤를 돌아보았다.

10

동자삼이 꿈틀대고 있었다. 사뭇 격렬해 보이는 그 모습은, 비록 소리는 없을지라도 고통을 못 이겨 몸부림을 치는 것처럼 보였다.

그런 동자삼의 주변으로 몇 가닥의 붉은빛이 번뜩거리고 있었다. 그것들은 마치 도깨비불이라도 되는 듯이 여기서 번뜩하고 나타났다가는 금세 사라지고, 다시 저기서 번뜩하고 나타나는 움직임이 어찌나 빠른지, 필괴와 연설란이 그리 멀리 떨어져 있지 않은 곳에서 보고 있음에도 정확히 몇 가닥인지 대략을 잡을 수가 없을 정도였다.

그러던 중에,

"엇?"

필괴는 저도 모르게 나직한 놀람의 소리를 뱉고 말았다. 꿈틀대는 중에 동자삼이 확연히 줄어들고 있었던 것이다. 그러고 보니 그 붉은빛들은 단순히 동자삼 주위를 번뜩이고 있는 것이 아니라, 아마도 동자삼의 몸통을 파고들었다가 관통해서 나오는 짓을 반복하고 있는 것 같았고, 다시 그런 중에 동자삼을 먹어 치우거나, 혹은 그 영기를 흡수하고 있는 것만 같았다. 지금 그것들의 붉은빛이 확연히 짙어져 갔고, 다시

황금색으로 변해가고 있는 광경에서도 그런 추정을 대강은
해볼 수 있는 것이었다.

그러니 필괴가 더 두고 볼 수는 없는 노릇이라, 곧장 앞으
로 달려나갔다. 그런데 필괴가 동자삼 가까이로 접근했을 때
였다. 이제는 완연한 황금색으로 눈부신 그 빛줄기 중의 하나
가 돌연 그를 향해 쏘아오는 것이었다. 번뜩하는 것이 그야말
로 빛의 속도였다. 필괴가 본능적으로 고개를 틀었는데, 무언
가 그의 코끝을 맹렬히 스치며 날아갔다. 그리고 동시이다시
피 맞은편의 벽에서,

팟!

하고 아주 가벼운 소리가 났다. 그 황금색 빛이 그대로 벽
에 부닥친 것이었다. 암벽이었다. 아니, 절벽 속이니 거대한
암반일 것이었다. 그런데 그 암반에는 엄지손가락 굵기 정도
의 구멍 하나가 뚫려 있었다. 원래부터 있던 구멍은 아니었
다. 구멍으로부터는 지금 뿌연 연기 같은 것이 스멀스멀 뿜어
져 나오고 있었으니 말이다. 놀랍게도 그 황금색 빛은 그대로
암반을 뚫고 들어가 버린 것이었다.

암반을 마치 두부처럼 뚫고 들어가다니, 사람의 몸이야 말
할 것도 없지 않은가? 필괴는 저도 모르게 소름 끼쳐 할 때였
다.

"뒤를 조심해요!"

연설란의 다급한 외침에 필괴가 홱 고개를 돌렸다. 그로부

터 일 장쯤 떨어진 허공에 눈부신 황금색 빛 하나가 머물러 있었다. 필괴는 잔뜩 눈을 찡그리고 나서야 그 눈부신 빛의 안쪽을 살펴볼 수가 있었다.

놈은 어른 엄지손가락만 한 크기였다. 그러니 벌이라고 하기엔 크고, 새라고 하기엔 작은 크기였다. 어쨌든 놈이 이제껏 보여준 모습들이나, 지금 허공에 가만히 머물러 있는 것도 날고 있는 것임에 분명할 텐데, 놈의 날개를 볼 수는 없었다. 눈부신 황금빛 때문이던지, 아니면 날개가 너무도 빨리 움직이기에 눈으로는 보이지 않는 것일 수도 있으리라.

그때 놈이 갑자기 사라졌다. 순간 필괴는 반사적으로 고개를 틀었다. 이번에도 순전히 본능에 의한 반응이었다. 그리고 그는 볼 수 있었다.

팟!

하는 소리와 함께 맞은편 벽에 새로 생긴 하나의 구멍에서 다시금 뿌연 먼지가루가 스멀스멀 뿜어져 나오고 있는 광경을. 순간 그의 등줄기를 타고 식은땀 한 방울이 또르르 굴러 내리고 있었다.

놈은 화가 난 듯했다. 황금색 빛줄기가 그의 주변을 마구 번뜩이기 시작했다.

팟!

파~ 팟!

이번에 필괴는 차라리 움직이지 않았다. 문득 느껴지는 것 같았기 때문이었다. 놈이 그에게 직접적이고도 즉각적인 살의를 품고 있지는 않으며, 다만 자신이 화났음을 알리고 위협을 하고 있다는 것에 대해.

그리고 무엇보다도 잔뜩 긴장한 중에도 그에게는 믿는 구석이 생긴 것이었다. 혈룡이었다. 혈룡이 깨어나 있는 것이었다. 물론 다만 '믿는 구석' 일 뿐이었다. 무시무시한 면모를 과시하고 있는 놈을 당장에 어떻게 해보겠다는 엄두까지는 감히 내지 못하였다. 그때였다.

웅~!

하고 마치 미세한 날갯짓 소리같은 기이한 소리가 울렸다. 동자삼이 있는 쪽이었다. 아아! 그런데… 또 한 놈이 있었다. 동자삼 위쪽 허공에 황금빛으로 눈부신 다른 놈 하나가 더 나타나 있었고, 소리는 지금 그놈이 내고 있는 것이었다.

순간 필괴를 위협하고 있던 놈이 사라졌다. 그러나 필괴는 안도의 숨을 내쉬기보다는 곧장 다급한 심정이 되고 말았다. 놈들이 돌연 사라졌나 싶더니, 다음 순간 동자삼의 내부로부터 황금색 빛이 비쳐 나오고 있었다. 그 두 놈은 곧장 동자삼 속으로 들어가 버린 듯했다. 동시에 동자삼은 확연하게 줄어들기 시작하고 있었다.

필괴가 펄쩍 뛰다시피 동자삼 쪽으로 다가설 때였다. 연설란이 또한 재빨리 다가서며 필괴의 옷자락을 잡았다. 그리고 그녀는 완강하게 고개를 저어 보였다. 필괴가 섣부르게 위험을 자초할까 보아 미리 주의를 주는 것이리라. 그러나 한편으로 그녀 역시도 동자삼이 사라져 가고 있는 것에 대한 아쉬움을 아주 떨쳐 버리지는 못한 듯했다. 힐끗 동자삼을 바라보는 그녀의 눈빛에 언뜻 한 가닥의 안타까움이 비쳤다. 그리고 그 순간에 필괴는 그대로 덥석 동자삼을 움켜잡아 버렸다.

웅!

우~ 웅!

미세한 날갯짓 소리가 일더니 어느 틈엔지 그의 눈앞 허공에 두 놈이 모습을 드러내고 있었다.

그런데 놈들의 모습은 다시 변해 있었다. 놈들은 더 이상 눈부시지는 않았다. 대신 놈들은 지극히 맑은 느낌의 은은한 반투명의 황금빛을 뿜어내고 있었다. 그리하여 놈들은 이제 가만히 한 지점에 머물러 있는데도 은은한 황금색 빛무리가 어른거리는 것처럼 눈앞이 어지러운 느낌마저 드는 것이, 사뭇 신비롭게까지 보이는 데가 있었다.

그러던 한순간 놈들이 사라졌다. 동시에 필괴는 느꼈다. 눈에 보이지 않는, 아니, 눈으로 볼 수조차 없는 빠르기로 무언가 그를 향해 쏘아온다는 것을. 그러나 그가 느꼈을지라도, 막상 그의 신경과 몸은 미처 반응하지 못하였다.

팡!

그는 왼 가슴어림에 번개가 치는 듯한 강력한 충격을 받았다. 그것은 외부에서 가해진 어떤 충격이라기보다는, 마치 그

의 내부에서 순간적으로 무언가 강력한 폭발을 일으킨 것만
같았다.

그리고 거의 동시이다시피,

핏!

하고 그의 내부로부터 무언가가 다시 튀어나왔다. 여전히
보이지는 않았지만, 순간적으로 남는 은은한 황금빛의 여운
만으로도 그것이 바로 놈이란 걸 직감할 수 있었다. 놈이 그
의 가슴으로 박혀 들었다가 다시 튕겨져 나간 것이었다. 그것
은 그야말로 찰나간에 벌어진 일이었기에, 그는 제대로 고통
을 느낄 틈조차 없었다.

쉬～ 잇!

하고, 놈이 박혀 들었다가 다시 튕겨져 나온 지점으로부터
가느다란 핏줄기가 세차게 뿜어져 나왔다. 그리고 그제야 살
점이 뚫린 고통이 소스라치듯이 밀려들었다.

그러나 필괴는 비명을 삼키며, 손바닥으로 핏줄기부터 틀
어막았다. 연설란이 분출하는 피를 보고 놀랄 것에 우선 마음
이 쓰인 때문이었다.

그런데 그때였다.

"아～ 악!"

뾰족하게 귓전을 울리는 비명 소리는 연설란의 것이었다.

11

연설란의 머리 위에 그 은은한 반투명의 황금빛이 감돌고 있는 것을 보는 순간, 필괴는 전력을 다해 몸을 날렸다. 그리고는 그대로 연설란을 끌어당겨 자신의 품속으로 감싸 안았다. 지금 그가 그녀를 보호할 수 있는 방법은 그것이 최선이었다. 그리고 그 순간 놈들의 성난 공격이 시작되었다.

팡!

파파~ 팡!

번개 같은 충격들이 그의 등으로 박혀 들었다. 이어 동시이다시피 그것들은,

핏!

피피~ 핏!

파육(破肉)의 소리를 내며 그로부터 튕겨났다. 필괴는 터져 나오는 신음을 억지로 되삼켰다. 그녀가 놀라거나 두려워하지 않도록.

그러나 연설란의 두 눈은 이미 부릅떠져 있었다. 돌연히 필괴가 끌어안은 데 대한 놀람을 표하기도 전에 지금 그의 등으로부터 세차게 뿜어지고 있는 가느다란 핏줄기들을 보았기 때문이었다. 이어 그녀는 허공에서 그 은은한 황금빛들이 어른거리는 중에 그의 등 어림에서 맹렬하도록 빠른 속도로 새로운 핏줄기들이 늘어나는 광경을 고스란히 목격해야만 했다. 그녀는 비명조차 지르지 못했다. 마치 가위에 눌린 것만

같았다. 그녀의 앞섶이 금세 흥건히 젖고 있었다. 뜨거운 그의 피로.

"안 돼요!"

그녀는 잔뜩 억눌린 소리를 겨우 비명처럼 터뜨려 낼 수 있었다. 동시에 그녀는 필괴의 품에서 빠져 나오려 몸부림을 쳤다. 그러나 그녀를 감싸 안고 있는 필괴의 팔은 완고하기 이를 데 없었고, 그녀는 조금도 벗어날 수가 없었다. 오히려 그는 더욱 강하게 그녀를 감싸 안았다. 온몸으로 그녀를 덮어 조금의 틈조차도 노출시키지 않겠다는 듯이.

그런 중에도 필괴의 몸에는 핏줄기들이 수없이 늘어나고 있었다. 그녀는 이윽고 거칠게 도리질 치며 절규하고 말았다.

"안 돼요! 이러다간 당신… 죽어요!"

그러나 다음 순간 그녀는 그마저도 할 수 없게 되어버렸다. 필괴가 자신의 얼굴로 그녀의 얼굴을 덮었고, 순간 무언가 뜨거운 것이 그녀의 입을 덮어 버렸기 때문이었다.

"아… 음!"

연설란이 반사적으로 온 힘을 다해 저항을 해보았지만, 이내 꼼짝도 할 수 없는 처지가 되고 말았다. 그녀는 이윽고 저항하기를 포기하였다. 그리고 차라리 그에게 온전히 그녀 자신을 맡겨 버렸다. 그러나 불가항력이라서가 아니었다. 그의 이런 몸짓이 결코 사심(邪心)에 의한 것임이 아님을 알기 때문이었다. 그것은 헌신이었다. 자신을 온전히 바쳐서라도 그녀의 목숨을 구하려는.

'아아! 이 사람은……!'

그녀는 문득 감격했다. 그리고 한순간 차라리 초월하는 심정으로 되었다. 어쩔 수 없는 상황이었다. 그들 두 사람의 힘으로는 도저히 어떻게 벗어날 수 없는 상황이었고, 그럼으로써 그들을 이제 곧 함께 죽음을 맞게 될 것이었다. 온몸에 구멍이 뚫리는 처참한 죽음이 될 것이었다.

그러나… 죽음이라는 절대의 명제 앞에서 처참하다는 것은 또 무에 그리 대단한 의미가 될 것이겠는가? 차라리 의미가 있다면, 죽음의 순간에 이르러서나마 누군가로부터 이처럼 지고한 순정을 받는다는 것이리라. 한 여인이기 이전에 한 사람의 인간으로서, 앞으로 백 년을 더 산다고 해도 이런 무조건적인 순정을 받아보기는 힘들 것이다. 비록 그녀가 이곳 천장절벽 속의 좁고 깊은 지하동굴에서 죽은 줄을 누구도 모르겠지만, 그로 인해 조부와 의선곡의 정든 이들이 오랫동안 슬퍼하며 그녀를 그리워하겠지만, 그렇더라도 어쩔 수 없이 죽어야만 한다면, 누군가의 이처럼 지극한 헌신을 받으며 죽을 수 있다는 것만으로도 결코 아쉽기만 한 죽음은 아닐 것이다.

이윽고 죽음을 받아들였지만, 그래도 이것이 그녀의 짧은 인생의 마지막 순간이라고 생각하니, 그녀는 문득 자신의 입술을 통해서, 또 온몸의 모든 감각을 통해서, 심지어는 이제 그녀의 전신을 흠뻑 적시고 있는 그의 피를 통해서도 어떤 뜨거운 열정 같은 것이 걷잡을 수 없이 밀려드는 것만 같았다. 아아! 그런데 다시 한순간, 그 뜨거움은 사뭇 이상했다. 돌연 지나치리만치 뜨거워지고 있는 것이었다.

'이것은……?

양기였다. 정상의 범주를 단번에 넘어 이내 그 스스로를 태워 버릴 듯이 폭주해 가고 있는 극양지기(極陽之氣)!

그녀가 가장 먼저 떠올린 가능성은 바로 동자삼이었다. 어떤 까닭으로 인해 영물들이 취한 동자삼의 약효가 필괴에까지 전해진 것인가? 다음으로는 영물들 자체가 띠고 있는 어떤 약성이 있어 그것이 필괴에게 작용하였을 가능성이었다.

그러나 어쨌든 분명한 사실은 지금 필괴가 극양지기에 시달리고 있다는 것이었다. 또한 그런 이상에는 그가 지금 영물들의 공격에 의해서가 아니더라도, 극양지기만으로도 결국 견디지 못한다는 것이다. 극양지기는 사람이 결코 보유할 수는 없는 초열(超熱)의 기운이었다. 그대로 정혈(精血)을 태워 버리니 말이다.

방법이 없는 것은 아니었다. 또한 그녀가 방법에 대해 모르는 것도 아니었다. 다만… 그녀는 자신이 직접 그 방법을 쓰는 데 대해서는 감히 상상조차 해본 적이 없었다.

그러나 그녀는 짧은 갈등의 여지조차 가지지 못했다. 그는 이미 그녀를 위해 모든 것을 바쳐 헌신하고 있지 않는가? 더

욱이 그녀와 그는 함께 죽음을 맞이하여야만 하는 운명을 공
유하고 있는 것이다. 그러는 사이에도 그의 몸에서는 초극의
열기가 폭주하고 있었다. 맞닿은 입술에서조차 그녀는 불에
덴 듯한 뜨거움을 느꼈다.

12

그 반투명한 황금색 빛의 존재들은 끊임없이 필괴의 몸을
뚫고 들어왔다. 그러나 여전히 관통해 내지는 못했다. 이내
강력한 벽에 부닥쳐 되튕겨 나오고 마는 것이었다. 단단한 암
벽마저도 두부처럼 뚫어버리는 놈들의 불가사의한 투과력으
로도 뚫지 못하고 있는 필괴 내부의 그 강력한 벽이란, 당연
히 혈룡의 벽이었다.

그런 과정에서 필괴는 자신도 모르게 이득을 보고 있었다.
즉, 놈들이 혈룡의 벽에 무수히 충돌하는 과정에서 놈들이 미
처 흡수하지 못한 동자삼의 기운 일부가 그의 체내로 흡수되
고 있는 것이었다. 그것이 주는 이득은 결코 작지 않았다. 그
러나 지금의 와중에서 그가 그러한 것에 대해 자세히 알 수는
없는 노릇이었다.

또 한 가지. 그는 지금 혈룡의 포악성이 진즉에 폭발해 버
린 와중에서도, 한 가닥 초월의 의지로 능히 그 발호를 눌러
두고 있는 중이었다. 즉, 그가 지금 온몸에 무수히 구멍이 뚫

리는 잔혹한 고통을 당하고 있는 중이었으니, 만약 다른 때였
다면 지금처럼 그녀를 지키고 있기보다는 혈룡의 발호에 지
배당해 그 반투명한 황금색 빛의 놈들을 쫓아 마구 날뛰고 있
었을 것이다.

그는 지금 생사의 문제를 넘어서 있었다. 죽음을 기꺼이 감
수하고 있는 것이다. 물론 그런 것에 대해서 또한, 그가 스스
로를 성찰할 수는 없는 노릇이었다. 지금 그의 모든 의지는
오로지 연설란만을 향해 있었다.

13

'나 또한 그에게 헌신해도 좋으리라!'

그녀는 이윽고 결심했다. 그를 받아들이기로!

이윽고 그를 향해 몸을 여는 순간, 뜨거운 불기둥이 그녀의
몸속으로 비집고 들어섰다.

"악!"

그녀의 짧은 비명과 소스라침은 혼미한 중의 필괴를 흠칫
일깨웠다. 그렇더라도 충동은 더욱 극렬해지고 있어서 그대
로 그의 온몸을 태워 버리고 말 듯하였다. 그러나 그는 너무
도 조심스러워서 감히 주도할 엄두를 내지는 못하였다. 그런
필괴에 대해 연설란은 문득 연민의 마음이 생겼고, 나아가 감
히 그를 이끌 용기를 내볼 수 있었다. 그러나 그녀는 얼마 나

아가지 못하여, 참을 수 없는 부끄러움에 다시 움츠리고 말았
다. 필괴는 그제야 용기를 내었다. 그는 조금씩 조금씩 주도
를 해 나갔다. 지극히 조심스럽게. 그녀는 그의 몸짓 하나하
나에서 진정과 정성과 배려를 느낄 수 있었다. 그리고 그의
수고로움을 조금이라도 덜어주고 싶었다. 그리하여 이윽고
두 사람은 서로를 이끌고 도우며 천천히 앞으로 나아가기 시
작했다.

팡!

파파~ 팡!

핏!

피피~ 핏!

소리들은 계속하여 쉼없이 생겨나고 있었다. 그러나 그 소
리들은 두 사람에게 더 이상 죽음을 재촉하는 소리들이 아니
었다. 그것들은 차라리 폭죽이 터지는 소리 같았다. 격정이었
다. 찬연하게 마지막 불꽃을 피워 올리는 거침없는 격정. 이
처럼 쉽게, 이처럼 한순간에, 이처럼 뜨겁게 불붙을 수 있으
리라고 미처 상상도 하지 못하였던 일이지만, 연설란은 지금
온전히 그에게로만 집중하고 있었다. 그들은 서로에게 탐닉
해 들었다. 거침없이! 이윽고 두 사람은 온전히 일체가 되었
고, 여태껏 알지 못했던 미지의 희열 속으로 빠져들었다.

14

마치 죽음과도 같은 혼곤한 잠이었다. 연설란은 문득 깨어났으나, 그녀의 품속에서 잠들어 있는 한 사람을 느끼고는 당장의 당혹감에 어쩔 줄을 모르는 심정이 되고 말았다. 그러나 다시 손끝 하나 까딱할 수 없는 지극한 노곤함과, 동시에 묘한 포만감이 밀려드는 바람에, 다시금 가만히 눈을 감았다.

무언가 얼굴을 간지럽히는 느낌에 놀라 그녀는 퍼뜩 눈을 떠야만 했다. 그리고 경악에 그대로 굳고 말았다.

놈들이었다. 그 두 마리는 사라진 것이 아니었던 모양이다. 놈들은 그녀의 얼굴 주위를 아주 천천히 비행하며 스칠 듯이 날고 있었다. 마치 탐색하는 것처럼.

원래 은은한 반투명의 황금빛을 뿜어내고 있던 놈들은 이제 거의 투명하게 변해 있었다. 황금색의 기운도 아주 은은해져서, 놈들이 한 자리에 머물러 있다고 하더라도 미리 알고서 주의하지 않는 한은 쉽게 놈들의 존재를 눈치채기가 어려울 정도였다.

필괴는 여전히 깨어나지 않았고, 아주 깊이 잠든 모양으로 숨소리가 골랐다. 그녀는 두 손으로 필괴의 머리를 가만히 감싸 안아 더욱 품속 깊이로 끌어당겼다. 그리고는 차라리 눈을 감고 말았다. 어차피 한 번 초월했던 죽음이었다. 그러니 이대로 다시 죽는다고 해도 여한을 가질 필요는 없으리라는 생각이었다. 필괴의 깊은 숨이 그녀의 가슴을 간지럽혔다. 그녀는 필괴의 머리를 더욱 깊게 감싸 안으며 가만히 미소를 떠올렸다.

그러나 얼마 지나지 않아 그녀는 살포시 눈을 떴다. 기다리던 죽음은 오지 않았고, 오히려 영물들이 움직이는 느낌이 그녀로부터 멀어진 듯했기 때문이었다.

가만히 주변을 살피다 그녀는 화들짝 놀라고 말았다. 그 두 마리의 영물이 나란히 필괴의 등에 붙어 있었기 때문이다. 순간 그녀는 그것들을 떨쳐 내려고 하였다. 그 뒤에 일어날 일은 미처 생각지 못한, 그야말로 반사적인 몸짓이었다.

순간 영물들이 날아올랐고, 주위의 허공을 순간순간 번뜩였다. 그녀는 감히 눈도 깜짝하지 못하고 얼어붙은 채로 지켜볼 수밖에 없었다.

그런데 그녀는 문득 기이한 느낌을 가지게 되었다. 영물들이 그다지 사나워 보이지 않았던 것이다. 그러더니 놈들은 다시금 나란히 필괴의 어깨와 팔에 내려앉았는데, 그런 모습에서는 마치 놈들이 약간의 친화감 같은 것을 표시한다는 생각마저 들게 하는 것이었다. 그러나 그녀는 이내 실소하지 않을 수 없었다. 얼마 전까지만 해도 놈들은 그처럼 극렬하게 두 사람을 공격하여 죽이려고 하지 않았던가? 그런데 어떻게 또 갑자기 친밀하게 될 수야 있겠는가?

그런데 그때였다. 필괴가 언뜻 깨어나는 듯하였다. 그러더니 어깨며 팔의 맨 살갗에 놈들이 앉은 느낌 때문인지 언뜻 손으로 놈들을 떨치려 하는 것이 아닌가?

"안 돼!"

연설란이 다급하게 외쳤다. 그러나 감히 더 이상의 다른 행동을 하지는 못하였다.

영물들은 가볍게 날아올라 필괴의 손짓을 피했다. 그리고는 아무 일도 없었다는 듯이 주위를 느릿하게 비행하였는데, 멀리 가지는 않고 필괴의 주변을 맴돌았다.

15

영물들의 덕분으로 두 사람은 당장의 당황과 부끄러움을 모면할 수 있었다. 그러나 언제까지나 맨 살갗을 마주 댄 채로 있을 수는 없었기에, 연설란이 먼저 수줍게 입을 뗐다.

"눈을 감아요!"

"예? 아… 예!"

필괴가 크게 당황하며 얼른 두 눈을 감는 것을 보고 연설란은 조심스럽게 돌아앉았다. 연설란은 조금도 의심없이 믿었다. 필괴가 결코 훔쳐보지 않을 것임을.

그러나 그녀의 믿음은 간단히 깨졌다. 필괴는 정말로 눈을 감고 있으려 했다. 그러나 이상하게도 그것은 그의 의지로는 도저히 불가능하였다. 자꾸만 저절로 실눈이 떠지고 마는 것이었다. 그녀의 백옥 같은 뒷모습은 실로 황홀했고, 모든 것은 꿈만 같았다.

"이제 눈 떠도 돼요!"

그녀의 말에 필괴는 오히려 두 눈을 꽉 감고 말았다.

16

동자삼은 거친 껍데기만 남아 있었다. 연설란은 몹시 아쉬워했지만, 껍데기만으로도 귀한 약재라며 소중히 갈무리했다.

그들이 동굴을 되짚어 바깥으로 나왔을 때는, 멀리 동쪽 산봉우리에서 이제 막 해가 떠오르고 있는 중이었다. 그들은 절벽 안에서 온전히 하룻밤을 보낸 것이다.

연설란은 괜스레 얼굴이 붉어지며 고개를 숙이고 말았다. 아침 햇살에 비친 그녀의 모습이 너무도 아름다워 필괴는 그저 멍하니 바라보고만 있었다. 그런 필괴 때문에라도 더욱 부끄러움을 참지 못한 연설란이 서둘렀다.

"어서 가요!"

그제야 필괴가 퍼뜩 정신을 차리고는 앞장을 섰다.

연설란은 문득 뒤를 돌아보았다. 그리고 다시 머리를 들어 하늘을 보았다. 혹시나 했지만, 역시 영물들은 보이지 않았다. 언뜻 아쉬운 마음이 들었다. 그러나 영물들이 굳이 그들을 따라나설 까닭은 없는 것이었다. 그러고 보니 모든 것이

꿈만 같았다. 그러나 결코 꿈은 아니었다. 지금 살짝 붙잡은
필괴의 손을 통해 전해오는, 이다지도 따뜻한 정감만으로도.

17

파～ 앗!
파스～ 슛!
필괴는 풀숲에다 아예 길을 만들며 나아가고 있는 중이었
다. 그는 성큼성큼 걸으며 아주 가볍게 검을 썼고, 그때마다
그의 앞쪽으로는 어른 키 높이의 무성한 풀들이 한꺼번에 베
어져 나가며 제법 너른 길이 만들어지고 있었다.
　"처음에 올 때는 왜 이렇게 하지 않았나요?"
　연설란이 괜한 트집을 잡아본 데 대해, 필괴가 조금은 조심
스럽게 대답했다.
　"당신이… 좋아하지 않을 같아서……!"
　연설란이 피시시 웃으며 반문했다.
　"제가 왜요?"
　"숲을 함부로 베다가 혹시 당신이 구하려는 약초를 상하게
할까 염려가 되었었소!"
　"호호호! 참 엉뚱한 생각을 했군요. 그런데… 지금은 그런
염려를 하지 않는다는 것인가요?"
　"당신이 구하려던 약재를 이미 다 구하지 않았소?"

　"흠! 제게는 그 말이 꼭, 전에는 저에 대해 어려워하는 마음이 있었는데, 이제는 쉽게 생각된다는 걸로 들리는걸요?"

　그러자 필괴는 곧바로 정색이 되었다.

　"아니오! 그렇지 않소! 난 어떤 경우에라도 결코 당신을 쉽게 생각하지 않소!"

　정색이다 못해 단호하기까지 한 필괴의 그 말에 대해 연설란은 언뜻 당혹스러워지고 말았다. 그러나 이내 그녀 또한 진지해졌다.

　"알아요!"

　그 나직하고 짧은 한마디로도 두 사람이 공감하기에는, 그리고 행복해하기에는 충분했다.

第二十七章
신봉(神蜂)

1

연설란은 석옥에 돌아오자마자 지하서고를 열었다. 필괴는 석옥의 지하에 그런 서고가 있었다는 것을 알고 놀라워했다. 사실은 연설란도 어릴 때 조부가 보여주는 서고를 한 번 구경한 적이 있었을 뿐, 직접 사고를 여는 것은 처음이었다. 그런 것은 이곳의 서고에 보관되어 있는 책들이, 의서라기보다는 선조들이 이곳 선유릉에서 지내는 동안의 간단한 일상사에 대해 기록으로 남겨 놓은 것들이 대부분이기 때문이었다. 그러하기에 책자들을 굳이 의선곡으로 가져가지 않고, 이곳에다 보관해 놓은 것이고.

연설란은 작정하고 앉아서 한 권씩 차분히 책을 읽어 나갔다. 그런 그녀에게 방해가 되지 않기 위해 필괴는 조용히 바깥으로 나갔다.

몇 권의 서책을 빠르게 읽어 나간 끝에 그녀는 이윽고 영물들에 관한 기록을 발견할 수 있었다.

신봉(神蜂)!

즉, 신의 벌(蜂)이란 정도의 뜻일까? 기록은 그처럼 거창한 작명으로 영물들에 관해 언급을 해놓고 있었다. 그러나 막상 기록들은 사뭇 단편적이었다. 또한 그들이 실제로 본 것에다, 기이지(奇異誌)와 같은 고대의 기서들을 참고하고, 거기에 다시 상당한 짐작과 추정을 보탠 끝에 '이럴 것이다!' 하고 결론을 내보는 식의 내용들이었다.

이를테면,

신봉(神蜂)은 본래 암수의 구분이 없다가 지극지기가 있는 곳에서만 암수의 성징이 나타나는 듯하니, 평소 때라면 몰라도 종족번성의 필요성이 있을 때만큼은 반드시 지극지지(至極之地)로 와야만 하는 듯하다. 신봉들이 세월을 건너뛰며 선유릉에서 발견되곤 하는 이유도 바로 그런 데에 있을 것이라 짐작한다. 즉, 서쪽 숲 너머의 절벽에서 지극지기가 발생되는 징후가 다분하니 그 내부의 어느 깊숙한 지점에는 필시 지극지지가 존재할 것으로 보이는 까닭이다!

라거나,

　신봉은 자라면서 색깔이 몇 단계로 변하는 듯하다. 즉, 처음에
는 엷은 자줏빛이다가, 성장하면서 그 색이 차츰 짙어진 다음에,
어느 시점에서는 붉은색으로 변하고, 다시 시간이 지나면 이윽고
는 타는 듯한 진홍의 붉은색을 띠게 되는 것 같다. 그런데 고대의
유사한 기록들과 선대들로부터의 관찰 기록을 종합하여 유추해
보건대, 신봉이 그 색을 붉은색으로 바꾸는 데는 적어도 오백 년
이상이 걸리는 듯하다!

　라는 식이었다.
　그러니 만약 이번에 신봉들을 직접 보지 않았더라면, 그녀
는 그 기록들에 대해 다만 황당한 옛날이야기로만 여기고 가
볍게 넘기고 말았을 것이다.
　어쨌든 그녀는 기록들을 토대로 해서 한 가지의 상상을 추
가로 이어 볼 밖에 없었으니, 즉,
　'자줏빛에서 붉은색으로 변하는 데까지 오백 년 이상이 걸
린다면, 이번에 붉은색에서 다시 투명한 황금색으로 변한 그
두 마리의 신봉은 능히 천 년 이상을 살기라도 했다는 것일
까?
　라는 것이었다. 물론 그녀에게 어떤 추가적인 근거를 찾아
볼 방법이 있을 리는 없었으니, 그야말로 상상을 해보는 것일

뿐이었다.

2

그녀가 신봉에 대해 자신이 알아낸 것을 필괴에게 말해주려 석옥 밖으로 나갔을 때, 필괴는 하얀색의 꽃봉오리를 수없이 만개한 채로 무리 지어 피어 있는 야생국화 속에 있었다.

하늘은 맑았고, 초지를 가득 비추는 햇빛은 따사로웠다. 온몸으로 투명한 햇살을 받으며 천천히 꽃밭을 거니는 필괴의 모습은 참으로 편안하고도 평화로워 보였기에, 그녀는 절로 미소가 지어졌다. 그런데 막 그를 향해 다가가려다가 그녀는 움찔 놀라며 그 자리에 서고 말았다.

맴돌고 있었다. 투명한 햇살이, 그의 주변을 말이다. 그러나 아아! 그것은 햇살이 아니었다. 투명하고도 은은한 황금빛, 놈들이었다. 신봉! 바로 그 두 마리 영물이었다.

그때 필괴가 그녀를 향해 돌아서며 환하게 웃어 보였다. 그러나 그녀는 감히 마주 웃어줄 수가 없었다. 한 가닥의 투명한 황금빛이 그녀를 향해 다가오고 있었다. 허공을 노닐 듯이 느릿느릿하게.

잠시 그녀의 얼굴 주위를 맴돌던 신봉은 돌연 그녀의 뺨 위에 사뿐히 내려앉았다. 그녀는 감히 찡그리지도 못했다. 감히 조금도 흩트리지 못하고 고정시켜 놓은 그녀의 시선에 문득 필괴의 모습이 한가득 들어왔다. 그제야 그녀는 짧은 한숨을 뱉어낼 수 있었다. 자신도 모르게 뱉어낸 안도의 한숨이었다.

"놀라게 해서 미안하오!"

필괴가 놀라고 걱정스러운 빛으로 말했다. 그리고 그는 가만히 손을 내밀어 여전히 얼어붙은 채인 그녀의 뺨에 가까이 가져다 대었다.

파르르!

그녀의 뺨이 잔 경련을 일으켰다. 그리고 그녀의 뺨에 앉아 있던 신봉이 가볍게 날아올랐다.

"아……!"

그녀는 이윽고 잔뜩 억눌린 목소리를 가늘게 흘려낼 수가 있었다. 그러나 그녀는 곧바로 기겁하고 말았다. 그녀의 뺨에서 날아오른 신봉이 필괴의 손등으로 내려앉은 것이었다.

그러나 필괴는 잔잔한 미소를 지으며 고개를 끄덕여 보였고, 이어 천천히 손바닥을 뒤집어 보였다. 그리고는 다시 가볍게 흔들어 보이기까지 했다. 그런데도 신기하게도 신봉은 꼼짝도 하지 않고 얌전히 앉아 있기만 했다. 그런데 대해 그녀가 그제야 황급한 투로 물음을 쏟아냈다.

"어떻게 된 거죠? 어떻게 한 거예요?"

"그냥……."

필괴는 머쓱한 표정을 지어 보였다. 그의 그런 모습만으로도 그녀는 충분히 알 수 있었다. 자신이 어떻게 그럴 수 있었는지에 대해, 그 또한 자세히는 알지 못하고 있다는 것을.

3

그 두 마리의 영물이 자신을 더 이상 공격하지 않을 뿐 아니라, 나아가서는 어떤 특별한 친밀감 내지는 친화를 보이는 것 같다는 느낌에 대해서는, 필괴로서도 그것이 어찌 된 노릇인지 어안이 벙벙하기만 했다. 다만 그렇더라도 놈들이 그에게 복종을 하는 것은 아니라는 느낌은 좀 더 분명했다. 하긴 놈들은 처음부터도 혈룡지기에 대해 조금도 위축되거나 영향을 받지 않았으니, 이제 와서 새삼 그에게 복종을 할 이유가 없긴 했다. 어쨌든 신기하게도 그 두 마리의 영물은 마치 그와 교감이라도 하는 듯이, 비록 간단한 동작들이긴 했지만 그의 뜻에 따라 움직여 주는 것이었다.

그런 일들이 가능한 까닭은 사실 필괴가 영물들이 지닌 영성영기(靈性靈氣) 일부를 나누어 가졌기 때문이었다. 영물들이 섭취한 동자삼은 기실 만년이나 묵은 희대의 기물이었으니, 만고의 기연을 얻은 영물들은 이윽고 영성을 이룸으로써 미물의 경계를 넘어서게 된 것이었다. 그런 상태에서 놈들은

필괴를 공격하여 그의 내부에서 혈룡의 벽과 무수히 충돌을
일으켰고, 그런 과정에서 놈들이 막 섭취한 만년동자삼의 영
기 일부와, 더불어 놈들 자신의 영성의 일부까지도 그에게로
전이가 된 것이었다.

4

　연설란이 흥분을 감추지 못하며 지대한 관심과 호기심을
보이는 데 대해, 필괴가 어떻게 해서라도 그녀를 기쁘게 해주
고 만족시켜 줄 욕심을 내보지 않을 수는 없었다. 그리하여
그는 손등에 앉은 영물과의 교감에 좀 더 집중했다.

　필괴가 불쑥 손을 내미는 바람에 연설란은 그만 화들짝 놀
라고 말았다. 그가 빙그레 웃으며 천천히 고개를 끄덕여 주었
음에도, 그녀는 몇 번이나 망설이고 나서야 조심조심 손을 마
주 내밀었다.

　그 한 마리의 신봉이 스르르 미끄러지듯이 그의 손등을 타
고 내리더니 가볍게 그녀의 손등으로 옮겨왔다. 순간 그녀는
두 눈을 부릅뜨며 온 얼굴로 놀람과 환희를 표시했다. 그렇더
라도 그녀는 소리를 지르거나, 더욱이 함부로 움직일 엄두는
감히 내지 못하였다.

　"위험하지 않으니, 겁내지 말아요!"

　부드러운 그의 목소리를 듣고 나서야 그녀는 비로소 용기

가 생겼다. 그녀가 아주 조심스럽게 손을 눈앞으로 당길 때였다.

웅!

가벼운 날갯짓 소리를 내며 신봉이 날아올랐다.

"아!"

연설란은 저도 모르게 짧은 탄식을 뱉어냈다. 놀람보다는 차라리 아쉬움의 소리였다. 그런데 다시 그때였다.

휘류류~!

휘류류류~!

그들의 머리 위 허공 높은 곳에서 두 마리의 신봉이 기묘한 소리를 내고 있었다. 그것들이 내는 소리는 나직했으나, 묘한 울림을 가지고 아주 멀리까지 퍼져 나가는 것처럼 느껴지는 데가 있었다. 그리고 잠시 후.

"아아! 저기… 저것 좀 보세요!"

연설란은 문득 놀라 외쳤다. 그들의 머리 위 허공에 또 다른 존재들이 나타나 있었다. 엷고 짙은 자줏빛, 그리고 검붉은 빛의 놈들이 섞인 그 십여 마리는, 색깔만 다를 뿐 원래의 두 마리 투명황금빛의 신봉들과 똑같은 모양들이었다.

새로이 나타난 놈들은 두 사람에 대해 몹시 경계하는 느낌이었다. 그리고 놈들은 허공을 맴도는 중에 예의 그 형언하기조차 어려운 빠르기로 두 사람의 바로 가까이에 번뜩 나타났

다가 사라지는 것이 사납게 위협을 가하는 듯도 했다. 연설란
이 기겁하며 필괴의 품을 파고들었다. 그러나 필괴는 왠지 느
긋하기만 했다.

'어쩌면 저 두 마리의 우두머리가 같은 종족의 다른 녀석
들을 내게 선보이고 있는 것은 아닐까?'

문득 그런 생각까지도 들기에 그는 희미하게 미소까지 떠
올려 보았다.

5

요즘 두 사람의 하루일과는 대부분 신봉—비록 연설란이 그
이름에 대해 왠지 친근감이 들지 않는다고 했지만, 당장에 마음에
드는 다른 이름이 떠오르는 것도 아니어서 두 사람이 일단은 그렇
게 부르기로 했다—들에 관한 것으로 채워지고 있다고 해도 과
언이 아니었다.

필괴는 그 두 마리 투명황금빛 신봉들과 점점 더 원숙하게
교감을 이루어가고 있는 중이었다. 그런 데 대해 연설란은 몹
시도 흥미로워했다. 한편으로 그녀는 그를 몹시 부러워했는
데, 그녀 자신은 도무지 신봉들과 가까워질 수가 없는 데 대
한 약간의 질시까지 생기는 것이었다.

필괴가 생각하기에 그 투명황금빛의 두 녀석은 이를테면
일종의 자아(自我) 같은 것이 제법 확고히 생겨있는 것 같았

다. 그리하여 어떤 이유로 인해 그와는 교감을 나누게 되었지만, 그것은 오로지 그 하나에만 한정이 된 것 같았다. 그리고 그 역시도 아직까지는 녀석들과 교감을 나누는 것이 그다지 익숙하지는 못하거니와 교감의 정도 또한 깊다고는 할 수 없어서, 그가 애써 녀석들을 연설란의 주위에 머물게 하더라도 잠시만 녀석들에 대한 집중을 흩뜨리거나 소홀하면 녀석들은 그 즉시 연설란의 주위를 떠나 버리는 것이었다.

그래서 그가 고심 끝에 생각해 낸 것이 다른 녀석들을 불러내는 것이었다. 연설란의 말에 의하면 자줏빛을 띠는 놈들이 가장 나이가 어리다고 했으니, 그놈들부터 공략을 해볼 궁리를 낸 것이었다. 그러나 한번 선을 보인 이후로 아주 사라져 버린 그 어린(?) 놈들을 부르는 것부터가 쉽지는 않았다. 그는 다분히 막연한 생각으로 투명황금빛의 두 녀석에게 한동안이나 간절한 의지를 보냈고, 그러다 이윽고는 지쳐 버릴 즈음이 되어서야 몇 마리의 자줏빛 녀석이 홀연히 나타났다.

녀석들을 보고 그녀가 환호를 터뜨린 것은 물론이었다. 그는 그녀가 환호하는 모습만으로도 한동안의 고생에 대한 보상을 받은 듯했다. 비록 그녀가 그의 숨은 노고를 알아주지는 못할지라도.

필괴는 이내 또 다른 난관에 부딪쳤다. '어린' 놈들이라고 해도 결코 만만치가 않았던 것이다. 자줏빛의 신봉들 말이다.

놈들에게 그의 의지는 전혀 통하지 않았다. 그 이전에 교감이라고 할 것조차도 전혀 없었다. 나중에는 붉은빛의 놈들까지 어떻게 불러내어서 시도를 해보았지만 마찬가지였다. 결국 그와 교감이 통하는 것은 두 마리 투명황금빛의 신봉뿐이었던 것이다. 그러니 나머지 자줏빛과 붉은 빛의 녀석들을 움직이려면 투명황금빛의 신봉들을 통해야만 했는데, 그것도 기껏 불러내는 정도로 한정이 되었다.

그러나 그녀가 환호까지 한 마당에, 쉽게 포기할 수는 없는 노릇이었다. 그런 중에 그가 언뜻 생각해 낸 것은 바로 혈룡이었다. 물론 투명황금빛의 신봉들에게는 이미 시도해 본 바가 있었고, 혈룡이 통하지 않는다는 걸 확인했던 바도 있었다. 그러나 그것이야 놈들이 진홍의 붉은빛이었을 때이니 자줏빛의 어린 녀석들에게는 또 다른 결과가 나올지도 모를 일이었다.

사실은 그가 혈룡지기를 그런 목적 혹은 용도로 운용하는데는 보다 근본적인 문제가 있기도 했다. 지금까지 그의 내부에서 혈룡지기가 일어난 것은, 그가 지극한 분노를 일으켰거나 혹은 위급한 상황에 처했을 때였었다. 또한 혈룡이 급격히 성장하면서 더불어 크게 포악해졌으니, 이제는 일단 혈룡지기가 발호하고 난 다음에는 그 스스로의 의지로 제어하기가 불가능하게 되어버린 중이었다.

단, 한 번의 예외적인 경우가 있었으니 바로 지난번 절벽 속의 동굴에서 두 마리 신봉에게 공격을 받았을 때였다. 그때 그는 연설란을 위해 죽음마저 불사하겠다는 치열한 각오로 혈룡지기의 난폭함을 끝까지 억누를 수 있었던 것이다.

그 한 번의 예외를 다시 재현해 낼 수 있으리라는 확신은 물론 없었다. 그러나 그가 일단 시도를 해보리라는 작정으로 되는 데는 조금의 망설임도 없었다. 그때처럼 죽기를 불사할 각오까지는 아니더라도, 어떻게 해서라도 그녀를 기쁘게 해주고 싶다는 열망이 있었으므로.

7

이윽고 필괴는 자줏빛 신봉들을 어느 정도까지는 통제할 자신이 생겼다. 며칠의 시간을 온전히 소모하고 나서야 겨우 얻은 결과였다. 그는 지금 몸 곳곳에다 신봉들을 내려앉게 해놓고 있었는데, 그의 머리며 등, 양 어깨와 손에는 각기 한두 마리씩의 신봉들이 사뭇 한가롭게 앉아 있는 중이었다.

 연설란이 또한 그 며칠의 시간을 필괴를 지켜보는데 온전히 소모하다시피 했으니, 이제는 필괴의 그런 모습에 사뭇 익숙해져 있었다. 다만 그렇더라도 그녀는 여전히 긴장을 풀지는 못하였다. 그 자줏빛 신봉들은 이따금씩 돌발적인 움직임을 보이곤 하였는데, 그것이 사뭇 위협적이기도 하거니와 신봉들을 다루는 필괴의 솜씨가 아직까지는 신뢰할 정도에 이르지 못했다는 반증이기도 했으니까.

 한순간 갑자기 자줏빛 신봉들이 모두 사라졌다. 그리고 다음 순간 연설란은 자신의 양 어깨와 양팔, 그리고 가슴에 앉아 있는 다섯 마리나 되는 녀석들을 발견하고야 말았다. 비명까지는 지르지 않았지만, 그녀는 어쩔 수 없이 그대로 얼어붙고 말았다. 그러나 한참이 지나도록 녀석들은 얌전하게 앉아 있기만 하였다. 그런 녀석들에 대해 그녀는 문득 귀엽다는 생각을 떠올렸다. 여전히 숨조차 크게 쉬지 못하는 와중에도.

 그때 필괴가 그녀의 곁으로 다가왔다. 그리고 그가 싱긋이 떠올려 놓고 있는 미소를 보는 순간, 그녀는 더 이상 참을 수가 없게 되었다. 가만히 바라보는 것만으로는 도저히 만족할 수가 없게 된 것이다. 가슴에 붙은 녀석이 가장 만만해 보였다. 자줏빛이 제일 엷으니, 가장 어린 녀석이리라. 그녀는 녀석에게로 집게손가락을 조심스럽게 가져갔다.

숨이 막힐 듯한 긴장에 손가락이 부들부들 떨렸지만, 그녀는 이윽고 손가락 끝에 와 닿는 신봉의 촉감을 느낄 수 있었다. 순간 그녀는 온몸을 부르르 떨고 말았다. 그러나 다행히 신봉은 미동도 하지 않았다. 암반을 두부처럼 뚫고 다니는 녀석들이니 아마도 금강석처럼 단단한 몸을 지녔으리라 상상했건만, 놈은 의외로 부드러웠다. 그리고 따뜻한 온기마저 느껴졌다.

그녀는 더욱 과감해졌다. 가만히 손가락을 놀려 쓰다듬기까지 했지만, 신봉은 여전히 고분고분하니 그녀의 손길에 몸을 맡기는 것이었다. 아아! 이 순간의 감격이라니! 그녀는 눈물이 날 것만 같았다.

그러나 그녀의 격동을 느낀 것일까? 녀석이 문득 날아올랐고, 뒤이어 다른 놈들까지도 덩달아서 날아오르고 마는 것이었다.

8

연설란은 이제 본격적으로 신봉에 대한 연구와 시도에 들어갔다. 그녀가 신봉에 대해 그처럼 집중을 하는 것이 단순한 관심이나 호기심 때문만은 아니었다. 사실은 특별한 이유가 또 한 가지 있었다. 그녀의 선대들이 남긴 신봉에 관한 기록 중에서 신봉의 침, 즉 봉침(蜂針)에 관한 내용 때문이었다.

생사독(生死毒)!

기록에서는 신봉의 침이 품고 있는 독을 그렇게 명명했다. 즉, 그것에 아주 독특하고도 기이한 효능이 있어서, 능히 사람을 죽일 수도 있으며, 반면에 능히 기사회생의 영험을 발휘할 수도 있으리라는 의미였다. 신봉이란 이름을 붙인 것도 그것들의 기괴한 능력 때문도 있지만, 사실은 의도(醫道)를 추구하는 입장에서 생사독에 대한 신비로움 때문이기도 했다.

그러니 또한 의술의 길에 일생의 목표를 걸고 있는 연설란으로서도, 그런데 대한 탐구 욕심을 내보지 않을 수는 없는 일이었던 것이다. 더욱이 그녀의 선대들 중 누구도 잡지 못했던 실질적인 기회를 접하였으니 말이다.

그녀는 신봉들의 습성에 대해 세밀히 관찰하였다. 빛의 세기와 소리, 냄새 등의 자극들에 대해 신봉이 어떻게 반응하는지를 살피고 체계적으로 기록해 나갔다. 운도 따라서 금방 몇 가지의 성과를 거두기도 했다. 신봉의 침이 일반의 벌처럼 한 번밖에 쏠 수 없는 것이 아니라, 얼마든지 반복해서 쏠 수가 있는 구조란 걸 확인한 것은 커다란 성과였다. 미처 기대하지 못했던 소득도 있었다. 비록 가장 어린 녀석 하나의 경우에 불과했지만, 그녀가 특정한 몸짓과 표정, 혹은 소리를 냄으로써 녀석을 어느 정도까지는 다룰 수 있겠다는 가능성을 발견한 것이다.

그녀가 그러한 성과와 소득들을 얻는 동안에 필괴는 그녀의 곁에서 잠시도 떨어지지 못했다. 그녀가 필요로 할 때마다 신봉들을 불러내야만 했고, 또 그녀의 갖가지 시도에 신봉들이 온순히 따르도록 만들어야만 했으니 말이다. 그러나 그래도 좋았다. 그녀가 한 시진 내내 그에게는 한 번도 눈길을 주지 않아도 괜찮았다. 그런 시간들을 통해 그는, 그동안에는 감히 자세히 살펴보지 못했던 그녀의 각양각색의 표정과 몸짓들에 대해 원없이 관찰해 볼 수 있었으니까. 바로 가까이에서, 그녀의 향기로우면서도 안락함을 느끼게 해주는 신비로운 체향(體香)까지를 만끽하면서 말이다.

9

어느 정도의 성과를 거두어서인지 혹은 더 이상의 성과가 나오지 않아서인지, 연설란의 신봉에 대한 탐구 열의는 조금 시들해진 것 같았다. 그러기에 웬일로 아침부터 필괴에게 산책이나 나가자고 하는 것일 터였다.

초지 곳곳에는 각양각색의 꽃들이 만발하여 저마다의 화려한 자태와 향기를 뽐내고 있었다. 그러나 필괴에게 그녀만큼 아름다운 꽃은 없었다. 또한 지금 그의 어깨에 가볍게 기댄 그녀의 머리내음만큼 향기로운 것도 없었다.

두 사람이 그처럼 다정하게 거닐고 있을 때였다.

웅!

소리인지 진동인지 언뜻 분간하기 어려운 소리가 머리 위에서 났는데, 신봉이었다. 소리만으로도 어린 녀석인데, 마치 제가 왔다는 것을 일부러 표시라도 내는 듯하였다. 연설란이 손등을 내어주자, 엷은 자줏빛의 신봉 한 마리가 기다렸다는 듯이 내려앉았다. 그런 데 대해 연설란은 새삼 감격스럽다는 표정이 되었다.

웅!

녀석이 다시 날아올랐다. 그리고 느릿하게 어디론가 날아가는 녀석을 잠시 지켜보고 있던 그녀가 사뭇 아쉽다는 듯이 말했다.

"개체수를 더 늘릴 수 있다면 정말 좋을 텐데……. 녀석들은 아무래도 크게 번창하는 종은 아닌 모양이에요!"

"개체수를 더 늘릴 수 있다면 무엇이 좋아지는 것이오?"

필괴의 반문에 그녀가 언뜻 장난스럽게 웃음을 지어 보이며 말했다.

"만약 녀석들의 수를 획기적으로 늘릴 수만 있다면… 참으로 대단한 일을 한번 꾸며볼 수도 있을걸요?"

"대단한 일이라……!"

하고 받은 다음에 필괴가 또한 가볍게 웃으며 다시 물었다.

"하하하! 혹시 천하를 뒤집어 놓기라도 하겠다는 말이오?"

"호호호! 제가 명색이 의원으로서 어디 그런 일이야 꾸미겠어요? 하긴… 그럴 만한 위력을 발휘할 수도 있긴 하겠지만 말이에요!"

그리고 그녀는 문득 생각났다는 듯이 덧붙였다.

"신봉이라는 이름은 역시 너무 특별한 느낌이어서 아무래도 마음에 들지가 않아요. 그러니 우리 그냥 봉아(蜂兒)라고 부르면 어떨까요?"

"열 마리가 넘는 놈들 모두를 다 봉아라고 부르자는 말이오?

"왜요? 그럼 안 될 일이라도 있나요?"

그녀가 짐짓 샐쭉한 체를 한데 대해 필괴는 흠칫 놀라는 시늉으로 받았다.

"아, 아니오! 안 될 일이 무엇이 있겠소? 당신이 그렇게 하고 싶다니, 반드시 그렇게 합시다!"

그녀가 생긋 웃고 나서 문득 담담한 표정이 되었다.

"전 다만… 녀석들의 특별함을 우리 두 사람만의 것으로 지키고 싶은 욕심이에요. 그래서 이름이라도 우리 둘만이 부를 수 있도록 평범하게 지으려는 것이죠! 그리고 굳이 이름으로 녀석들을 구분하지 않아도 괜찮을 것 같은데……. 당신은 그렇지 않나요?"

그 말에 필괴는 문득 가슴이 뭉클해지고 말았다.

"고맙소!"

"훗! 갑자기 고맙다니 뭐가요?"

"그냥……."

"아이, 참! 걸핏하면 그냥이에요? 그런 대답이 어디 있어요?"

"그냥……. 모든 것이 다! 당신이 이 세상에 존재한다는 것만으로도 고맙소!"

그녀는 가만히 고개를 저어 보였다.

"이제 보니 당신은 나날이 말솜씨만 느는 것 같군요!"

그러나 그녀는 막상 싫지는 않은 듯이 이내 배시시 웃음을 베어 물었다. 그 정겨움에 기대어 필괴는 한동안이나 가슴 한 구석에 묻어 놓았던 얘기 한자락을 꺼낼 수 있었다.

"나는 본래 대도성(大道城)에 있는 어느 장원에서 거름지게나 져 나르던 미천한 처지였었소! 더욱이 어렸을 때 입은 지독한 화상으로 인해 추괴라고 불렸을 만큼 괴물 같은 용모였소! 그때… 당신의 손으로 내 진짜 얼굴을 감추고 있던 인피면구를 뜯어낼 때, 나는 정말로 심장이 터지는 줄로만 알았소! 온통 화상자국으로 뒤덮인 내 끔찍한 얼굴을 보고, 당신이 어떤 반응을 보일지 너무도 두려웠기 때문이오! 사실은… 지금도 두렵소! 나 같은 사람이 과연 당신처럼 아름답고 고귀한 사람의 곁에 머물러도 되는 것인지……. 당장에라도 당신이 내 곁을 떠나 버리지는 않을지……!"

연설란은 가만히 듣고만 있었다. 그리고 그의 말이 끝났을

때, 그녀가 한 것이라곤 다만 간단히 고개를 저어 보였을 뿐
이었다. 그러나 그녀의 그 간단한 가로저음에서 필괴는 가장
큰 위로와 안도를 얻을 수 있었다.

10

연설란은 새삼 필괴의 얼굴을 가만히 들여다보았다. 그러
고 보니 그의 얼굴은 참으로 많이 변해 있었다. 그녀가 그의
인피면구를 뜯어냈을 당시에 비해서도 다시.

그의 얼굴에서 이제 화상자국은 거의 없어졌고, 다만 희
미한 붉은색으로만 남아 있었는데, 그마저도 언뜻 스쳐 보
아서는 잘 표시가 안 날 정도였다. 그런 그의 얼굴은 평범한
중에도 오관의 선이 뚜렷한 편이라 남자다운 기상이 엿보였
다.

그러나 그녀에게 그가 정말로 많이 변했다고 여겨지는 것
은, 역시 얼굴보다는 그의 말투의 변화였다. 이제 그의 말투
는 특유했던 음절 중간중간의 끊어짐을 거의 느낄 수 없으리
만치 부드러워져 있었다. 물론 사뭇 느릿한 어조에서는 여전
히 조금의 특이하다는 느낌을 받을 수밖에 없는 것이었으나,
그래도 그런 것은 오히려 그의 나직하고도 굵은 음색과 어울
려서 제법 진중한 맛을 내는 데가 있었다.

어쨌든 그런 것들이 어울려서 그는 이제 아주 새로운 사람

이 된 듯이 여겨지기도 하는 것이었다.

11

"당신이 확실히 미남은 아니란 것을 알고 있나요?"

그녀가 문득 미소를 떠올리며 한 말에 대해 필괴는 곧바로 고개를 끄덕이며 수긍했다.

"물론이오!"

연설란이 미소를 짙게 하며 가만히 속삭이듯이 이었다.

"당신의 용모를 보고 제 마음을 준 것은 결코 아니에요! 전 당신의 모든 것을 다 좋아해요! 눈에 보이는 것들과, 눈에 보이지 않는 부분들까지 모두 다! 당신의 영혼까지! 사랑해요!"

순간 필괴는 가슴이 벅차다 못해 당장 터질 것만 같았다. 그러나 너무 행복해서일까? 그는 문득 가슴 한구석이 짓눌린 듯이 무거워져 오는 것이었다.

'이런 행복을 누려도 되는 것일까? 아버지의 복수를 끝내지 못했으니……. 복수를 마무리하고 나서야 행복을 생각해 볼 수 있지 않겠는가? 만약 그때까지도 이 행복이 떠나지 않고 기다려 준다면…….'

12

선유릉!

그곳에서는 그야말로 꿈결과도 같이 행복한 시간들이 흘러가고 있었다. 그러나 기쁜 일이든, 슬픈 일이든 사람의 모든 일에는 항상 그 끝이 있는 법인 모양이다. 연설란이 의선곡으로 돌아가야 할 기한이 다 된 것이다.

"함께 가요! 의선곡은 평화롭고 좋은 사람들이 사는 곳이니, 모두가 당신을 환영해 줄 거예요!"

연설란의 그 말에 대해 필괴는 차라리 담담할 수 있었다. 그동안 행복에 젖어 있는 중에도, 한편으로는 늘 마음의 각오를 하고 있던 터였다.

"내게는 반드시 하지 않으면 안 될 일이 남아 있소! 그 일을 끝내고 나서, 그때도 내가 환영받을 수 있다면……."

그러나 마음의 각오에도 불구하고 필괴는 문득 치밀어 오르는 격정에 제대로 말끝을 맺지 못했다. 그에 연설란이 가만히 한숨을 내쉬며 말했다.

"일부러 묻지 않았지만, 당신에게 갚아야 할 원한이 있다는 걸 알아요! 그러나… 원한은 끝없이 돌고 도는 것이니, 당신이 원한을 갚는다면 필시 그쪽에서도 다시 당신에게 복수를 하려고 하지 않겠어요? 그리하여 한쪽에서 먼저 용서를 해야만 그 끝없는 굴레가 비로소 멈출 것이니, 저는 당신이 먼저 멈출 수 있었으면 좋겠어요!"

필괴는 다시 담담함을 되찾을 수 있었다. 아니, 그는 단호해졌다.

"그럴 수는 없소! 나는 결코 멈출 수 없소!"

"아아! 당신에게는 원한을 갚는 일이 그토록 중요하단 말인가요? 그리하여 당신에게 저는 조금도 중요하지 않은 존재에 불과한가요?"

연설란이 나직이 탄식을 불어냈다. 순간 필괴의 얼굴은 창백해지고 말았다. 그러나 그는 차라리 더욱 단호해졌다.

"나는 그들의 피로써 아버지의 원혼을 달래 드려야만 하오! 그렇지 않으면 아버지의 한 맺힌 영혼은 영영 구천을 헤매 다닐 것이오!"

필괴의 완고함에 연설란은 크게 실망하고 말았다. 그러나 그녀는 지혜로운 여인이었다. 당장에는 필괴의 생각이 얼음장처럼 차갑고 냉혹할지라도 시간을 가지며 호소하고 설득해 간다면 차차로 달라질 것이라 믿으며, 그녀 스스로를 추슬렀다.

"좋아요! 그렇지만… 의선곡 부근까지만이라도 함께 가요! 설마 의선곡까지의 그 먼 길을 저 혼자 보낼 생각은 아니겠죠?"

그에 필괴가 단호함 대신 우려의 기색으로 되었다.

"나는 이미 강호에 적지 않은 원한을 뿌린 몸이오! 그러니 나와 함께 감으로써 당신은 오히려 위험에 처하게 될 수도 있소!"

연설란이 짐짓 밝게 웃으며 받았다.

"호호호! 그렇다면 저는 더더욱 당신과 함께 가야만 하겠네요! 우리 두 사람은 위험할수록 그 위험을 나누어야만 하니까 말이에요! 그렇지 않나요?"

순간 필괴의 가슴속에는 진한 감동이 소용돌이쳤다.

그러나 그는 겉으로는 여전히 표정을 풀지 않았다. 그때 연설란이 그의 어깨에 가만히 머리를 기대며 부드럽게 말했다.

"그럼 이렇게 하기로 해요! 여기에서 의선곡까지의 중간쯤 되는 곳까지만이라도 일단 함께 가는 것으로!"

이어 그녀는 지레 화를 내는 시늉으로 덧붙였다.

"그것마저도 안 된다고 하면, 당신에게 저에 대한 진정이 조금도 없는 것이라고 여길 거예요?"

13

쿠르~ 룽!

쿠르르~ 룽!

귀를 먹먹하게 만드는 굉음 속에 필괴와 연설란은 방금 그들이 건너온 협곡을 망연히 바라보고 서 있었다. 노도와 같이 굽이치는 격랑이 만들어내는 뿌연 물안개가 주변사방을 온통 짙은 운무 속으로 집어삼키고 있었고, 일렁이는 운무 사이로 협곡 맞은편의 수직절벽이 언뜻언뜻 보였다.

"아아! 나중에 우리 두 사람 중 누구라도 많이 힘든 상황에 처하게 된다면, 그때는 우리 함께 이곳 선유릉으로 돌아오도록 해요! 이곳이라면 아무도 우리를 방해하지 못할 것이니, 그때 우리는……."

짙은 감회에 젖어 말하던 연설란은 문득 얼굴을 붉게 물들이고 말았다. 필괴 역시도 괜스레 얼굴이 달아오르기에 짐짓 허공에다 시선을 던져 놓았는데, 그러다가 그는 문득 빙그레 웃음을 짓고 말았다. 그 바람에 연설란이 또한 그가 시선을 던져 두고 있는 쪽을 보았는데, 층층이 휘도는 운무와 잔뜩 흐린 하늘이 보일 뿐 그 외에는 아무것도 보이지 않았다. 그러나 그녀는 계속 허공에다 시선을 주었다. 혹시나 하는 한 가지 기대가 언뜻 생겼기 때문이다. 그리고 잠시 후, 허공중에서는 투명한 황금빛의 점 두 개가 문득 나타났다.

"아! 봉아!"

연설란은 나직한 탄성을 터뜨렸다. 반가움이었다. 그러나 그녀는 곧바로 우려 섞인 얼굴로 되고 말았다.

"괜찮을까요?"

필괴가 담담하게 웃는 얼굴로 받았다.

"천하에서 가장 강인한 녀석들이니, 그 어떤 곳으로 데리고 가도 괜찮을 것이오!"

"그렇죠?"

그녀가 환하게 웃으며 반색했다.

『심검지』 6권에 계속…

ALCHEMIST

알케미스트

FUSION FANTASTIC STORY 시이람 장편 소설

2013년, 또 하나의 현대물이 깨어난다.
현대에서 펼쳐지는 연금마법진의 진수!

인간 최초의 9서클을 이룩한 마법사 아스란.
죽음의 위기에서 그가 남긴 유지가
차원을 넘어 지구에 떨어진다.

일리미트 비블리어시카(Illimite bibliotheca)!

그 무한한 힘과 지식을 얻게 된 김창준.
3년 전으로 돌아간 날을 기점으로,
삶이, 인생이, 그의 희망이 바뀐다!

**현대에 강림한 진정한 마법사의 전설!
끝도 없이 세상을 향해 날개를 펼치다!**

THE TOWER OF BABEL

바벨의 탑

FANTASY FRONTIER SPIRIT

푸른 하늘 장편 소설

「현중 귀환록」 작가의 놀라운 귀환!
새시대를 열 강렬한 현대물이 등장하다!

극서의 사막을 헤메다 만난 버려진 기지.
그를 기다리던 것은… 차원을 넘는 게이트!

「바벨의 탑」

하늘에 닿기 위해 건설되었다가 신의 노여움을 사 무너진 바벨의 탑.
그 정체는 차원을 넘나드는 게이트였으니.

바벨의 탑의 유일한 주인이 된 진운!
그의 앞에 열리는 새로운 세상, 삶, 운명!

억압하는 모든 것을 부수고 나아가는
한 남자의 장렬한 이야기가 시작된다!

무정철협
1
무정철협
2

ALCHEMIST

알케미스트

FUSION FANTASTIC STORY　시이람 장편 소설

2013년, 또 하나의 현대물이 깨어난다.
현대에서 펼쳐지는 연금마법진의 진수!

인간 최초의 9서클을 이룩한 마법사 아스란.
죽음의 위기에서 그가 남긴 유지가
차원을 넘어 지구에 떨어진다.

일리미트 비블리어시카(Illimite bibliotheca)!

그 무한한 힘과 지식을 얻게 된 김창준.
3년 전으로 돌아간 날을 기점으로,
삶이, 인생이, 그의 희망이 바뀐다!

**현대에 강림한 진정한 마법사의 전설!
끝도 없이 세상을 향해 날개를 펼치다!**